Craig Johnson a exercé des métiers aussi divers que policier, professeur d'université, cow-boy, charpentier ou pêcheur professionnel avant de s'installer dans un ranch qu'il a construit de ses mains sur les contreforts des Bighorn Mountains, dans le Wyoming.

DU MÊME AUTEUR

Little Bird
Gallmeister, 2009
et « Points Policier », n° P4226

Le Camp des morts
Gallmeister, 2010

L'Indien blanc
Gallmeister, 2011
et « Totem », n° 26

Enfants de poussière
Gallmeister, 2012

Dark Horse
Gallmeister, 2013
et « Points Policier », n° P4101

Tous les démons sont ici
Gallmeister, 2015

Steamboat
Gallmeister, 2015

À vol d'oiseau
Gallmeister, 2016

Craig Johnson

MOLOSSES

ROMAN

Traduit de l'anglais (États-Unis)
par Sophie Aslanides

Gallmeister

TEXTE INTÉGRAL

TITRE ORIGINAL
Junkyard Dogs
© Craig Johnson, 2010

ISBN 978-2-7578-5394-8

© Éditions Gallmeister, 2014, pour la traduction française

Le Code de la propriété intellectuelle interdit les copies ou reproductions destinées à une utilisation collective. Toute représentation ou reproduction intégrale ou partielle faite par quelque procédé que ce soit, sans le consentement de l'auteur ou de ses ayants cause, est illicite et constitue une contrefaçon sanctionnée par les articles L. 335-2 et suivants du Code de la propriété intellectuelle.

*À Ned Tanen (1932-2009),
ami, mentor et copilote de Cobra
(CSX 2125)*

Ô cœur ! Ô sang qui gèle, sang qui brûle !
Les retours de la Terre
Pour de longs siècles de folie, de bruit et de péché !
Enfermez-les,
Avec leurs triomphes, leurs gloires et le reste !
Rien de mieux que l'amour.

L'Amour parmi les ruines,
ROBERT BROWNING, 1885

1

J'avais du mal à obtenir une réponse claire de la part du petit-fils et de son épouse : pour quelle raison leur grand-père s'était-il retrouvé attaché au bout d'une corde de nylon de 35 mètres de long au pare-chocs arrière de l'Oldsmobile Toronado de 1968 ?

Je regardai fixement le klaxon et posai mon front sur le bord de mon volant.

Le vieux monsieur allait bien et les ambulanciers étaient en train de le soigner dans le véhicule qui se trouvait derrière nous, mais je n'avais pas pour autant manqué de plisser le front en affichant ostensiblement mon ahurissement et mon désespoir. J'étais fatigué et je ne savais pas trop si c'était le jeune couple ou la saison qui causait ma lassitude.

– Alors, lorsque vous avez freiné au stop, il s'est écrasé contre l'arrière de la voiture ?

C'était le genre d'hiver qui éprouvait durement même les âmes les plus résistantes ; depuis octobre, nous n'avions eu que des blizzards, des cataclysmes neigeux, des brouillards givrants et des vagues de froid qui avaient empêché la température de dépasser la barre des -25 °C. Nous n'avions eu qu'un seul répit, un *chinook* qui avait duré juste assez longtemps pour tout transformer en une infâme gadoue, et la totalité du comté s'était ensuite retrouvée sous un carcan de glace d'une quinzaine de centimètres d'épaisseur lorsque avait sévi la gelée suivante.

C'était le genre d'hiver où les bêtes qui se couchaient avaient peu de chance de se relever un jour – mortes de froid et de faim, ou inversement.

Je levai la tête et regardai Duane et Gina.

– Ouais, quand j'ai freiné, j'ai entendu un gros boum.

Elle se blottit dans sa parka tachée, le visage bordé par la fourrure en acrylique qui entourait la capuche, et essaya de ne pas allumer ce qui, pensais-je, devait être sa dernière Kool Menthol.

Nous étions tous assis dans la cabine de mon pick-up dont la barre d'avertisseurs lumineux était allumée pour signaler aux automobilistes que la chaussée était verglacée. La route, ou, plus exactement, la fine couche de glace qui la recouvrait, était probablement ce qui avait sauvé la vie de Geo Stewart ; s'il n'y avait pas eu les nombreux appels au 911 récupérés par Ruby, ma standardiste, et provenant d'automobilistes qui passaient par là, et le panneau STOP sur la route 16, le vieux monsieur de soixante-douze ans aurait fait l'entrée la plus incroyable que la ville de Durant, Wyoming ait jamais connue.

– Je crois qu'il a glissé et qu'il s'est pris l'arrière de la voiture.

Gina hocha la tête comme elle l'avait fait pour me dire qu'elle était partie acheter des cigarettes, du Coca light et une boîte de tampons au Kum & Go, où elle travaillait à mi-temps.

Je contemplai le rouge à lèvres rose bonbon qui bordait son ultime cigarette. Je lui avais demandé trois fois de ne pas fumer dans mon camion et j'essayais d'ignorer les vagues effluves de marijuana émis par le couple. Elle en était peut-être à sa dernière cigarette, mais il me semblait, à l'odeur, qu'ils recélaient encore des stocks d'une autre substance.

– C'est un putain de costaud, celui-là. C'est pas la première fois qu'il dégringole du toit.

Nous écoutâmes tous les parasites et appels débridés émanant des autorités du nord de l'État sur mon Motorola, et je cessai de gribouiller dans mon livre de bord.

– Du toit ?

– Ouais.

Je regardai Duane, mais il n'avait pour l'instant rien émis de plus que des grognements approbateurs chaque fois que Gina avait parlé.

– Mmm-hmm.

Je les observai tous les deux et pensai à poser une nouvelle fois ma tête sur mon volant.

– Le toit de la voiture ?

Elle secoua la tête dans sa capuche et sortit la cigarette encore intacte de sa bouche.

– Çui de la grande maison.

– La grande maison ?

– Ouais.

Le silence retomba. Je visualisai le domaine de la famille Stewart, composé d'une maison victorienne et d'un certain nombre de mobile homes de simple et double largeur.

– Et que faisait-il sur le toit de la grande maison ?

Elle repoussa le bord de sa capuche qui tombait sur son visage ; grâce au chauffage du camion, la température de l'habitacle commençait à dépasser celle d'une ère glaciaire. Pour la première fois, je remarquai qu'elle avait de grands yeux bruns et un charmant visage en forme de cœur. Il était gâché par des cheveux d'un blond sale, mais elle était mignonne, avec ses traits prématurément tirés.

Elle avait appris que, pour fasciner les hommes, il fallait leur accorder la plus grande attention. Cela ne faisait que dix minutes que j'étais avec Gina dans le camion et j'avais déjà la tête qui tournait ; cela dit, la raison en était peut-être les vapeurs bien peu orthodoxes qui se dégageaient de mes deux passagers.

Elle regarda Duane, et je fis de même, décidant probablement que c'était à lui de raconter le reste de l'histoire.

Duane Stewart avait quitté l'école à l'âge de quatorze ans avec l'accord de ses parents, parce qu'il avait un don dans le domaine de la combustion interne ; quel que soit le type de véhicule motorisé fabriqué avant 1972 que vous possédiez, Duane pouvait le réparer. Son oncle Morris et lui avaient un atelier de mécanique délabré situé sur la route de la casse, l'autre entreprise familiale en activité.

D'ossature épaisse, il avait sur le visage quelques boutons qui me rappelaient à quel point il était jeune – il devait avoir à peine vingt ans. Son regard chercha le mien un instant, puis il renonça et s'éclaircit la voix.

– Ouais, il était en train d'nettoyer la cheminée.

Je contemplai les lueurs rouges et bleues émises par mon camion qui se mêlaient aux lumières jaunes de l'ambulance garée derrière nous et qui balayaient les collines.

– En février ?

Il se tourna vers sa jeune femme puis revint à moi.

– Mmm-hmm.

Je pris une grande inspiration et m'appuyai contre le dossier de mon siège.

– Peut-être qu'il vaudrait mieux reprendre depuis le début.

Le jeune homme repoussa sur sa tête la visière de sa casquette tachée d'huile de moteur. J'y lus HEMI.

– La cheminée d'la grande maison se bouche en hiver quand on la fait marcher un peu longtemps, alors on trempe une serpillière dans l'kérosène et on la descend dans le conduit pour le nettoyer.

– Dans le kérosène ?

– Mmm-hmm.

Il se prit au jeu de son histoire et commença à agiter les deux mains, dont les ongles et la pulpe des doigts portaient les traces de son art.

– J'l'avais déjà fait, mais j'ai le vertige, et Grampus, il est agile. Il arrive à sortir par la dernière fenêtre du côté du pignon, il s'accroche à une gouttière et balance une jambe jusqu'au toit.

Il décrivit l'exploit comme s'il avait valeur d'ultime explication.

Ce n'était pas le cas.

– Alors, la corde…

– Ça glisse, là-haut, avec la glace. Alors il l'a attachée autour de sa taille et l'a balancée par-dessus le toit et j'l'ai attachée à la Classic.

Tout était clair, maintenant.

Il hocha la tête tout en m'observant.

– Mmm-hmm. J'étais dans la cour et je regardais Grampus quand Gina, elle arrive, et elle dit qu'elle va faire des courses, et est-ce qu'on a besoin de quèqu'chose. Je lui dis non et elle est partie.

Je cachai derrière ma main le sourire qui commençait à se dessiner sur mes lèvres.

– La Classic, c'est la voiture à laquelle ton grandpère était attaché, l'Oldsmobile ?

– Mmm-hmm. On a entendu la portière de la voiture claquer, et le moteur se mett' en route. C'est là que Grampus et moi, on s'est regardés. Et à peu près au même moment, la corde s'est tendue. (Sa main calleuse vint claquer sur la paume de son autre main puis bondit.) Grampus est tombé en arrière, puis il s'est envolé au-dessus du toit et il est passé par-dessus bord.

– Duane, t'es vraiment un pauv'con, comment j'étais censée savoir que t'avais attaché Grampus à l'arrière de la voiture ?

Il tendit le cou sous l'effet de l'indignation.

– On… on le fait chaque année. (Il se tourna à nouveau vers moi.) On balance des tas de neige au bord de l'allée, alors il a dû atterrir dessus, mais avec l'élan, je crois pas qu'il ait percuté quelque chose de solide avant de s'emplafonner dans la boîte aux lettres au bout de l'allée.

Finalement, je posai quand même ma tête sur le volant.

Gina se joignit à la conversation.

– On gare toujours la voiture le nez vers l'avant comme ça on voit des deux côtés quand on sort. (Puis il y eut une accusation, juste histoire de répartir les torts.) Les gens, ils conduisent trop vite sur cette route, shérif.

Duane tendit la main pour tripoter le cordon en ressort qui pendait du micro accroché à mon tableau de bord, puis il fit un geste en direction de sa complice.

– J'imagine qu'on a de la chance que personne lui ait roulé dessus avant qu'elle se fasse arrêter.

Je levai la tête et approuvai vaguement. C'était un sculpteur de la région qui le premier avait appelé le 911, lorsque le vieil homme était passé devant lui dans une grande glissade.

– Mike Thomas dit que ton grand-père l'a salué de la main quand il l'a croisé sur la route.

Gina hocha la tête.

– On l'aime bien, Mike.

Ils me sourirent tous les deux. Je soupirai et posai mon stylo sur le support en aluminium.

– Alors, qu'est-ce que tu as fait ensuite, Duane ?

– J'ai sauté dans une des épaves, mais elles sont loin d'être aussi rapides que le 455 qu'y a dans la Classic, et c'est une traction avant, alors il m'a fallu un moment pour les rattraper… surtout avec les routes, glissantes comme elles sont ; le temps que j'arrive, votre adjointe avait déjà arrêté Gina.

Gina hocha la tête.

– Et elle a dit des très gros mots.

Je me penchai un peu en avant de manière que la jeune femme sache que c'était à elle que je m'adressais.

– Est-ce que vous avez entendu à nouveau le boum, la seconde fois, après que Vic vous a arrêtée ?

Elle se mit à tripoter la fourrure autour de son cou.

– Non, j'ai pris le virage, et après il s'est retrouvé balancé dans le fossé.

J'approuvai du chef et rangeai le bloc rigide dans le compartiment de la portière côté conducteur. Chez les Stewart, il se tramait toujours une tragédie en coulisse. Aussi loin que je me souvienne, les membres du clan se retrouvaient régulièrement embarqués dans une mésaventure quelconque qui les conduisait le plus souvent aux urgences du Durant Memorial.

– Duane, est-ce que ton père n'est pas mort en tombant d'un toit ?

Le jeune couple resta assis là, sans broncher, et je ne dis rien, moi non plus. Je ne les accusais certainement pas ; je n'étais pas complètement sûr, c'était tout.

– Il y a à peu près cinq ans, c'est ça ?

Duane ne cilla pas et il baissa imperceptiblement la tête.

– Nan-nan… C'était une crise cardiaque.

Je supposai que *nan-nan* était le contraire de *mmm-hmm*, et je lui fis signe pour l'encourager à poursuivre.

– Après être tombé du toit.

– Mmm-hmm.

J'étais désolé de devoir asticoter le gamin, parce que apparemment le sujet l'attristait, mais je me dis que j'avais une certaine autorité en tant que garant de la sécurité publique.

– Il n'était pas en train de nettoyer la cheminée avec la serpillière de kérosène, quand même ?

Le jeune homme prit une grande inspiration.

– Nan-nan. (Il s'éclaircit la voix.) On était en septembre, et il réparait un trou. Il a glissé et il est tombé. Et puis il a eu la crise cardiaque.

Accuser n'importe quel membre de la famille Stewart de mise en danger d'autrui par imprudence était aussi redondant que de livrer du charbon à Newcastle, ou à Moorcroft pour le coup. Je hochai la tête, enfonçai mon nouveau chapeau sur mon crâne, boutonnai ma veste en mouton retourné et remontai le col pour me protéger des bourrasques vivifiantes qui déferlaient des contreforts des Bighorn Mountains.

J'ouvris la portière et m'attardai dans l'ouverture juste assez longtemps pour parler à Duane encore une fois.

– Tu sais, Duane, peut-être que ta famille devrait se tenir éloignée des toits.

Nous étions sur le point d'entamer notre seconde semaine de résistance à des températures inférieures à -20 °C, pour la troisième fois de l'hiver ; pendant la journée, elles ne dépassaient jamais un clément -15 °C, soit une température assez douce, et la nuit, elles descendaient à des profondeurs abyssales, en deçà de -40 °C. Tout le monde trouvait le temps long, et je menaçais à nouveau mon entourage d'aller m'installer au Nouveau-Mexique.

Je passai à côté de la Toronado de 1968, qui pour moi était la plus vilaine voiture jamais sortie des usines de Detroit sur des pneus à structure diagonale. C'était un monstre couleur or avec bon nombre de taches de rouille, mais, comme pouvaient en témoigner mes adjoints, le groupe motopropulseur avait été modifié au point que ce n'était plus du tout l'Oldsmobile de nos pères – elle fonçait telle une guenon en chaleur. Depuis qu'ils s'étaient mariés il y avait un peu moins de six mois, Duane et Gina s'étaient relayés pour accomplir des travaux d'intérêt général et suivre des cours de conduite afin de garder leur permis de conduire.

Je remarquai la présence de la corde jaune, toujours attachée au pare-chocs, qui pendait dans le fossé, sentis arriver une autre attaque de migraine et m'éloignai d'un pas lourd.

Je m'étais cassé un os du pied au mois d'octobre et il me causait encore du souci. Luttant contre le vent et essayant de me stabiliser sur la glace avec mon pied et demi, j'ouvris d'une main peu assurée une des portières arrière de l'ambulance. Le véhicule était garé dans l'allée du Deer Haven Campground, à côté de la voiture de patrouille de Vic, et je faillis m'assommer en me cognant au plafond du véhicule.

Vic se trouvait à côté de l'autre porte. Je lançai un coup d'œil à mon adjointe. Agent de police de seconde génération, Victoria Moretti était la preuve même que la férocité n'était pas nécessairement proportionnelle à la taille. Après avoir passé cinq ans au département de la police de Philadelphie, elle avait atterri dans notre coin montagneux actuellement pris sous la glace et, lentement, elle avait commencé à dégeler mon cœur. Elle ressemblait à une de ces femmes qu'on voit étendues, alanguies, sur le capot des voitures exposées dans les salons ; enfin, il fallait y ajouter un caractère bien trempé et un Glock 17.

Santiago Saizarbitoria – Sancho, comme Vic avait baptisé notre adjoint basque – était assis sur la bosse qui correspondait à la roue et regardait Cathi Kindt ôter les débris des quelques égratignures et brûlures sur l'oreille de Geo Stewart, à l'endroit où il avait percuté l'un des pots d'échappement chromés de la Olds.

Je contemplai le groupe formé par les adjoints et les ambulanciers – dans les Hautes Plaines soit on tournait au ralenti dans le service public, soit tout le monde cherchait un endroit pour se mettre à l'abri, aujourd'hui. Je calai mes mains gantées sur mes genoux et me penchai pour examiner le ferrailleur.

– Vous savez, dans ce pays, on réserve généralement ce traitement aux voleurs de chevaux.

Geo sourit, le visage rouge et le regard vague. Il était tout en tendons et muscles filiformes, cuits par les étés brûlants du Wyoming et desséchés par les hivers, plus secs que de la bresaola. Ses yeux étaient d'un bleu pâle et le bord de ses pupilles avait la couleur du givre.

La vieille combinaison Carhartt tombait sur ses épaules comme la pellicule d'une mue, et dans les déchirures on apercevait la doublure rouge qui ressemblait à une plaie sous-cutanée. Ses godillots de bûcheron étaient fermés par des doubles-nœuds et il portait une casquette dont le tissu, un imprimé à fleurs, était passé.

Un énorme porte-clés, attaché par un anneau à sa ceinture, faisait un bruit considérable pendant qu'il parlait.

– Hé shérif.

L'arrière-grand-père de George "Geo" Stewart était un des fondateurs de Durant, et on dit qu'il était le premier bébé de type blanc né dans le Territoire ; mais c'était le père de Geo qui avait ouvert la casse après la Seconde Guerre mondiale. Lorsque la banlieue avait commencé à se rapprocher dangereusement de sa collection d'épaves de voitures et de camions, au début des années 1960, les commissaires du comté avaient persuadé Geo Senior de rassembler son tas de rouille et d'échanger son terrain en zone urbaine contre un autre plus grand, plus éloigné vers l'est, qu'ils avaient racheté à Dirty Shirley, la dernière tenancière de maison close encore en activité dans le comté.

Les commissaires avaient gardé une partie du terrain à côté de la casse pour en faire la déchetterie de la ville ; lorsque Geo l'Ancien était décédé, Geo le Jeune avait hérité de la casse, ainsi que du boulot à temps partiel qui consistait à entretenir la bascule et la propriété de la municipalité.

Il avait un don pour ce genre de choses, et j'entendais parler de lui uniquement lorsque des gens essayaient de déposer leurs ordures sans présenter leur facture d'eau, lorsqu'ils tentaient de resquiller sur la quantité de déchets qu'ils apportaient ou lorsque des gamins s'introduisaient dans la décharge et essayaient de se tirer avec des objets vintage.

– Hé Geo, comment ça va, à la déchetterie ?

Son visage prit une expression grave, mais son ton resta d'une politesse extrême.

– Avec tout le respect que je vous dois, Walt, c'est le Site municipal de dépôt, tri et récupération des déchets.

J'acquiesçai d'un mouvement de tête.

– Exact.

– Il refuse d'aller à l'hôpital.

Cathi me lança un coup d'œil. Le bureau du shérif du comté d'Absaroka n'avait peut-être pas grand-chose à faire d'autre que d'essayer de se protéger du vent d'hiver, mais Cathi Kindt, c'était une autre histoire.

J'évitai le regard de l'ambulancière et m'assis à côté de Sancho.

– C'est nécessaire ?

Elle s'installa sur la civière à côté de George et croisa les bras.

– Il a soixante-douze ans et il vient de se faire traîner par une voiture sur quatre kilomètres.

J'ôtai mon chapeau, examinai le ruban intérieur pour gagner un peu de temps et permettre à Cathi de se calmer. Mike Hodges au H-Bar Hats, à Billings, avait eu la gentillesse de m'en fabriquer un couleur fauve, puisque j'avais balancé le dernier dans la Powder River après avoir décidé que je n'étais pas un type à porter des chapeaux noirs.

Je me penchai en avant et regardai de l'autre côté de l'ambulancière enragée. Geo me souriait toujours, et je me dis que ses dents étaient ce qu'il avait de mieux.

– En fait, il a l'air plutôt en forme. (Le sourire s'élargit.) Comment vous sentez-vous, Geo ?

Il regarda autour de lui, examinant les appareils sophistiqués dont était équipé le véhicule.

– J'ai pas de putain d'assurance.

C'était bien ce que je me disais.

– Geo, quelle partie de votre corps a heurté la boîte aux lettres ?

Tout le monde dans l'ambulance me regarda. Cathi

faillit parler et Vic dissimula un sourire tout en laissant échapper un éclat de rire.

– L'épaule. (Il la bougea ; je vis sa position peu naturelle et j'entendis l'articulation grincer.) Un peu raide.

– On devrait la passer à la radio, non ?

Il haussa son autre épaule.

– J'vous ai dit. J'ai pas d'foutue assurance.

Je souris à mon tour et hochai la tête.

– Ça ira, Geo, le comté a plein d'argent.

– Je veux une augmentation.

Vic marchait à mes côtés ; les portes en verre du service des urgences du Durant Memorial se refermèrent derrière nous.

– Non.

Nous formions la queue du cortège constitué par le groupe du Site municipal de dépôt, tri et récupération des déchets. Je fis signe à Saizarbitoria de suivre la civière jusqu'à la salle de consultation et indiquai à Duane et Gina de s'asseoir sur les canapés à côté de l'entrée, où Morris, le frère de Geo, les rejoignit. Il avait apparemment appris que son frère était blessé, et la gravité de la situation était en partie confirmée par le fait que, pour autant que je sache, il ne venait en ville que trois fois par an.

– Salut Morris, dis-je avec un signe de main.

Il ne me rendit pas mon salut.

– Tu viens de dire que le comté a plein d'argent.

Je baissai la voix pour l'inciter à en faire autant

– C'est le cas pour les services médicaux en faveur des ferrailleurs récalcitrants dépourvus d'assurance, mais pas pour les salaires des membres du bureau du shérif.

Elle prit un ton plus léger.

– Je veux m'acheter une maison.

Je hochai la tête, puis souris, juste pour qu'elle sache qu'elle ne devrait pas se focaliser sur le montant de son salaire annuel.

– Alors, tu devrais travailler dur et mettre de l'argent de côté.

– Je t'emmerde.

– Remarquable, le respect que j'arrive à obtenir de mon personnel, tu ne trouves pas ?

Janine, qui était assise à son bureau, était la petite-fille de ma standardiste, Ruby. Elle leva les yeux de son livre, hocha la tête et se gratta sous le menton avec la grosse gomme rose qui ornait le bout de son crayon.

– Remarquable, en effet.

Vic s'appuya dos au comptoir et croisa les chevilles.

– Je ne plaisante pas, du moins en ce qui concerne la maison. J'en ai marre de vivre sur des roues.

Depuis son arrivée dans le comté, Vic occupait un petit mobile home au bord de l'autoroute, et je m'étais souvent demandé pourquoi elle ne s'était pas installée dans un habitat plus permanent. Peut-être ma dernière réélection et ma promesse de démissionner en sa faveur dans deux ans n'y étaient-elles pas étrangères.

– Où se trouve cette maison que tu veux ?

– Sur Kisling Street. C'est une petite Craftsman.

Mon regard alla se perdre dans le couloir.

– Celle avec la porte rouge ?

Elle ne dit rien pendant un moment. Puis :

– OK, qui est mort dans cette maison ?

Je haussai les épaules.

– Personne. Je suis juste passé devant en voiture hier et j'ai vu le panneau À VENDRE. Sais-tu que les jacobites en Écosse peignaient leur porte en rouge ;

c'était le signe de soutien au Quarante-Cinq et à Bonnie Prince Charlie ?

– Sais-tu que j'en ai strictement rien à foutre de tes salades ?

Janine gloussa.

Vic décroisa les chevilles et se dandina d'une ranger sur l'autre.

– J'ai rendez-vous ce soir pour aller la visiter à nouveau. J'imagine qu'il y a un paquet de gens intéressés.

– Tu voudrais que je t'accompagne ?

Elle leva un sourcil exquis.

– Et pourquoi, par tous les saints de *Maisons et Décorations*, je voudrais que tu fasses une chose pareille ?

Elle marquait un point ; mes talents dans ce domaine étaient proches du négligeable – j'avais enfin réussi, l'automne dernier, à faire poser le carrelage en terre cuite dans ma maison en bois construite il y a six ans.

– C'est un truc de mec ; même si on ne connaît rien aux voitures, on ouvre le capot et on regarde le moteur.

– Sept heures et demie. Ensuite, je t'autorise à m'emmener dîner.

Je bougeai pour ne plus m'appuyer sur mon pied éclopé et baissai les yeux vers mes bottes, cachées sous des caoutchoucs à boucles.

– C'est un quartier agréable de la ville. Par là, les maisons ne restent pas longtemps sur le marché. Ils en demandent combien ?

– Cent soixante et onze, mais je crois que je peux l'avoir pour cent soixante-deux. Alphonse dit qu'il m'avancera l'apport, et je lui rendrai quand je pourrai, sans intérêt.

Alphonse était l'oncle de Vic qui possédait une pizzeria à Philadelphie, le seul, en dehors de la mère de Vic, Lena, qui était un Moretti pas flic.

– Qu'en pense le reste de la famille ?

– Ils n'en savent rien.

En règle générale, les intrigues de la famille Moretti ramenaient les Borgia au même niveau que Blondie et Dagwood.

Son épaule heurta mon bras lorsqu'elle changea de sujet.

– Alors, ta fille et mon frère se marient cet été ?

Je pris une grande inspiration et expirai rapidement.

– Toutes les informations que j'ai, je les récupère sur le répondeur de la maison.

– Au moins, t'as une maison. (Elle se dandina à nouveau d'un pied sur l'autre, cette fois-ci avec un mécontentement moins visible.) Maman dit fin juillet.

Je haussai les épaules.

– Maman doit savoir. (Je repensai à la mère de Vic et à la courte période que j'avais passée à Philadelphie il y avait presque un an.) A-t-elle dit s'ils pensaient se marier ici ou à Philadelphie ?

Elle leva la tête vers moi.

– Apparemment, il y a eu des discussions sur un endroit particulier de la Réserve – Crazy quelque chose…

Je réfléchis.

– Crazy Head Springs ?

– C'est ça.

– Oh oh…

– Pourquoi "Oh oh" ?

– C'est à cet endroit que j'ai aidé à hisser le totem pour le pow-wow. C'est un lieu sacré pour les Cheyennes, mais il ne fait pas l'unanimité. Crazy Head était un chef crow, mais il appartenait au clan dissident des Kicks-in-the-Belly.

– Comme Virgil ?

– Ouaip, comme Virgil. (Virgil avait été un de nos hôtes à la prison et après sa libération, il avait disparu des écrans radar.) Les Cheyennes n'aiment pas l'idée qu'un chef crow soit vénéré sur leur réserve. Henry avait emmené Cady avec nous, elle avait sept ans, et elle a toujours dit qu'elle voulait se marier là-bas.

Vic secoua la tête.

– On verra si ça dure jusqu'à l'été.

– Qu'est-ce que tu entends par là ?

Son regard croisa le mien, mais une fois de plus elle changea de sujet.

– Alors est-ce que le Basque t'a parlé ?

Je commençai à bâiller et mis ma main devant ma bouche.

– De quoi ?

– De partir.

Je m'interrompis au milieu de mon bâillement.

– Quoi ?

Mon regard s'attarda sur elle, mais il fut tout à coup attiré par les pans flottants d'une blouse blanche qui approchait dans le couloir. Je tournai la tête pour accueillir Isaac Bloomfield, le chirurgien et médecin responsable de tous les services du Durant Memorial. Membre de l'une des tribus perdues, qui devait être vraiment très perdu lorsqu'il s'était installé dans le Wyoming, Isaac Bloomfield avait ouvert son cabinet dans le comté d'Absaroka il y avait plus d'un demi-siècle. Il avait été un des trois prisonniers du camp de Dora encore vivants lorsque les troupes alliées avaient libéré le *Vernichtungslager* nazi.

– Comment va le patient ?

– Eh bien, c'est bien la première fois qu'on voit une chose pareille. (Il leva la tête vers moi et me regarda à travers ses culs de bouteille, qui grossissaient les innombrables plis de la peau autour de ses yeux.) Ses poils traversent son caleçon long.

Vic émit un bruit peu élégant par le nez.

– C'est probablement plus que ce que nous avons besoin de savoir, Doc.

Il ajusta ses lunettes et fit un mouvement de sa tête presque chauve vers les doubles portes du service des urgences.

– Walter, il faut que tu viennes avec moi. (Il lança un coup d'œil à Vic qui s'apprêtait à nous emboîter le pas.) Seul.

Je me tournai vers elle tout en suivant le frêle monsieur dans le sanctuaire du Durant Memorial.

– Reste là. Je veux que tu m'en dises plus sur la maison et le mariage. Et sur Sancho.

Elle fourra les mains dans les poches de sa veste d'uniforme et me lança :

– Je te rappelle que j'ai un rendez-vous à 7 heures et demie.

Doc m'emmena dans la première salle d'examen et ferma la porte. Je regardai autour de moi ; nous étions seuls. Voilà pourquoi je suis shérif – je remarque ce genre de choses.

– Où est le patient ?

Il posa son sous-main sur le comptoir à côté d'un lavabo et revint à moi.

– Dans la pièce d'à côté.

– S'il vous plaît, ne me dites pas qu'il vient de faire une crise cardiaque. (Je réfléchis.) Vous savez que c'est de famille.

– Oui, mais le patient en question souffre essentiellement de diabète, pas de maladie cardiaque.

– Très bien. (Je le regardai.) Qu'est-ce qui se passe, Doc ?

Je restai immobile, enveloppé de son silence désapprobateur. Il leva lentement la tête.

– Tu as eu une année difficile. Une année très difficile. (Il me regarda avec insistance et tapota le lit d'examen.) Grimpe voir là.

– Isaac, je n'ai pas le temps…

Il tapota l'écritoire.

– Moi non plus. J'ai bien l'intention de prendre ma retraite bientôt et de refiler la responsabilité de cet endroit au nouveau jeune homme que nous avons embauché.

– Qui ça ?

Il ignora ma question et tapota le sous-main à nouveau.

– Ce sont les comptes-rendus d'examen que je dois remplir pour le service de santé du comté, et si tu ne t'assois pas, je leur demanderai de suspendre ta prise en charge.

Je respirai profondément et le regardai ; il était absorbé dans l'étude du dossier qui contenait le récit documenté de mes péripéties physiques. Doc me traînait de force pour me faire passer la visite médicale obligatoire de l'assurance santé chaque fois qu'il trouvait qu'il était plus que grand temps.

Piégé.

– Ruby vous a appelé, c'est ça ?

Il ne répondit pas, alors je soupirai, grimpai sur la table d'examen et m'assis.

Il déposa le dossier sur le lit à roulettes voisin, tendit les deux mains et plaça ses pouces de part et d'autre de mon genou, pour appuyer sur la rotule à travers mon jean.

– Comment va le genou ?

Je grimaçai.

– Bien, avant que vous ne vous mettiez à le tripatouiller.

Il leva les yeux vers moi, le portrait même d'un César vénéré et clément à la fois.

– La blessure laissée par le coup fusil de chasse à la jambe n'a guéri que modérément bien ?

– Ouaip.

– Pas de symptôme persistant de la pneumonie consécutive à la noyade ?

– Je ne me suis pas vraiment noyé.

Il répondit d'un ton sec.

– Lorsqu'on doit être ressuscité, c'est qu'on s'est noyé.

– OK.

– Enlève ton manteau.

J'obéis et il prit ma main gauche pour examiner les tissus scarifiés. Il tint mon bras et tourna mon avant-bras, faisant pivoter l'articulation du coude.

– Est-ce que ça fait mal ?

Je mentis.

– Non.

Il défit mon bouton de chemise, remonta la manche et examina le coude de plus près.

– C'est enflé, là, sous le tissu scarifié.

Je mentis à nouveau. Généralement, je ne mens pas, mais avec Doc c'était devenu une habitude.

– J'ai toujours eu ça.

Il secoua la tête et me manipula l'épaule. Elle émit le même bruit râpeux que celle de Geo Stewart.

– Et l'épaule ?

– Parfaite.

– Elle ne me paraît pas parfaite, à moi, et à l'oreille, je n'ai pas non plus cette impression.

Il fronça les sourcils en appuyant sur l'articulation et me leva le bras.

– Et là ?

En fait, ça me faisait un mal de chien, alors je retirai mon bras.

– Pas terrible, c'est pour ça que j'ai renoncé au salut obligatoire entre membres du département.

– Comment va ton pied ?

– Fabuleusement bien.

Il me regarda droit dans les yeux, et le seul qualificatif que l'on aurait pu appliquer à son regard aurait été désapprobateur.

– Tu boites toujours.

– J'en suis venu à considérer ma claudication comme une caractéristique de ma personne.

– Enlève ton chapeau.

– Je ne crois pas que ça va arranger ma claudication.

Il posa les mains sur ma tête, ajusta l'angle et abaissa la paupière inférieure de mon œil gauche ; nous arrivions au moment que je redoutais le plus. Il lâcha ma tête et prit un petit flacon en plastique dans le placard derrière lui.

– Ce sont des gouttes pour tes yeux ; est-ce que tu veux le faire ou est-ce que tu préfères que ce soit moi qui te les mette ?

– Combien de gouttes ?

Il leva deux doigts, et j'apportai ma contribution à l'avancement de la science médicale. Ma vision se troubla ; il garda les yeux rivés sur sa montre et attendit. Au bout d'un moment, il réexamina mes yeux.

– Bon, tes pupilles ne montrent pas d'abrasion particulière, mais ce sont les dégâts subis par la cavité oculaire qui me préoccupent. (Il me relâcha, ramassa le dossier et fit un pas en arrière, croisant les bras sur le dossier et sa poitrine.) Je ne parviens pas à voir un décollement de la rétine, mais il est possible qu'il y ait un traumatisme.

Il se frotta le menton et continua à me regarder à la façon d'un joueur de cartes qui envisagerait les probabilités d'une suite fermée.

– J'aurais pu être un champion, j'aurais pu être quelqu'un…

– Tu pourrais aussi devenir aveugle comme une taupe de l'œil gauche si tu recevais un autre coup à cet endroit.

Je me figeai.

– Quoi ?

– C'est juste la pointe d'humour du médecin. Si tu ne prends pas ton état au sérieux, pourquoi devrais-je le faire, moi ? (Il serra mon dossier un peu plus fort.) Tu souffres toujours de ces maux de tête ?

– Seulement quand je viens ici.

J'avais commis l'erreur de confier à Ruby que j'avais eu quelques migraines récurrentes, ce qui avait dû aboutir à cet examen. Je glissai petit à petit mon arrière-train vers le bord de la table d'examen.

– À quelle fréquence ?

Il continua à me fixer sans bouger.

Je pris une inspiration et retrouvai mon calme.

– De temps en temps.

– Et les flashes ?

– Ça ne s'est produit qu'une fois. J'ai dû bouger la tête trop vite.

Une fois de plus, c'était un mensonge, et je jouais avec le feu parce que Doc était assez bon pour repérer les contre-vérités. Après avoir été emmené par les souriants *Gruppenführer* de la SS en uniforme noir, Isaac Bloomfield était devenu un polygraphe sur pattes.

– Tu es sûr ?

Le secret d'un bon mensonge, si grossier soit-il, c'est de ne pas en démordre.

– Ouaip.

Il secoua à peine la tête, juste pour me faire savoir qu'il savait que je mentais.

– Walter, j'ai un marché à te proposer.

– OK.

Il s'apprêtait à parler lorsqu'il s'arrêta. Au bout d'un moment, il passa la langue sur sa lèvre supérieure et essaya à nouveau.

– Je vais signer ces formulaires disant que tu es en bonne santé, ce qui est le cas pour un jeune homme offrant une telle accumulation de blessures. (J'aimais bien quand Doc me donnait du jeune homme, et j'essayai de ne pas m'attarder sur le fait qu'il avait déjà quatre-vingts ans passés.) Mais à une seule condition.

Il y avait toujours une entourloupe avec Doc.

– Laquelle ?

– Tu vas chez Andy Hall à Sheridan pour un examen complet de l'œil gauche.

– D'accord.

Je m'étais remis peu à peu debout, mais j'avais répondu trop vite ; il posa une main sur mon genou, le mauvais, pour m'arrêter.

– Je vais prendre le rendez-vous.

Je me défilai.

– Je peux le faire, donnez-moi son numéro.

– Non, je vais prendre le rendez-vous pour toi. Quel moment conviendrait, cette semaine ?

– Cette semaine ?

Même avec ma vision trouble, je voyais ses grands yeux marron m'observer.

– Oui.

Bon sang. Je réfléchis et je me dis que plus j'avais de temps devant moi, plus j'avais de chances d'y échapper.

– Vendredi ?

Il sortit un stylo de sa blouse et gribouilla en haut d'un des formulaires avant de conclure avec un paraphe ponctué d'un point ferme et définitif.

– Jeudi.

– C'est la Saint-Valentin.

Il sourit, sa mission accomplie.

– Peut-être que tu le prendras à cœur.

Je renfilai mon manteau et remis mon chapeau.

– Bon, OK, maintenant que vous avez fini de saper tous mes projets, ça vous ennuierait de me dire comment va Geo Stewart ?

– Luxation classique de l'épaule gauche.

– Eh ben, ça explique pourquoi il saluait les gens qui passaient d'une seule main.

Isaac hocha la tête.

– Je voudrais le garder ici en observation, mais il y a autre chose qui est apparu au cours de la conversation et je me suis dit que ce serait peut-être bien que tu le saches.

– Oh oh… Quelque chose me dit que je ne vais pas aimer ça…

Isaac Bloomfield s'éclaircit la voix.

– Apparemment, à la déchetterie…

– Vous voulez dire au Site municipal de dépôt, tri et récupération des déchets ?

Doc poursuivit comme si je ne l'avais pas interrompu.

– Ils ont découvert un morceau de corps.

2

– On pourrait le déposer aux objets trouvés. (Je le regardai gratter son impressionnante barbe.) Vous êtes sûr que c'est un doigt, Geo ? Parce que si nous faisons tout le chemin jusque là-bas pour découvrir que c'est le bout d'une bratwurst…

– Pas possible… à moins qu'ils aient décidé de mettre des ongles sur les hot-dogs.

Je regardai autour de moi. Ni Saizarbitoria ni Doc ne m'offraient d'aide sur ce coup-là. Je soupirai et me mordillai l'intérieur de la lèvre.

– Et est-ce qu'il y aurait par hasard une bague à l'intérieur de laquelle serait gravé le nom du propriétaire ?

Il réfléchit un moment.

– Nan, y a que le doigt.

– C'était une plaisanterie, Geo.

– Oh.

J'observai le vieil homme et décidai que son couvre-chef avait peut-être été orné d'un décor floral rouge et blanc au début de sa vie, mais la graisse accumulée lui donnait une patine épaisse qui approchait la couleur noire. Des boucles d'un argenté sale s'échappaient par en dessous et descendaient plus bas que sa proéminente pomme d'Adam. Une longue vie de labeur avait tanné

35

sa peau, brune comme du café torréfié, et un nombre impressionnant de rides étaient gravées autour des creux de sa bouche et de ses yeux bleu lagon.

Chaque fois que je voyais ses yeux de près, je me demandais à quoi il ressemblerait s'il était un jour lavé et rasé. Il y avait de grandes chances pour que la communauté du comté ne le sache jamais.

– Est-ce qu'il peut se déplacer, Doc ?

Le médecin de garde hocha la tête et croisa les bras par-dessus son éternel dossier médical.

– J'imagine que oui. Sa famille attend toujours dans la salle d'attente.

Je pris une grande inspiration et me penchai aussi près de Geo que ce que je pouvais tolérer, compte tenu de son odeur.

– Promettez-moi que, cette fois, vous voyagerez à l'intérieur de la voiture…

Je sortis de ma poche poitrine mes Ray-Ban de dix ans d'âge et les mis sur mon nez pour soulager un peu mes pupilles dilatées. Alors même que les cieux étaient couverts, humides et gris comme un cadavre, la luminosité était suffisante pour affecter ma vue. On arrivait à cette partie de l'hiver qui n'en finissait pas, comme un roman russe. Un long, très long roman russe.

Je contournai avec précaution les amas de neige congelée sur le parking du Durant Memorial Hospital avec Santiago qui marchait d'un pas lent à côté de moi.

Je voulais un peu de temps avec le Basque, seuls.

La distance jusqu'aux places réservées aux véhicules d'urgence n'était pas grande, mais j'étais heureux d'avoir pensé à remettre mes caoutchoucs. Je m'apprêtai à ouvrir la portière conducteur du camion, quand je me souvins que mes yeux étaient toujours dilatés. Je fis un pas en arrière pour regarder Sancho.

– Pardon, j'avais oublié.

Je passai devant le capot pour aller de l'autre côté de mon Bullet – une démarche tout à fait inhabituelle. Lorsque j'ouvris la porte, j'eus une surprise – le chien était assis à l'avant. Il se tourna pour me regarder comme si j'étais devenu insensé. L'animal avait du sang de saint-bernard, de berger allemand et d'un paquet d'autres races, dont la plupart étaient des espèces domestiquées, sauf lorsque vous aviez un morceau de bacon – là, il appartenait à l'espèce du grand requin blanc.

– Mais d'où est-ce que tu viens, toi ? (Nous échangeâmes un regard insistant, enfin lui surtout, parce que le mien était bien plus vague et flou.) Derrière.

Il parut désespéré l'espace d'un instant, puis il fit bondir sa carcasse de soixante-cinq kilos jusqu'à la banquette arrière de la cabine. Je montai et me tournai pour lui offrir un regard vaguement contrit.

– Désolé, on est en mission.

Saizarbitoria monta à la place du conducteur, referma la portière, boucla sa ceinture et se tourna vers moi.

– Vous avez les clés ?

– Ouaip.

Je tirai le trousseau de la poche de ma veste et le lui tendis. Il mit en route le trois quarts de tonne, et je pointai un doigt vers le sud.

– À la décharge, James.

Tandis qu'il sortait prudemment du parking, je tripotai le micro accroché au tableau de bord et appuyai sur le bouton pour appeler Ruby.

– Allô la base, ici unité un. À vous.

Parasites.

– Comment s'est passée ta consultation ?

– Il va falloir qu'on en reparle, toi et moi. Alors, est-ce le chien qui s'est faufilé dans mon camion ou est-ce que tu l'as envoyé ici avec quelqu'un ?

Parasites.

– Ferg l'a déposé en rentrant à la maison. J'ai une réunion des Femmes méthodistes ce soir, et je ne te fais absolument pas confiance.

Ruby gardait très souvent mon chien, et il était vrai que de temps en temps j'abusais de ce privilège.

La transmission se coupa sans autre commentaire ni badinage.

Je jetai un coup d'œil au jeune adjoint qui occupait ma place au volant et repensai à ce que Vic m'avait dit. Il n'avait pas l'air mal, étant donné ce qu'il avait traversé ces derniers mois, à savoir des complications à la suite du découpage d'un de ses reins par un couteau de cuisine denté en juillet et la naissance de son premier enfant, Antonio, en novembre. J'avais aménagé son temps de travail jusqu'à ce qu'il reprenne à temps complet, mais il était visible que son énergie n'était pas à un niveau optimal.

– Alors, tu nous emmènes en balade ?

En tournant le volant, le Basque esquissa un sourire et accéléra.

– Ouais.

Je contemplai le paysage couvert de glace et me mis à penser à ma fille ; elle n'avait pas appelé, récemment – c'était souvent ce qui me venait à l'esprit lorsque je pensais à Cady. J'en rendais responsable le jeune homme qu'elle allait épouser l'été prochain, me disant qu'ils avaient beaucoup de choses à discuter. Michael Moretti occupait le temps de Cady, et j'étais jaloux.

La radio vint interrompre ma rêverie infantile.

Parasites.

– Vic vient d'arriver. Est-ce que tu emmènes le chien à la décharge ?

Je branchai le micro et tendis le bras pour caresser sa grosse tête.

– Bien sûr, avec ses cent cinquante centimètres carrés de muqueuse olfactive, ce sera Disneyland pour lui.

Parasites.

– N'oublie pas qu'il y a des chiens chez les Stewart.

Geo avait une paire de molosses, des chiens loups, Butch et Sundance, qui étaient connus dans tout le comté pour être deux créatures dont la férocité n'avait rien à envier à celle de Cerbère. Ils avaient tué un couguar, quelques coyotes, et chassé de leur territoire au moins deux ou trois ours noirs – sans parler de bon nombre d'adolescents téméraires. Je me tournai vers les yeux canins devenus impatients. Les miens étaient encore larmoyants comme ceux d'un lapin atteint de myxomatose lorsque je repris le micro :

– Je ne le laisserai pas s'éloigner.

Parasites.

– S'il se salit, c'est toi qui le laveras.

– D'accord.

Le chien me regarda et me sourit de tous ses crocs tandis que je le grattais sous son large menton.

Je revins à Saizarbitoria et l'étudiai tandis qu'au volant de mon camion il nous faisait quitter la ville, et j'essayai désespérément de retrouver au coin de l'œil du mousquetaire un tout petit éclat de l'étincelle qui l'animait auparavant.

Sancho pilota entre les contreforts des montagnes à la sortie de Durant – les cieux de plus en plus sombres absorbaient le peu de chaleur qu'il y avait eu dans la journée, sans en restituer aucune. On était lundi, la deuxième semaine de février, et les gens parlaient moins, parce que le vent leur arrachait les paroles de la bouche et les expédiait directement jusqu'au Nebraska. J'avais une image de toutes les déclarations et conversations inachevées du Wyoming, empilées le long des talus jusqu'à ce que la neige les étouffe et qu'elles s'enfoncent dans la terre noire. Peut-être renaissaient-elles au printemps comme les fleurs des champs, mais j'en doutais.

Lorsque nous sortîmes du virage où Geo Stewart était tombé dans le fossé, un pick-up Ford orange de 78 nous fit signe de ralentir. Un cow-boy à moustache baissa sa vitre tandis que Santiago mettait en marche les signaux d'urgence et ralentissait, s'arrêtant dans un lent dérapage sur la glace aussi lisse que celle d'une patinoire.

Le Basque poussa le bouton pour faire descendre sa vitre, et je criai à l'attention de l'homme :

– Salut Mike.

Le sculpteur hocha la tête et sourit.

– Vous avez détaché le vieux Stewart de l'Olds-mobile ?

– Ouaip.

– Je me demandais si quelqu'un l'avait libéré ou s'il s'était juste désintégré.

Il posa sa main sur son volant et jeta un coup d'œil pour s'assurer que personne n'arrivait derrière lui.

– J'ai déposé un paquet de trucs à la décharge, mais il n'y avait personne à la bascule, alors je me suis dit que vous aviez emmené le vieux à l'hôpital.

Il se passa la main sur le visage et laissa échapper un petit rire.

– Ozzie Dobbs était là-haut en train de balancer tout un tas de choses, et il faut que je vous dise, il était assez content de ne pas voir Geo.

Je regardai à travers le pare-brise et repensai au nouveau projet immobilier qui s'était implanté sur la dernière hauteur avant les montagnes, juste à l'ouest de la déchetterie et de la casse de Geo. On ne l'appelait pas un projet immobilier, mais c'en était un effectivement – si on acceptait cette appellation s'agissant de petits ranches de deux hectares avec des demeures à quatre millions de dollars disposées le long d'un golf.

Redhills Rancho Arroyo était l'idée personnelle d'Ozzie Dobbs Sr., un promoteur originaire du sud de l'État, qui avait saisi l'occasion d'acheter à bas prix la terre jouxtant la décharge qui, par hasard, offrait des vues remarquables sur le flanc est des Bighorns. Ozzie Sr. était mort discrètement il y a deux ans et demi, et les rênes avaient été reprises par son fils, Ozzie Jr., qui depuis s'efforçait d'obtenir le soutien de la communauté pour faire déplacer à nouveau la déchetterie et la casse. Geo Stewart ne voulait pas en entendre parler.

Le ranch soigné et pittoresque de Mike Thomas était à deux ou trois vallons de chez moi, et chaque fois que Martha et moi passions à côté de sa demeure, ma femme la contemplait avec mélancolie. Il l'avait façonnée avec autant de soin que celui qu'il apportait à ses statues – des poutres taillées à la main, des portes ouvragées et un œil d'artiste. J'aurais bien aimé le détester complètement, mais il était trop sympathique. Par la proximité géographique de sa propriété, il se trouvait impliqué dans ce qui, au sud-est de la ville, promettait de devenir une version moderne des guerres pionnières.

Toute cette histoire défila en ronronnant dans mon projecteur mental et la fin de la bande se mit à claquer contre la bobine au moment où la voix du sculpteur s'élevait à nouveau.

– Walt, ces gens représentent un vrai danger.

J'essayai de retrouver le fil de mon film.

– Ouaip, mais heureusement, surtout pour eux-mêmes. (Je lui rendis son sourire pour lui montrer que ma préoccupation n'avait rien de personnel.) Hé, Mike, est-ce que tu peux me montrer tes mains ?

Il parut abasourdi, mais tendit un jeu complet de doigts.

Nous poursuivîmes notre route et je m'adressai à Sancho avec mon visage d'enquêteur le plus déterminé :

– C'est ce qui s'appelle "enquêter".

Il ne rit pas comme il le faisait auparavant.

Nous remontâmes l'allée de la grande maison des Stewart, en prenant soin d'éviter la boîte aux lettres couchée en travers du chemin, et prîmes le raccourci qui conduisait directement au double portail de la casse, de l'autre côté du pont-bascule de la déchetterie.

L'ensemble casse/décharge occupait une vieille carrière de gravier et les falaises au fond s'élevaient à plus d'une trentaine de mètres. Même si à gauche s'alignaient des rangées de voitures à l'état d'épaves et, à droite, d'innombrables tas de déchets, l'endroit n'était pas vilain.

Le bureau de Geo, une construction Art déco incongrue qui avait été récupérée à la piscine municipale et qui avait conservé une couleur turquoise, certes écaillée mais encore très étonnante, trônait tout devant ; elle avait des fenêtres blanches en forme de hublots et des finitions arrondies. Si on regardait assez attentivement, on pouvait encore déchiffrer, dans une couleur plus foncée, les endroits où les lettres de SNACK BAR étaient autrefois accrochées.

La Classic était garée à côté du pont-bascule avec une phalange de dépanneuses, toutes datant de décennies différentes, mais il semblait n'y avoir personne dans le coin.

– Arrête-toi là, et gare-toi.

Il fit ce que je lui demandais sans commenter. Peut-être redoutait-il la suite de ce long hiver encore plus que moi, et aussi que ses paroles s'envolent vers le Nebraska, emportées par le vent.

Je sondai.

– Comment va Marie ?

Il lui fallut un moment, mais les mots parvinrent lentement à la surface.

– Plus fatiguée que lorsqu'elle était enceinte.

– J'imagine.

J'avais pensé lui dire, il y avait quelques mois, à quel point ce serait fatigant lorsque le petit coquin serait parmi nous, mais j'avais décidé de garder pour moi cette pépite de sagesse.

– Comment va Antonio ?

Il continua à contempler les dessins en zigzag qui zébraient la neige, en détournant le visage.

– Il dort… parfois.

– Ça peut devenir légèrement épuisant.

Je regardai sa respiration couvrir la vitre de buée.

– Comment ?

– Les bébés, ils peuvent devenir légèrement épuisants.

Il ne bougea pas.

– Ouais.

– Tu sais maintenant de qui il est ?

43

Il attendit un moment avant de tourner la tête, juste assez pour qu'un œil vienne s'égarer dans ma direction.

– Quoi ?

Je me penchai contre ma portière, rajustai mon vieux .45 de manière qu'il ne me rentre pas dans le flanc, et regardai le Basque.

– Bon, qu'est-ce qui te tracasse, Sancho ?

Il contempla la Remington calibre .12 cadenassée sur la console centrale et nous restâmes à écouter le rythme saccadé des rafales de vent qui frappaient la carrosserie du camion. Sa voix résonna comme si elle sortait d'un tonneau.

– J'envisage de retourner travailler en milieu carcéral.

Santiago avait commencé sa carrière de représentant de la loi à Rawlins, au pénitencier d'État, dans le secteur de sécurité maximale. Cela ne faisait qu'un peu plus d'un an qu'il était parmi nous, mais je l'aimais bien et je voulais le garder.

– Pourquoi ?

Il lui fallut un moment pour répondre.

– Je crois que je suis mieux adapté à un environnement dans lequel je sais que tout le monde est coupable.

Je souris.

– Ou du moins, jugé coupable par un jury composé de ses pairs.

– D'accord, disons dans un environnement où je peux traiter tout le monde comme s'il était coupable. (Je ne dis rien.) Écoutez, je sais que vous allez essayer de me convaincre de ne pas le faire…

– Non, pas du tout.

– Vraiment ?

– Vraiment. (Je repoussai mon chapeau sur ma nuque et je le regardai.) Si tu décides de partir, je te ferai une recommandation qui donnera le vertige au

44

procureur général de l'État, mais la seule chose que je te demande, c'est de te donner quelques semaines, de ne pas prendre cette décision trop rapidement. J'ai l'impression que c'est terriblement lourd pour toi en ce moment et…

— Je vous donne mon préavis de deux semaines à compter d'aujourd'hui.

Il se retourna vers la vitre.

Je n'avais plus qu'à remballer le couplet bien rodé du bon vieux shérif.

Je refermai la bouche, pris une grande inspiration et continuai à l'observer, à la recherche de l'homme que j'avais embauché quatorze mois auparavant ou de ce qu'il en restait. Ce n'était pas une mince affaire que de gérer la confrontation avec sa propre mortalité, et certaines personnes, lorsqu'elles se retrouvent devant elle, face à face, n'oublient jamais les traits de son visage.

— OK.

Nous retombâmes dans le silence, puis il reprit la parole.

— J'en ai discuté avec Marie.

Je pensai à Martha, qui n'avait jamais pu se faire à la vie d'épouse de flic.

— OK.

Le mot était comme un mauvais goût dans la bouche.

— Vous voulez toujours de moi pendant les deux semaines ?

Je songeai à toutes ces années, toutes ces fois où j'avais envisagé de lâcher.

— Évidemment.

J'entrouvris ma portière et, même avec le froid, l'odeur me fit l'effet d'un mur.

Duane s'était approché du camion côté conducteur ; je l'avais remarqué, mais pas Sancho. Lorsque Duane tapota sur la fenêtre de son côté, Santiago sursauta, ce qui fit sursauter Duane à son tour ; il perdit l'équilibre et tomba sur le sol gelé, où étaient répandues des flaques d'huile de moteur et d'eau couleur rouille.

Sancho se tourna et me regarda.

– Bon sang.

J'ouvris grand la portière et le chien sortit d'un bond. Je tendis la main à Duane pour l'aider à se relever. Il avait des tatouages sur les articulations de ses doigts et, sous son sweat en Thermolactyl, il portait un T-shirt sur lequel on lisait TU T'EMBROUILLES AVEC MOI, TU T'EMBROUILLES AVEC TOUT LE QUARTIER. L'humour de la phrase ne paraissait pas correspondre à la sensibilité du jeune homme ; quelqu'un avait dû le lui offrir. Ou peut-être que je sous-estimais Duane.

– Z'êtes venus pour la main ?

Je hochai la tête.

– On m'a dit que c'était juste un doigt.

Il paraissait nerveux, mais en même temps, il avait toujours l'air nerveux lorsque nous rôdions dans le coin. Il sentait toujours vaguement la marijuana.

– Mmm-hmm, c'est ça, un doigt.

J'entendis un grondement profond et je me tournai vers le chien, qui était assis sur mon pied. Il était cloué sur place et il regardait droit devant lui vers ce qui tenait lieu de bureau ; au centre de l'une des fenêtres en Plexiglas striées de traces de griffes, Butch et Sundance étaient assis au garde-à-vous. On ne voyait que leur tête. Ils étaient aussi grands que le chien, mais pas aussi trapus. Il gronda à nouveau, sur une note si basse que mes propres poumons en vibrèrent, et je lui donnai une tape.

– Arrête.

Il esquiva aisément ma main et me regarda, blessé

par ma réprimande. D'un coup de menton, je désignai les deux loups aux cinquante-sept races mêlées.

– Ils se tiennent bien, alors tu ferais bien d'être sage, sinon, je te remets dans le camion.

Je jetai un coup d'œil aux deux paires d'yeux qui nous observaient, conscient que même s'ils se tenaient bien, cela ne signifiait pas pour autant qu'ils ne mijotaient pas un coup. Quelque chose dans la manière dont ils restaient calmes me rappelait ce que mon ami Henry Standing Bear disait des gens calmes ; ils sont comme les Cheyennes, ils attendent que vous soyez dans une position fragilisée, et alors ils entrent en action. Pour le moment, ils étaient enfermés derrière des portes verrouillées et cela me convenait très bien.

– Tu remplaces ton grand-père au bureau ?

– Mmm-hmm.

– Où est-il ?

Il fit un geste de sa main boudinée.

– Par là.

Je hochai la tête et m'apprêtai à partir.

– Assure-toi que Butch et Sundance restent bien dans le bureau, OK ?

– OK.

Des tas d'ordures étaient amoncelés jusqu'aux collines sur la droite et comme l'aurait dit Double Tough, un autre de mes adjoints, les odeurs étaient si nauséabondes qu'elles feraient fuir tous les vers d'un macchabée. Tout bien considéré, c'était une description assez précise de ce que je commençais à ressentir.

Le Basque me rattrapa ; il avait une main plaquée sur son nez et sa bouche.

– Et si je restais dans le camion ?

Je secouai la tête.

– Nan-nan. (J'attendis une réponse, mais en vain.)

Si ce sont tes deux dernières semaines, alors, cette enquête, tu t'y colles.

Il soupira et ses épaules se voûtèrent un peu lorsqu'il fourra la petite trousse sous son bras.

– Il fait un froid glacial. On pourrait tout simplement aller jusqu'au bout en voiture ?

– J'ai déjà bousillé deux pneus, ici, sur de la ferraille et des vis à Placoplâtre, et il n'est pas question que j'en perde une nouvelle paire.

Je remontai le col de ma veste et enfonçai mes mains gantées encore plus profondément dans mes poches. Les Hautes Plaines étaient un lieu d'extrêmes où vivait un peuple de gens extrêmes – l'essentiel de mon travail touchait aux aspects sensibles et vénaux de la nature humaine –, mais il était rare qu'on se retrouve avec des fragments de corps sur le terrain.

Alors que nous avancions vers la colline, il y eut un bruit de détonation provenant de la route qui s'enfonçait dans la décharge. Saizarbitoria regarda dans la direction du bruit, puis se tourna vers moi.

– Des coups de feu ?

L'inquiétude qui perçait dans sa voix était palpable.

– Ouaip. Un .22, je dirais.

Il accéléra le pas et je le suivis comme son ombre. J'avais fait à peine trois pas lorsque je me rappelai le chien ; il avait toujours les yeux rivés sur Butch et Sundance.

– Hé.

Il me regarda, leur lança un dernier coup d'œil, puis suivit le mouvement.

Je lui donnai un petit coup avec ma jambe.

– Alors, comme ça, on fait le gros dur ?

Lorsque nous franchîmes la colline, je ne fus pas le moins du monde surpris. Geo Stewart, patient fraîchement sorti du Durant Memorial Hospital, était en train d'utiliser, avec une frénésie étourdissante, une carabine Savage de petit calibre pour anéantir des rats. Tout au moins, je supposai que c'était des rats. Il se tourna pour caler la crosse sur son genou, de manière à sortir le minuscule chargeur, nous adressa un bref hochement de tête nous signifiant qu'il était conscient de notre présence, puis il ramassa une poignée de balles sur sa combinaison Carhartt tachée et déchirée.

– Hé, shérif, ça fait un bail.

Son épaule ne lui causait visiblement pas beaucoup de souci.

– Hé, Geo.

Il examina mon visage tandis que nous approchions.

– Quèqu'chose qui va pas avec vos yeux ?

Je remontai mes lunettes de soleil sur mon nez et cachai efficacement les deux soucoupes qui me tenaient lieu de pupilles.

– Sur quoi vous tirez, Geo ?

Il recommença à enfoncer les balles de .22 avec son pouce dans le chargeur à ressort de sa carabine.

– Fichus rats, j'en ai trouvé un dans la glacière… il essayait de se tirer avec le doigt dont je vous ai parlé. (Sa barbe, qui descendait jusqu'à sa poitrine, était enfermée dans sa veste.) Y a un expert qu'est venu il y a quelques mois et il a dit que si j'faisais pas quelque chose, ils annuleraient l'assurance. Putain d'assurance.

Sancho s'improvisa un masque en remontant le col de sa veste jusqu'à sa bouche ; le vent avait tourné et nous recevions maintenant l'impact maximal des odeurs qui nous enveloppaient.

– Bon Dieu. (Les yeux venus d'Euskadi rencontrèrent ceux du vieux ferrailleur.) Comment arrivez-vous à vous habituer à cette odeur ?

Geo le contempla sans la moindre ironie, puis se leva avec ces mots :

– Quelle odeur ?

C'était une glacière en polystyrène d'une dizaine de litres, du genre de celles qu'on peut acheter l'été dans n'importe quelle station-service pour ensuite l'entendre couiner jusqu'à vous donner des pulsions meurtrières. Elle était posée sur un vieux réfrigérateur couché, couleur vert avocat, datant des années 1970. La glacière devait pourtant être assez neuve, parce qu'elle avait encore, collée sur le côté, son étiquette avec le code-barres.

Je ne sortis pas mes mains de mes poches.

– Alors, le doigt inconstant du destin se trouve là-dedans ?

Geo hocha la tête, et le chien, lui et moi nous tournâmes vers le Basque.

– Bon, d'accord.

Saizarbitoria s'avança et tira sur le couvercle de la glacière ; la pression du vide le fit trembler lorsqu'il se souleva. Mon adjoint resta un moment immobile, inclina la tête pour regarder sous un autre angle, puis referma le couvercle.

– Ce n'est pas un doigt.

Je me rendis compte que les effets des gouttes commençaient à s'atténuer lorsque je me tournais vers Geo, qui s'apprêtait à protester.

Santiago leva une main.

– C'est un morceau de pouce.

J'avançai et le Basque eut l'obligeance de soulever le couvercle à nouveau.

Le pouce était incrusté dans une fine couche de glace avec un peu de saleté et deux ou trois canettes écrasées de bière Olympia. Avec la plus grande ostentation, je sortis mes mains de mes poches, puis je les tins en l'air comme un pilote de chasse avant revue.

– Pas des miens.

Geo alla jusqu'à nous présenter ses deux pouces, et nous nous tournâmes tous deux vers Saizarbitoria, qui refusa de jouer le jeu.

Le morceau de pouce avait été coupé récemment, et il était d'une taille prodigieuse – presque aussi grand que les miens. La peau blanchâtre était marbrée, l'extrémité tranchée était écrasée ; elle ne donnait aucunement l'impression d'avoir été sectionnée par un acte chirurgical. Il allait être difficile d'obtenir une empreinte.

– Homme.

Santiago hocha la tête.

– Ouais.

– Qu'est-ce que tu en penses ?

Le Basque prit une profonde inspiration et le regretta instantanément.

– Un jour, peut-être deux, mais étant donné la température qu'il a fait, ça pourrait être plus.

J'approuvai du chef.

– Peut-être qu'il a gelé sur quelqu'un et qu'il est tombé.

Il sortit un sachet hermétique de son kit ainsi qu'une paire de gants en latex, qu'il défroissa en soufflant deux fois bruyamment du fond de ses poumons. Il fourra ses gants en cuir dans sa poche de veste puis enfila les autres avec un claquement. Il fit basculer la glacière sur le côté et fouilla à l'intérieur pour extraire délicatement le doigt de la saleté glacée ; il le déposa ensuite dans le sachet en plastique, fit coulisser la fermeture hermétique, referma la glacière, et la coinça sous son bras.

– Je vais rendre visite aux magasins du coin avec le code-barres, interroger les toubibs pour voir si quelqu'un s'est fait enlever un pouce ou traiter pour une blessure de ce genre. Je vais aussi vérifier le fichier des empreintes digitales, mais elle est abîmée, alors, on aura de la chance si on trouve une correspondance, même partielle.

Je hochai la tête.

– Tu vas mettre en place le quadrillage et examiner la scène de crime ?

Il leva les yeux vers le ciel qui s'obscurcissait.

– J'espère que vous plaisantez.

– On ne sait jamais.

Sancho se tourna vers Geo avec un mouvement résigné de la tête et ouvrit ses mains en signe d'impuissance. Geo cligna des yeux comme un cerf apeuré et cala son fusil dans ses bras en coupe comme l'aurait fait un Indien.

Geo avait quelque chose d'indien, ou peut-être était-ce son côté homme des montagnes. Certaines personnes vivent dans les Hautes Plaines parce qu'elles ne peuvent pas vivre ailleurs, leurs antennes sont réglées sur une fréquence qui prédispose aux délits. Une fois de temps en temps, rarement, ils s'aventurent en ville, boivent, se disputent trop fort. Comme des instruments raffinés de tempérament délicat qu'on joue rarement, ils se désaccordent, deviennent discordants. J'avais arrêté Geo seulement une fois dans ma carrière, pour ébriété et trouble à l'ordre public, lorsque son petit-fils s'était marié, six mois auparavant.

Ils disparurent derrière la colline suivante et je retournai vers le camion avec le chien. Alors que je me rapprochais de l'entrée principale, j'entendis le bruit d'un moteur diesel qui venait du portail et qui se répercutait en écho sur les collines comme les ricochets d'un caillou. Une Chevrolet vert foncé dernier cri, ornée de l'inscription RED HILLS RANCHO ARROYO sur les portières, tirait une éclatante remorque à bascule à fines rayures vertes pour l'amener jusqu'aux grilles. Je cherchai Duane du regard, puis je m'approchai.

Ozzie Dobbs Jr. était de petite taille et trop gai, souriant de ses petites dents carrées qui ressemblaient à des carreaux italiens. Il portait un large chapeau de style cattleman, et un foulard de cow-boy à carreaux verts était noué autour de son cou, fermé par un nœud plat et non par le nœud carré que les cow-boys de la région préféraient habituellement. La vitre descendit en bourdonnant et je remarquai qu'il l'abaissait suffisamment pour se faire entendre mais pas assez pour laisser passer le froid ou la puanteur.

– Ouh-là ! Quel est le problème, shérif ?

Je tapotai ma jambe pour que le chien me suive et j'avançai avec précaution jusqu'au côté du camion rutilant.

– Oh, nous recherchons un individu non identifié qui a peut-être bien dégringolé de quelques étages dans la chaîne de l'évolution.

Je m'appuyai sur la vitre, repoussai mon chapeau sur ma nuque, et souris à la mère d'Ozzie, qui occupait le siège passager.

– Bonjour, madame Dobbs.

Betty Dobbs devait approcher des quatre-vingts ans mais elle était encore une belle plante ; sa belle ossature avait résisté aux années et ses yeux tristes vous donnaient envie de lui dire tout ce qu'elle voulait entendre. Elle avait été mon professeur d'anglais et d'instruction civique en troisième et, à l'époque, je la prenais pour une harpie. Aujourd'hui retraitée, elle avait la réputation de se porter volontaire dans toutes les associations imaginables, du refuge pour les animaux du comté aux amis de la bibliothèque en passant par l'équipe des aides-soignants de l'hôpital.

– Bonjour, shérif. Belle soirée, n'est-ce pas ?

À l'évidence, l'odeur et le froid n'avaient pas encore envahi l'habitacle du camion.

– Oui, madame. (Je jetai un coup d'œil alentour à la recherche du jeune Stewart, mais il n'y avait que les chiens dans le bureau.) Vous avez votre facture d'eau, Ozzie ?

Il attrapa à contrecœur le papier jaune posé sur le siège, mais ne le lâcha pas.

– Ouais, je l'ai bien reçue, mais faut que je vous dise, shérif, j'ai encore au moins trois chargements, et j'espérais que vous me rendriez la tâche un peu plus facile, les gars.

Je jetai un coup d'œil à sa remorque bâchée.

– Eh bien, d'après ce que j'ai compris, vous avez déjà déposé un chargement aujourd'hui. Qu'est-ce que vous avez, là-derrière ?

Il me regarda fixement une seconde, se demandant probablement d'où je tenais cette information.

– Essentiellement des broussailles que je coupe à Wallows Creek.

– OK. (Je me tournai vers le centre de la déchetterie, où j'avais vu pour la dernière fois Santiago et le principal employé du Site municipal de dépôt, tri et récupération.) Je ne sais pas où se trouve Duane, ni où Geo voudrait que vous déchargiez, mais vous devriez reculer et passer par le pont-bascule.

Il soupira.

– Je vais le faire, mais alors, le commissaire des lieux va vouloir me faire payer. Je ne veux accuser personne, mais dès que vous donnez un peu de pouvoir à certains, ça leur monte directement à la tête. (Il lança un coup d'œil contrit vers sa mère avant de reprendre.) Je vais devoir revenir et j'aimerais bien que ce vieux salopard ne passe pas en revue chaque chargement que j'apporte. On dirait que j'essaie de me débarrasser de déchets nucléaires. (Je levai la main, mais mon geste eut bien peu d'effet.) Maintenant, il sait que j'ai fait pression partout dans le comté pour que cet endroit soit fermé et déplacé un peu plus loin – et c'est une bataille que je vais gagner, mais pour ce qui est de la casse privée qui est la sienne…

– Ozzie.

Il rougit mais ne s'interrompit pas pour autant.

– La quantité de suintements, d'antigel, de liquide de transmission, d'essence et d'huile qui descend de cette colline et envahit Rancho Arroyo serait une honte pour toute agence gouvernementale et je peux vous dire que je n'hésiterai pas une seconde à passer quelques coups de fil pour que cet endroit soit déclaré site Superfund[1].

Je mis cette fois un peu plus d'autorité dans ma voix.

– *Ozzie.*

Il s'arrêta et lança à nouveau un coup d'œil en direction de sa mère, avant de garder les yeux rivés sur le tableau de bord. Mme Dobbs se pencha au-delà du profil de son fils et me dit, sur un ton implorant.

– Je vous présente mes excuses, shérif. Ozzie Junior a eu une journée difficile, et je crains qu'il ait les nerfs à vif.

Je laissai passer un silence d'une longueur décente.

– Ce n'est pas grave, madame Dobbs.

---

1. Équivalent américain des sites Seveso. (Toutes les notes sont de la traductrice.)

J'observai le demi-visage de son fils, mais je crois qu'il était trop gêné pour lever la tête. Je reculai et fis signe au chien de m'accompagner.

– J'en parlerai à Geo, Ozzie.

Sa mère, ne voulant pas que nous nous quittions sur une situation ambiguë et impolie, se pencha à nouveau et m'interpella.

– Comment va votre fille, shérif ?

Je souris et répondis plus fort, de manière à couvrir le bruit du diesel.

– Cady va bien, madame.

– Toujours dans le cabinet d'avocats à Philadelphie ?

– Oui, madame Dobbs.

– Betty, je vous en prie. Est-ce que nous vous verrons au Redhills Rancho Arroyo Survival Invitational ce week-end ?

En tant que membre réputé et extrêmement visible de la communauté, je recevais, tous les ans, une invitation à ce ridicule tournoi de golf, mais comme je n'étais même pas un golfeur du dimanche, je n'y allais jamais. Le Redhills Rancho Arroyo Survival Invitational était un de ces tournois de golf d'hiver où les joueurs s'affrontaient vêtus de parkas, avec des balles orange fluo – le blanc n'était pas une couleur d'hiver pour le golf.

– J'aimerais beaucoup y participer, mais je ne joue pas au golf, Betty.

– Oui, mais votre charmant ami, si. (Elle sourit.) L'Amérindien.

– Henry Standing Bear. Il est cheyenne. (Même les femmes de quatre-vingts ans souriaient en pensant à Henry ; c'était agaçant, comme toujours.) Il est, pour l'instant, dans ma prison.

Son front se plissa.

– Oh non !

– Rien de délictueux ; la tuyauterie a gelé, à la fois dans sa maison et sur son lieu de travail, alors, il lui fallait un logement temporaire.

– Mais il joue bien au golf, n'est-ce pas ?

– Oui, madame, il est de niveau professionnel. (Je haussai les épaules.) Il est bon dans tout ce qu'il fait.

– Il vous a cassé le nez, si je me souviens bien.

– En quatrième, sur la fontaine à eau.

– N'est-il pas allé à l'université ?

– Si madame, à Berkeley.

Elle hocha la tête, plongée dans ses souvenirs.

– Je n'ose imaginer que vous puissiez le convaincre de jouer. Les recettes du tournoi de cette année iront au Fonds pour l'université des Indiens d'Amérique, et ce serait merveilleux si nous pouvions avoir un Amérindien parmi les participants.

Je fis un signe de la main, essayant de signifier que la conversation touchait à sa fin.

– Eh bien, lorsque je retournerai au bureau, je lui en parlerai.

Elle continua à sourire, mais Ozzie appuya sur le bouton pour remonter la vitre. Mme Dobbs se réinstalla à sa place lorsqu'il passa la marche arrière, et je vis que Saizarbitoria et Geo marchaient côte à côte le long du chemin, le Basque tenant toujours la glacière sous son bras, son chapeau jouant désormais le rôle de masque de fortune.

À environ cinquante mètres de là, Geo dit quelque chose à mon adjoint et leurs chemins se séparèrent – Sancho poursuivant sa route vers moi et le vieil homme, qui tenait toujours son fusil, partant en direction du pont-bascule.

Je m'appuyai sur le pare-buffle de mon pick-up et

regardai le jeune homme approcher avec un petit quelque chose dans sa démarche et son attitude qui exprimait globalement l'insatisfaction. Il me rappelait moi.

Il s'arrêta à deux pas et posa le gras de son pouce sur la crosse du Beretta calibre .17 qu'il portait à la ceinture.

– Bon, j'installe un premier treillis avec la ficelle ; selon mon avis éclairé, le pouce est arrivé dans la glacière et nous ne gagnerons rien en fouillant les alentours.

Je croisai les bras et hochai la tête.

– On dirait que tu ne crois pas que nous allons trouver le reste du corps ?

– Non, et M. Stewart dit que rien n'a bougé dans cette zone depuis deux ou trois semaines, et étant donné la nature fragile du contenant… (Il serra la glacière jusqu'à ce qu'elle couine.) Je dirais que c'est une arrivée récente. (Il m'observa.) Est-ce pour me punir de mon départ que vous me demandez de fouiller systématiquement toute la décharge par un froid glacial pendant les deux prochaines semaines ?

Je l'ignorai et lui posai une autre question.

– Tu vas vérifier les autorisations pour le week-end ?

– Ouais. C'est fermé le dimanche, alors il est forcément arrivé soit tard vendredi, soit samedi.

– Bon, récupère les papiers auprès de Geo, et on…

Je fus interrompu par une série de cris venant du pont-bascule. Je me tournai juste à temps pour voir la silhouette d'épouvantail de Geo Stewart avec la carabine calibre .22 qu'il tenait en diagonale, debout sur le pont-bascule devant le camion d'Ozzie Jr. Le promoteur fit rugir le moteur de son véhicule pour faire comprendre ses intentions à son interlocuteur, avança d'un bond jusqu'à ce que le pare-buffle chromé de son une tonne le touche presque. Butch et Sundance sautaient en tous sens, essayant de s'élancer et de faire exploser la paroi en Plexiglas pour s'échapper du bureau.

Je levai un doigt à l'intention du Basque.

– Une seconde… je reviens dans une minute.

Je me pressai sur le terrain accidenté, levai une main et criai :

– Attendez, attendez !

Apparemment, ils ne m'entendaient pas – ou peut-être ne voulaient-ils pas m'entendre –, mais Geo ne baissa pas les armes, et je vis sa bouche énoncer ce qui devait être une réponse à la tirade venimeuse d'Ozzie. J'étais à moins de trente mètres d'eux lorsque le camion fit un nouveau bond, et le vieil homme fut projeté en arrière.

Avec un bruit lourd et sourd, Geo heurta la rampe faite de traverses de chemin de fer et sa tête cogna violemment contre la surface dure du bois saturé de créosote ; la carabine tomba sur le côté avec le bruit caractéristique d'une arme qui tire. Au moins, le pick-up s'était arrêté, mais pour autant que je pouvais le savoir, il était toujours en position DRIVE.

– Mettez-le sur PARK, bon sang !

Je fis encore quelques pas maladroits – le chien était à côté de moi, maintenant, et il aboyait. Je voyais l'endroit où la balle avait ripé sur le pare-brise, fêlé la vitre et creusé une profonde entaille dans le capot et le devant de la cabine.

Je posai une main sur le bord de la vitre du conducteur, la glissai dans le petit espace, tournai la clé pour couper le moteur et la sortis du contact.

– Est-ce que ça va, vous deux ?

Ozzie ne bougea pas, mais sa mère, pâle et le souffle court, répondit :

– Nous allons bien, mais George ?

Je m'éloignai de la portière et m'avançai jusqu'au capot du camion ; Geo s'étirait le cou d'un côté, encore allongé par terre. Il se tâtait l'arrière de la tête. Je m'agenouillai et le soulevai. Sa casquette tomba, exposant la peau blanche cireuse, vierge, que le soleil n'avait jamais touchée.

– Vous allez bien ?

Il ferma les yeux puis les ouvrit en les écarquillant, fit jouer sa mâchoire deux ou trois fois.

– Geo, ça va ?

– Ouh-là. (Il bougea les maxillaires, la buée qu'il émit se condensa immédiatement dans l'air glacial, puis il approcha sa main pour essuyer la salive qui coulait au coin de sa bouche avant qu'elle ne gèle.) J'ai tiré sur personne, dites-moi ?

Je le regardai en souriant.

– Juste sur le camion, mais je crois qu'il survivra.

Nous rîmes de concert. Le chien était posté à côté du pont-bascule et aboyait à l'intention des deux corniauds qui maintenant se jetaient à tour de rôle contre le Plexiglas. J'ajoutai mon aboiement aux leurs.

– Suffit !

Il se calma, et mon regard se porta sur Saizarbitoria, qui était debout avec la glacière et le matériel d'investigation à ses pieds, à l'endroit où il les avait laissés tomber.

Son arme était dégainée, et, même à cette distance, je voyais que ses mains tremblaient. Je le regardai jusqu'à ce qu'il s'en rende compte ; il se tourna à demi et baissa son Beretta.

Betty Dobbs était sortie du camion et elle était accroupie à côté du vieux ferrailleur, qui leva les yeux vers elle et lui adressa un sourire radieux sous la crasse et les favoris.

– Vous allez bien ? Je vous ai pas tiré dessus, rassurez-moi ?

Elle rit et secoua la tête.

Je m'éclaircis la voix et m'apprêtai à me lever.

– Betty, pourriez-vous garder un œil sur lui, une seconde ? (Elle lui passa la main sur les cheveux, et je me dis que George était entre de bonnes mains.) Je reviens tout de suite.

En me levant, je me rendis compte qu'Ozzie Dobbs Jr. avait essayé d'ouvrir sa portière, mais qu'il était prisonnier entre les deux barrières du pont-bascule.

– Vous avez vu ça ? Cette espèce de cinglé de fils de pute a essayé de nous descendre !

Il pestait toujours, et ses dents Ultra-Brite apparaissaient entre ses lèvres contractées.

Me rappelant que les clés de Dobbs se trouvaient toujours dans ma main, je les fourrai dans ma poche et tendis une main pour le faire taire.

– Restez où vous êtes.

Il regarda tout autour ; il ne pouvait pas voir Betty et Geo devant son camion.

– Où est ma mère ?

– Elle s'occupe de l'homme que vous avez essayé d'écraser.

Je lui tournai le dos et m'avançai vers mon adjoint, tout en continuant à essayer de juguler la montée d'adrénaline qui me courait dans les veines. Le Basque n'avait pas bougé et il était toujours de trois quarts par rapport à moi, avec son Beretta plaqué contre sa cuisse, la lèvre supérieure coincée entre les dents.

– Ça va ?

Il ne dit rien.

– Est-ce que ça va ?

Il se força à parler.

– Ouais.

Je lançai un coup d'œil en arrière pour m'assurer que j'étais le seul à l'avoir vu sortir son arme. Je me tournai à nouveau vers Sancho et désignai le semi-automatique d'un geste calme.

– Tu devrais ranger ça…

– Ouais… ouais.

Tandis qu'il replaçait son revolver dans son holster, je me retournai et vis le spectacle le plus étrange de la journée – et j'avais assisté à pas mal de choses étranges jusque-là. George Stewart et mon professeur d'anglais et d'instruction civique de troisième étaient enlacés et échangeaient un baiser passionné.

3

— En dehors de son caleçon long, comment va-t-il ?

Isaac cligna des yeux derrière ses culs de bouteille.

— Il a quelques côtes contusionnées et il s'est fendu l'arrière de la tête ; si on exclut tout ce qui relève de l'hygiène, il est dans un état remarquable pour un homme de son âge.

— Il a eu une dure journée.

— Voilà ce que c'est que de travailler dur et au grand air.

— Je ne suis pas vraiment sûr que ce soit la définition qui convient aux alentours de la déchetterie.

— Du Site municipal de dépôt, tri et récupération des déchets. (À l'évidence, Geo avait enseigné la bonne terminologie à Doc aussi.) À chaque homme son paradis.

Je levai les yeux au ciel.

— Eh bien, puisque nous en sommes aux références littéraires, est-ce que vous avez vu le doigt en mouvement qui écrit, ayant écrit ?

— Oui.

Le Basque parlait avec Janine au bout du couloir, alors, Isaac se rapprocha de moi et, me parlant à mi-voix, leva les yeux vers moi.

— Walter, tu sais aussi bien que moi que ce pouce

est celui d'un cow-boy du coin qui a joué un peu trop fort avec son lasso ce week-end.

– En février ?

Il ajusta ses lunettes.

– As-tu oublié combien d'arènes équestres couvertes nous avons par ici ?

Je gardai les yeux rivés sur mes bottes et choisis une de mes réponses préenregistrées.

– Eh bien, nous vérifions toutes les pistes.

Il émit un son exaspéré au fond de sa bouche.

– Il se trouvait dans une glacière avec des canettes de bière écrasées et de la glace fondue, une glacière commercialisée par IGA.

– Peut-être qu'il est venu en stop jusque-là. (Avec celle-là, je réussis à lui tirer un sourire.) Je ne crois pas que nous fassions preuve d'excès de zèle en traitant ce cas comme une éventuelle personne disparue... ou une partie, du moins.

– Walter, c'est un artiste du lasso qui s'est sectionné le doigt avec une corde, qui l'a mis dans la glacière pour ne pas le perdre, puis il s'est saoulé au point de perdre connaissance ou d'oublier tout bonnement son existence. Il s'est probablement réveillé ce matin pour découvrir qu'il lui manquait un doigt.

– Un pouce.

Ses yeux caves prirent une intensité nouvelle.

– Et il viendra probablement tout à l'heure pour se faire réparer. (Il marqua une pause et prit une inspiration.) Bon, est-ce que tu veux bien me dire dans quel genre de conspiration criminelle tu essaies de m'attirer ?

Je jetai un coup d'œil du côté de la réception, décollai du mur et passai mon bras autour des frêles épaules de Doc Bloomfield pour l'emmener dans un endroit un peu plus discret.

– Est-ce que vous travaillez avec le Basque sur sa guérison depuis l'attaque au couteau ?

Il hocha la tête.

– Oui.

– Comment va-t-il ?

Doc marqua une pause.

– Ça dépend dans quel esprit tu me poses la question ?

– Disons, du point de vue physique.

Nous avions marché jusqu'au fond du couloir et nous étions maintenant en face des portes battantes qui donnaient sur les soins intensifs. Je m'arrêtai et ôtai mon bras, non sans laisser une main posée sur l'épaule de Doc.

– La lésion initiale était la blessure pénétrante à quinze centimètres à droite de la ligne médiane avec une large incision et un effet hémorragique qui a inclus la graisse périrénale et le rein lui-même. L'organe a perdu 95 % de ses capacités de filtration et a été retiré, mais l'autre rein va très probablement continuer à fonctionner avec une efficacité maximale, en particulier parce que l'état de santé général de ce jeune homme est infiniment remarquable.

– Ouaip… mais comment va-t-il ?

Isaac cala son coude sur son autre bras replié et se gratta le menton.

– Eh bien, il y a eu une infection additionnelle qui paraît avoir affecté les muscles obliques gauches, mais en dehors de ça, il va bien.

Je hochai la tête mais ne dis rien.

– Mais ce n'est pas vraiment ce qui t'inquiète, n'est-ce pas ?

– Pas vraiment.

– Il présente des symptômes de névrose ?

– Je ne sais pas si j'appellerais ça névrose.

Un sourire vint adoucir ses traits.

– Comment tu l'appellerais, dans ce cas ?

– Autrefois, Lucian parlait de SSPT, Syndrome de stress et pétoche sur le terrain.

Il laissa échapper un petit rire à la pensée de mon ancien patron, qui avait été le précédent shérif du comté d'Absaroka.

– Et quels sont exactement les symptômes de ce SSPT ?

– Ils sont nombreux, le premier étant une envie très forte de trouver un autre moyen de gagner sa vie, de préférence un contexte professionnel où les gens n'essaient pas de vous couper en rondelles, en cubes, en lamelles et de vous frire.

– Ça paraît sensé.

– Personne n'a jamais dit que notre métier était sain, Doc. (Je soupirai.) C'est un gars chouette, résistant et courageux comme un petit cheval. Je crois juste que c'est la première fois qu'il a l'occasion de contempler les profondeurs de l'abysse et peut-être qu'il en a rapporté un peu avec lui.

– On dirait que ce genre d'expérience ne t'est pas complètement inconnu.

Je hochai la tête et je souris.

– Ouaip, j'ai testé une ou deux fois.

Doc secoua la tête d'un air réprobateur.

– Très bien, qu'est-ce que tu penses faire ?

– Eh bien, qu'il parte ou qu'il reste, je veux m'assurer qu'il sache qu'il va bien. Sur le long terme, il vaut mieux qu'il soit conscient qu'il n'est pas indestructible. Je veux juste lui rappeler qu'il est quand même un tout petit peu résistant aux balles.

– Et comment comptes-tu faire ça ?

Je pris une grande inspiration et repoussai mon chapeau sur ma nuque.

— Je n'en ai pas la moindre idée, mais je me dis que si je l'occupe avec ce pouce, au moins, son intérêt restera éveillé jusqu'à ce que je trouve quelque chose.

— Walter, je n'ai pas besoin de te rappeler que tu n'es pas un professionnel pour gérer ce genre de choses et qu'il y a des gens qui…

— Je le sais.

— Ton ami, le Dr Morton, au Centre d'accueil des vétérans, à Sheridan ?

— Ouaip, mais il s'agirait d'une démarche officielle et je ne suis pas certain que Santiago serait consentant.

Doc tira sur son nez, ajusta ses lunettes avec son majeur, puis m'observa pendant un long moment.

— Que veux-tu que je fasse ?

Je haussai les épaules.

— Rien d'illégal, mais si vous pouviez feindre un peu d'ignorance sur la nature de la preuve et éventuellement, si quelqu'un arrive avec une blessure correspondante, ne pas le claironner…

Il décolla le précieux sous-main de sa poitrine, souleva la première feuille et lut.

— M. Felix Polk, Route 16, Boîte postale n° 12, est apparu hier ici à environ 11 h 22 voulant savoir si personne n'était venu avec le bout de son pouce parce qu'il, je cite, "voulait le récupérer pour en faire un porte-clés", fermez les guillemets.

Je pris une grande inspiration.

— Eh bien, ça risque d'être plus difficile que ce que j'avais pensé, mais je vais trouver quelque chose.

Je m'apprêtais à partir lorsque je me rappelai soudain que je voulais lui poser des questions sur Mme Dobbs.

— Hé, Doc, vous vous souvenez de Betty Dobbs ?

Il ne réfléchit qu'une seconde.

– Infirmière scolaire et enseignante. À la retraite, je crois. A fait un bon mariage, dans mon souvenir, mais il est décédé il y a deux ans et demi, il me semble. (Il n'hésita pas à ajouter :) Bonne comme du bon pain. Pourquoi ?

– Simple curiosité.

Ozzie Dobbs voulait apparemment porter plainte, et je pensai que Geo, lui, ne le ferait pas, alors je choisis le chemin de la moindre résistance et partis d'abord à la rencontre du ferrailleur. Je frappai à la porte de sa chambre, mais personne ne répondit. J'entendais la télévision, alors j'attendis une seconde puis je poussai brusquement la porte. Geo se promenait vêtu d'une de ces blouses en papier cul-à-l'air, pieds nus, et il cherchait ses vêtements. Il avait toujours sa casquette miteuse avec les rabats à l'horizontale, du coup, on avait l'impression qu'il s'apprêtait à décoller.

– Qu'esse-que vous pensez qu'ces infirmières ont fait d'mon pantalon ?

L'ont brûlé, pensai-je, mais ce n'était pas moi qui allais le lui dire.

– Je crois que vous êtes censé être dans votre lit, Geo. Il faut qu'ils vous examinent une dernière fois avant de vous laisser partir ; probablement une histoire d'assurance.

La réponse fut prévisible.

– Fichue assurance.

Il resta planté au milieu de la chambre, les poings calés sur les hanches. Son teint hâlé, qui se maintenait depuis le début de l'hiver, commençait juste au-dessus de ses sourcils et s'arrêtait dans un grand V au niveau de sa gorge, à un endroit où se trouvait une cicatrice impressionnante qui semblait courir d'une oreille à l'autre. Le bronzage recommençait à ses poignets et se prolongeait jusqu'au bout de ses doigts. J'imagine qu'ils l'avaient lavé, avec ou sans sa permission, parce que le reste de son corps faisait penser à du poulet bouilli.

– Faut que quelqu'un donne à manger à Butch et Sundance.

– Et Duane et Gina ?

Sa réponse s'accompagna d'un geste vague.

– Sont partis à Sheridan voir un film avec des amis.

– Et Morris ?

– Il boit.

Je repensai au fait que j'étais censé avoir retrouvé Vic il y avait une bonne heure ; ma cote descendait de concert avec le mercure.

– Eh bien, je peux m'en occuper.

Il m'observa du coin de l'œil.

– Et j'ai un oiseau.

Je fis quelques pas et je baissai le volume de la télévision.

– Je peux probablement m'en occuper aussi.

C'était Natalie Wood et un type dont je n'arrive jamais à me rappeler le nom qui chantaient dans *West Side Story*. Je trouvai que c'était un drôle de choix pour le ferrailleur, mais en termes de programmation c'était judicieux, puisqu'on approchait de la Saint-Valentin.

– L'a pas une plume.

Je me retournai pour le regarder.

– Je vous demande pardon ?

– Lindy. L'a pas une plume.

– L'oiseau ?

Il hocha la tête.

– S'les arrache. De dépit.

– Pourquoi est-il dépité ?

– À cause de ma belle-fille qui s'est tirée ; c'était la seule qui pouvait supporter c't oiseau.

Je réfléchis un instant.

– Geo, est-ce que votre belle-fille n'est pas partie il y a un moment déjà ?

– Il y a dix ans, le 12 juin.

Il ressentit clairement le besoin d'ajouter :

– Les perroquets, ça peut vivre longtemps. P'têt que c'est à cause du dépit.

J'allai jusqu'à la chaise destinée aux visiteurs et m'assis dans l'espoir qu'il s'installe sur le lit, de manière que nous puissions discuter des récents développements.

– Geo, il faut que je vous parle.

À mon grand soulagement, il comprit instantanément et, comme c'était prévisible, me doubla sur le but de ma visite.

– J'porte pas plainte.

Je lui souris.

– Je suis heureux de l'entendre.

Il renifla, probablement peu habitué à ne pas sentir autre chose que sa propre odeur.

– J'serais en droit de le faire.

– Oui, bien sûr, mais alors, Ozzie Junior répliquerait que le coup est parti.

– Accidentel.

Je hochai la tête.

– Je suis d'accord, mais je voudrais juste court-circuiter le moindre problème avant qu'il se pose. (J'étirai ma jambe.) Geo, je voudrais vous demander quel était le problème. Est-ce qu'Ozzie et vous, vous avez un différend dont je devrais être informé ?

Son attention se concentra sur ses pieds, qui étaient alignés avec ceux de sa chaise.

– Non.

– Rien ?

Il repoussa sa casquette en arrière, découvrant la blancheur étonnante de son front et une parfaite implantation en V.

– Nan.

J'attendis un moment puis je me levai.

– Bon, très bien.

– Quand est-ce que vous allez donner à manger à Butch et Sundance et à l'oiseau ?

La requête paraissait urgente.

– Ce soir ?

Il hocha la tête.

– La bouffe des chiens est dans la poubelle dans le cellier, les graines du perroquet sont sur l'étagère à côté de la cage. Et y a de la bouffe pour chat sous le porche de derrière pour les ratons laveurs.

– Les ratons laveurs, donc.

Il hocha la tête.

– Assurez-vous qu'y z'ont bien de l'eau dans le bol chauffé, et allez pas au sous-sol, y a des serpents.

Je pris une grande inspiration. La journée allait être longue, décidément.

– Vous voulez que je les nourrisse aussi ?

– Non.

– Des serpents, Geo ?

– Ouais.

– En février.

Je restai là, à le regarder, notant une nouvelle fois qu'il était tout en muscles qu'il avait fins et éprouvés ; ils laissaient voir tous ses tendons.

– Est-ce que ces loups qui vous tiennent lieu de chiens vont essayer de me manger tout cru quand je vais aller là-bas ?

Le sourire sur ses lèvres perdit un peu de sa franchise ; je remarquai, et ce n'était pas la première fois, que l'homme avait une étrange élégance.

– Nan.

Je ne savais pas trop si je le croyais.

Les effets des gouttes s'étaient dissipés et je n'avais plus besoin d'un chauffeur, alors le chien et moi fîmes les douze kilomètres jusqu'à la décharge seuls dans la nuit.

Je coupai le moteur de mon camion, mais laissai les phares allumés et dirigés sur le snack-bar/bureau du Site municipal de dépôt, tri et récupération des déchets. J'entrouvris la porte du Bullet et le chien me lança un regard avide. Je me tournai vers le bureau ; ils attendaient, les yeux noirs étincelants derrière la vitre. J'attrapai ma Maglite sur le siège, plongeai le bras à l'intérieur et éteignis les phares.

– Non, je crois qu'il vaut mieux que tu restes là.

Il ne parut pas très heureux, mais je refermai la portière derrière moi et avançai lentement vers la bicoque toute rafistolée.

Je dirigeai le faisceau de ma grosse lampe torche sur le Plexiglas et tombai sur deux paires d'yeux luisants. Je posai une main sur la poignée en aluminium, mais je me ravisai ; il valait mieux que je me présente tant que je me trouvais en sécurité, alors je posai mon autre main sur l'épaisse couche de plastique transparent et parlai d'une voix douce :

– OK, si j'ouvre cette fichue porte et que l'un de vous fasse le moindre mouvement agressif à mon égard, je vous laisse crever de faim. Pigé ?

J'essayai de retrouver dans ma mémoire la dernière fois où j'avais été mordu par un chien et ne pus me rappeler que la fois où un vilain petit shih tzu m'avait croqué le coude au Busy Bee Café pendant le week-end du rodéo, deux ans auparavant. Une des grandes têtes effilées se tendit vers l'avant. Je ne sais pas si c'était Butch ou Sundance, mais il se mit à lécher le plastique à l'endroit où était posée ma main.

– OK, c'est parti.

J'ouvris la porte et ils restèrent là, sans bouger, en train de me regarder comme deux serre-livres de soixante kilos chacun.

– OK. Bons chiens, gentils chiens.

Je tendis mon poing fermé vers celui qui avait léché le Plexiglas et observai le museau noir et blanc qui s'approchait, d'abord pour renifler, ensuite pour lécher. Je retournai ma main et laissai la grosse langue parcourir ma paume. Sa queue en éventail balayait l'air de droite et de gauche et je me dis : bon, pour l'instant, ça va. Ce qui me fit commettre une erreur. Je tendis ma main vers l'autre molosse qui, jusque-là, n'avait pas fait le moindre mouvement ni émis le moindre son.

Le grondement qui monta de sa poitrine résonna comme la combustion interne d'un moteur à haute compression et parut tout aussi menaçant.

Je le regardai.

– Salut.

Il recula juste un peu et retroussa sa babine d'un côté pour me montrer l'extrémité tranchante d'une canine, tout en continuant à gronder.

– Salut.

Il recula encore jusqu'à ce que son arrière-train vienne heurter le mur du fond, ce qui n'était pas vraiment assez loin. Sa babine descendit un peu, mais il resta là à me fixer, tandis que je passai ma main sur la tête du plus amical des deux, dans l'espoir que, voyant l'autre bien réagir, il se détendrait un peu. Je reportai une part infime de mon attention vers le chien que j'étais en train de caresser.

– Bon chien… Si les références historiques ont la moindre pertinence pour juger de la personnalité, je parierais que tu es Butch.

Il leva les yeux, et je me sentis relativement rassuré. Son compère avait cessé de gronder et il baissa la tête alors que je continuai à câliner le plus gentil.

– Allez Sundance… allez Butch.

Je pris le chemin qui partait du bureau pour aller vers la maison de Geo et passai d'un pas lent à côté de mon camion. Butch resta à ma hauteur, à ma gauche, sur la route recouverte d'une épaisse couche de verglas – Sundance nous suivait de près. Je jetai un coup d'œil à mon pick-up et vis que mes renforts avaient les yeux rivés sur nous et mémorisaient le moindre de nos faits et gestes. Nous longeâmes le grillage ; sur la pancarte, accrochée de l'autre côté, il était écrit CASSE DÉCHETTERIE STEWART – ENTRE INTERDITE, et tant pis pour l'orthographe.

Le portail était maintenu en place par un tendeur en caoutchouc, mais il bougeait encore de quelques centimètres en grinçant au même rythme que le vent qui forcissait en descendant des montagnes. Je m'arrêtai et tins la porte métallique dans une main, content de porter des gants sinon ma peau serait restée collée, et je fis passer le premier chien ; le second resta là et me regarda.

– Allez.

Il attendit quelques secondes puis emboîta le pas au premier, gardant ses distances ; je contemplai les pignons de la grande maison qui trônait au bout de l'allée.

Douglas Moomey avait construit la maison à la fin des années 1890, mais après la mort de son frère, tué pendant la guerre des Boers, il était rentré en Angleterre pour convertir une vie d'endettement alcoolisé en une vie de privilèges alcoolisés. La seule chose qu'il ait laissée derrière lui, c'étaient des enfants illégitimes qui parlaient avec un vague accent britannique, et la maison. Un éleveur du coin l'avait achetée, ainsi que les terres environnantes, et la propriété était restée dans sa famille jusqu'à la fin des années 1940 ; c'était à cette époque-là que Shirley Vandermier, une call-girl de la région, en avait fait l'acquisition lorsque l'héritier s'était retrouvé avec la main du mort.

On disait qu'il y avait un vieux tunnel qui allait de la maison close à une écurie située à presque deux cents mètres de là, ce qui permettait aux ranchers et aux cow-boys d'entrer et, surtout, de sortir en cas d'urgence – par exemple, lorsque le shérif débarquait dans l'établissement à la recherche de clients.

Ainsi planté, environné des carcasses de voitures rouillées entassées au hasard, il était difficile d'imaginer l'endroit dans sa gloire d'antan. La maison volumineuse et trapue était posée sur des fondations en pierre du lieu, recouverte de mousse, comme si la bâtisse avait poussé là. Les nuages nocturnes couraient au-dessus du toit comme des esprits fugaces, et les vrilles du tronc fendu d'un peuplier de Virginie mort depuis longtemps tendaient leurs doigts noueux vers le ciel. Seules la morsure insistante du vent du nord-ouest et les températures polaires me rappelaient qu'on était le jour de la Saint-Valentin et pas Halloween.

Il n'y avait pas de peinture qui aurait pu s'écailler, et la structure avait lentement pris une teinte monochrome, depuis les balustrades et les vérandas jusqu'aux bardeaux ratatinés de couleurs différentes. Un grand nombre de ces bardeaux se trouvaient à mes pieds, très probablement des victimes collatérales de la dernière tâche effectuée par Geo le ramoneur. Un panache de fumée montait des briques noircies et on aurait dit qu'il y avait une lumière allumée quelque part au fond de la maison. Je me dis que Gina et Duane avaient dû rentrer tôt du cinéma.

Les chiens s'étaient arrêtés au pied des marches pour se retourner et me regarder. Je lançai un dernier coup d'œil à la maison.

– J'arrive.

Des pièces détachées de voitures, des bouts de ferraille et de grosses machines déglinguées envahissaient le porche autant que le jardin chaotique et verglacé. Je me frayai un chemin autour d'un différentiel 9 pouces de Ford, d'une calandre d'un Willys Jeepster des années 1950 et d'un siège sorti d'une Impala du milieu des années 1960. Les marches étaient voilées et creusées, mais elles supportèrent mon poids jusqu'au porche.

– Bureau du shérif.

J'attendis. Pas de réponse. J'ouvris la porte d'entrée et suivis les loups. Il y avait un escalier dans le hall d'entrée avec un chemin d'escalier aux motifs orientaux taché, et à chaque marche était fixée une tringle en laiton. Le tapis portait de grandes traces noires et les marques d'usure au centre de chaque marche laissaient apparaître la planche de chêne du dessous ; les brins de laine épars s'envolèrent dans le courant d'air provoqué par l'ouverture de la porte, comme si l'escalier avait été éviscéré.

Le lambris vert s'était rétracté et décollé de la surface comme la peau d'un alligator et le papier peint broché pendait en lambeaux des murs en plâtre et lattis. Dans le vague clair de lune qui entrait par les fenêtres du petit salon, les cheveux humains qui avaient été mélangés au plâtre se détachaient en boucles du mur – il était courant, à l'époque, de mélanger des cheveux au plâtre, mais cette pratique était malgré tout un peu troublante.

Sous l'escalier, une porte qui devait conduire au sous-sol. Les serpents.

Partout, un désordre indescriptible – des piles de livres, journaux et magazines moisis, un compresseur à air portatif, une échelle cassée, un ventilateur de plancher sans pales, pour ne citer que quelques-uns des objets qui se trouvaient à ma portée. Assez étonnamment, l'air ambiant était humide.

Les chiens m'attendaient sous la voûte qui menait à ce qui devait être la cuisine, mais je fis un détour sur ma droite et contemplai les trapèzes de la lumière gris-bleu qui provenait de la lune et éclairait des empreintes de bottes qui s'étaient inscrites dans la poussière sur le sol. Deux grands fauteuils bien rembourrés étaient installés face à la cheminée, dans laquelle se consumaient les vestiges encore chauds du feu dont j'avais aperçu les dernières fumées.

Entre les fauteuils était posée une petite table chippendale ronde, toute bosselée, avec une lanterne Coleman plantée dessus. Aucun meuble dans la pièce ne paraissait être en particulièrement bon état, mais un des deux sièges avait été soigneusement recouvert d'un drap et un livre ouvert était posé, retourné, sur l'assise. Incapable de résister à ma curiosité, je fis les cinq pas qui m'en séparaient et me penchai pour lire les lettres dorées qui ornaient la couverture en lambeaux, LES ŒUVRES COMPLÈTES DE WILLIAM SHAKESPEARE.

Je glissai un doigt entre les pages, soulevai le volume et le retournai. Acte II scène VI de *Roméo et Juliette*, pas le passage le plus mémorable de la pièce – quelques vers au bas de la page avaient été soulignés avec un crayon émoussé que je trouvai, en y regardant de plus près, sur le fauteuil. Je le ramassai, le coinçai au centre du livre ouvert et me mis à lire.

Indigents sont ceux qui peuvent contempler leurs richesses ;
Mais mon sincère amour est parvenu à un tel excès
Que je ne saurais évaluer la moitié de mes trésors.

Mon estime pour Geo Stewart grimpa, tandis que j'enfermai le crayon dans le livre, la gomme à l'extérieur, avant de reposer le volume là où je l'avais trouvé. Je jetai un coup d'œil vers l'entrée, mais les chiens ne s'y trouvaient pas – ils m'attendaient probablement dans la cuisine. J'avançai jusqu'à la cheminée et décrochai un tisonnier antique, m'accroupis et commençai à remuer les braises qui demeuraient entre les yeux rougeoyants des chenets en forme de chouette. Il y eut quelques étincelles et les extrémités des bûches roulèrent jusqu'au centre de l'âtre, rallumant un feu qui donna à la pièce un peu plus de gaieté, et, est-ce utile de le préciser, de chaleur.

Un bruit me parvint depuis la cuisine et je me dis que je devrais me dépêcher d'aller nourrir les fauves avant qu'ils ne décident de se servir eux-mêmes. Je me levai, partis vers le couloir principal, jetai un œil sur la cloison en verre de l'office et crus apercevoir quelqu'un.

Je m'immobilisai, restai là pétrifié, clignant des yeux à intervalles réguliers, tout en me disant que c'était probablement un effet résiduel des gouttes de cet après-midi, mais la silhouette d'une femme vêtue intégralement d'une tenue datant du dix-neuvième siècle traversa le couloir derrière le verre biseauté.

Grâce à la lumière qui se réfléchissait à travers les

portes battantes de la cuisine et à travers les panneaux latéraux en verre coloré, je vis qu'elle portait une robe de bal rouge foncé, et tous les accessoires, col montant et faux-cul. Je me dis que je devrais creuser, et j'avais à peine fait un pas vers les portes battantes qu'elles s'ouvrirent toutes les deux.

– Oh mon Dieu...

Elle plaqua ses deux mains sur sa poitrine et me regarda, les yeux écarquillés. Les portes se refermèrent en se balançant derrière elle.

– Oh mon Dieu...

– Madame Dobbs ?

Je terminai ma part de tarte aux pommes et bus une gorgée de mon café, le silence pesant lourd sur l'un comme sur l'autre.

Nous étions installés à la petite table à côté de la fenêtre de la cuisine ; cette pièce-là, contrairement à tout le reste de la maison, était d'une propreté immaculée. Il y avait un gigantesque poêle en céramique à six feux, avec quatre fours, un énorme réfrigérateur et des placards qui brillaient tant ils avaient été frottés. Le sol et les murs jusqu'à la cimaise étaient recouverts de ces minuscules carreaux octogonaux disposés selon un motif qui, même dans la faible lumière produite par les luminaires antiques, scintillaient dans toute la pièce comme la vitrine d'un bijoutier. Les seules choses qui détonnaient dans le décor étaient les deux chiens loups avachis qui ronflaient, couchés dans le coin à côté de la porte de derrière.

– Très bonne tarte. Très bon café aussi.

Je posai l'épaisse tasse en porcelaine sur la table.

Elle hocha la tête et continua à boire en serrant sa tasse entre ses deux mains. Ses iris étaient d'un bleu doux, mais leur contour paraissait dur et froid, rappelant vaguement la porcelaine bleue qui était soigneusement rangée dans la haute commode à côté de la cuisinière. Ses cheveux étaient longs, et, à la regarder, il était difficile de se rappeler qu'elle était probablement membre de l'Association américaine des personnes retraitées et que c'était elle qui m'avait initié à l'immense Bill Shakespeare en troisième.

– Belle robe.

Elle rit et je me dis que j'étais bien parti. Elle posa sa tasse de café et joignit ses mains sur ses genoux.

– Vous devez trouver tout ceci un peu étrange.

Je haussai les épaules.

– Un peu.

Elle désigna mon assiette.

– Tout a commencé avec une pomme.

– Comme toujours.

Elle rit à nouveau, un son si mélodieux que j'eus envie d'être drôle.

– Je les volais à George. (Elle se tourna à demi sur son siège et fit un geste vers l'extérieur.) Il y a un joli petit verger de pommiers à côté du chemin, près de la vieille cave. Je m'y trouvais à l'automne dernier et je ramassais des pommes pour faire de la compote à la cannelle – ou peut-être que je cherchais un arbre assez haut pour pouvoir me pendre.

Je ne dis rien.

Au bout d'un moment qu'elle passa à éviter de me regarder, elle poursuivit.

– Il n'était pas fâché. Pour tout dire, je crois qu'il était surpris et content de voir quelqu'un. Nous avons parlé et il m'a proposé d'aller chercher des sacs en papier et de m'aider à rapporter les pommes chez moi. La semaine suivante, je lui ai apporté de la compote.

(Elle rit à nouveau, sans aucune sollicitation de ma part.) Vous savez pourquoi j'aime tellement George ? Parce qu'il ne s'excuse jamais pour rien ; il fait ce qui lui plaît et ne se préoccupe pas de ce que pensent les gens. (Elle se pencha en avant et cala son menton sur sa paume.) J'ai l'impression d'avoir passé l'essentiel de ma vie à m'excuser pour des tas de choses et il me semble que si je n'avais pas eu la chance d'être touchée par le charme rusé et pourtant bénéfique de George, ma vie pourrait être assez différente aujourd'hui.

Elle cessa de parler, s'apprêta à reprendre puis se ravisa. Nous restâmes silencieux, jusqu'à ce que je lui offre une porte de sortie.

– Pourrais-je avoir encore du café ?

– Oui, bien sûr.

Elle se leva, lissa sa robe sophistiquée, et alla jusqu'à la cuisinière prendre la cafetière tachetée de blanc sur un brûleur qu'elle avait descendu au minimum. Elle remplit ma tasse, posa le pot au milieu de la table sur une manique tricotée et me regarda boire.

– J'imagine que je devrais expliquer cette remarque un peu obscure, peut-être ?

– Vous n'êtes pas obligée.

– J'ai eu quelques années difficiles avec la mort d'Ozzie Senior.

Je tripotai l'anse de ma tasse.

– J'imagine.

– Je veux dire, ce n'était pas une surprise. Il avait des problèmes de santé depuis un bon moment.

Je lui souris de tout mon cœur, du moins, autant que ma gorge serrée le permettait.

– Madame Dobbs, vous n'êtes pas obligée de m'expliquer quoi que ce soit. (Je m'adossai confortablement.) Vous voyez, je pourrais classer ces informations dans la rubrique personnelle. J'ai appris il y a longtemps que les affaires de cœur sont très extérieures à ma juridiction.

Elle sourit avec un petit mouvement descendant de la bouche avant que remontent les commissures de ses lèvres. C'était le même genre de sourire que Vic avait utilisé, avec des conséquences dévastatrices.

– Merci de me dire cela, Walter. (Elle baissa les yeux vers ses doigts entrecroisés sur ses genoux.) Peut-être ai-je simplement besoin de quelqu'un pour parler de tout cela.

Je pris une grande inspiration et expirai lentement.

– Dans ce cas, j'ouvre grand mes deux oreilles. (Je tripotai celle qui était défigurée.) Ou mon oreille et demie. (Je souris.) Est-ce que quelqu'un est au courant de cette relation ?

Elle serra ses bras contre elle et regarda par la fenêtre opacifiée par la condensation due à la chaleur du poêle.

– Ozzie Junior a peut-être des soupçons, mais c'est tout.

Elle s'efforça malgré tout de voir quelque chose à travers la vitre et finit par aborder le sujet qui la préoccupait.

– Votre femme est morte il y a quelques années, c'est bien cela ?

– Oui, il y a six ans, environ.

Elle prit une grande inspiration à son tour.

– Si vous me permettez de demander, de quelle manière avez-vous été affecté ?

Je lui dis la vérité, parce que je pensai que c'était quelque chose qu'il fallait qu'elle entende.

– Je voulais mourir et ce n'est pas juste une façon de parler. Quand ils disparaissent, ils emportent avec eux un gros morceau de nous.

Elle hocha la tête, mais à peine

– Oui.

– J'ai un ami, un Indien…

Elle sourit.

– Henry Standing Bear ?

Je secouai la tête.

– Non, un autre Indien, moitié Cheyenne, moitié Crow, qui s'appelle Brandon White Buffalo.

Je marquai une pause pour me donner le temps de retrouver les mots que le grand gaillard avait utilisés lorsque j'avais mangé le sandwich du petit déjeuner qu'il avait soigneusement préparé, à la station Sinclair qui portait son nom, à Lame Deer.

– Il dit que c'est comme perdre une partie de soi, et même pire, parce que après on se retrouve avec ce qu'on est, et parfois, on ne reconnaît même pas cette personne.

Elle émit un petit rire étouffé.

– Alors, nous devenons étrangers à nous-mêmes ?

– En gros, oui.

Elle se versa un peu du liquide contenu dans le pot émaillé surmonté du percolateur transparent comme un joyau.

– Est-ce que vous pensez encore à votre défunte femme ?

– Oui.

– À quelle fréquence ?

Je souris faiblement.

– Autrefois, c'était à chaque minute, ensuite, une fois par jour… J'imagine que je me suis endurci, alors je pense seulement à elle lorsque je vois quelque chose qui me la rappelle. (Elle serra sa tasse entre ses doigts, et je remarquai que son annulaire était encore barré d'une ligne claire.) Cela vous donne de l'espoir ?

83

– Pas outre mesure.

– Eh bien, vous êtes certainement plus forte que moi – comme la plupart des gens.

Elle ne sourit pas, cette fois, et les bords acérés de ses pupilles semblaient avoir pris plus de dureté encore.

– Je ne vous crois pas.

Je haussai les épaules.

– Quoi qu'il en soit, moi, avec une robe comme celle-là, je ne m'en sortirais jamais.

Je réussis à provoquer un rire de sa part.

– Je me demandais combien de temps vous alliez mettre pour revenir sur cette question.

– C'est une très belle robe.

– Merci.

Elle était gênée, maintenant. Alors, j'attendis.

– George l'aime bien. Il l'a trouvée à la déchetterie. Elle était dans un des cartons que le théâtre municipal a jetés lorsque la troupe a renoncé à monter son mélodrame annuel.

Je ne pensais pas nécessaire de poursuivre sur cette voie plus longtemps et il se faisait tard. Je me levai et sortis ma montre gousset pour le signifier ; 10 h 37. Un des chiens leva un œil cerclé de rouge pour me regarder tandis que je ramassai mon chapeau qui était posé sur la chaise voisine.

– J'imagine que vous avez nourri l'oiseau déplumé et les ratons laveurs ?

Elle regarda par la fenêtre à travers son propre reflet.

– Oui.

– Alors, je vais y aller.

Elle se tourna vers moi, mais ne bougea pas.

– J'étais dure avec vous, n'est-ce pas ? Je veux dire à l'école, quand vous étiez mon élève. J'étais dure avec vous.

Je mentis.

– Je crains de ne pas m'en souvenir.

– Moi, si. J'étais toujours plus dure avec les élèves dont je pensais qu'ils ne travaillaient pas à la mesure de leurs capacités.

Je n'avais plus treize ans, alors je demandai :

– Leurs capacités ou vos attentes ?

Elle lissa sa robe de ses deux mains.

– J'ai toujours espéré de grandes choses de vous, Walter.

– Je ne suis pas sûr de vouloir entendre le verdict.

Elle tapota des doigts sur la table devant elle.

– Il est très positif, maintenant que vous le dites.

Sans savoir si elle réfléchissait à haute voix ou si elle me mettait une dernière note, je me dis que le moins que je puisse faire, c'était de réagir.

– Merci.

Elle continua à m'observer.

– Vous sentez-vous vieux, Walter ?

Je ris et pensai à l'examen médical que j'avais subi l'après-midi même.

– J'imagine que nous ne sommes pas là pour échanger des compliments.

– Non. (Elle se mit à balbutier.) Non... Je suis désolée. Ce n'était pas ce que je voulais dire. Je trouve que vous êtes vraiment bel homme, que vous avez beaucoup de charme. Vous êtes évidemment plus jeune que moi, mais il y a une certaine mélancolie en vous.

Je décidai de répondre à la moitié de la question, ne serait-ce que pour la soulager de sa gêne.

– Tout est relatif. Lorsque je me trouve avec ma fille, Cady, je me sens âgé. Lorsque je suis en présence de mon ancien patron, Lucian Connally, j'ai l'impression d'être un adolescent.

Elle attendit tellement longtemps avant de se remettre à parler que l'œil du molosse se referma, et la grosse tête impressionnante retourna se poser sur le sol carrelé.

– Y a-t-il quelqu'un que vous aimez ?

– Je vous demande pardon ?

Elle sourit et s'empressa d'ajouter.

– Vous n'êtes pas obligé de répondre, mais je me demande comment vous vous sentez lorsque vous êtes en sa compagnie.

Je reconnus la voiture de patrouille vieille de neuf ans garée derrière mon camion. Surtout, je reconnus la petite brune assise sur mon capot malgré le froid glacial, le dos collé contre mon pare-brise et la tête penchée en arrière pour pouvoir contempler le ventre argenté des nuages. La lune était cachée, mais sa lumière passait à travers les bandes de cumulus qui s'étiraient jusqu'à l'horizon comme si les cieux avaient été labourés.

Même avec ses grosses bottes, son jean et sa veste d'uniforme en nylon, elle était belle.

– Alors, tu es venue admirer le site ?

– Ouais, ça me rappelle les usines de retraitement des eaux usées à South Philly.

Le col en fourrure bleu noir de sa veste encadrait son visage de louve, et elle me rappela les loups que je venais de quitter. Les yeux vieil or se fixèrent sur les miens.

– Alors, t'as retrouvé le reste de Jimmy Hoffa ?

Je ris.

– On dirait que tu as entendu parler de l'affaire du siècle.

– Un certain Felix Polk a appelé au bureau pour réclamer son pouce perdu.

– Zut. (Je passai les miens, de pouces, dans les passants de ma ceinture, et regardai ma respiration s'envoler lentement vers le sud et l'est avec mes paroles.) Est-ce que Sancho était là ?

– Non, il était déjà rentré rejoindre sa femme et le morpion.

Vic avait pris l'habitude d'appeler Antonio le morpion.

– Tout va bien ?

– Ouais. Morpion pleure, elle appelle, il rapplique.

– Tu as pris la déposition de Polk ?

– Ouais, mais le doigt se cache derrière le 5e amendement. (Elle secoua la tête tout en me regardant.) Walt, mais qu'est-ce que tu fous ? T'as fait des trucs barrés avant, mais là… Cacher des bouts de corps humain ?

Je gardai les yeux rivés sur mes chaussures et fis bouger mon pied douloureux, lui imposant deux ou trois flexions ; il réagit en me faisant un mal de chien.

– C'est le bout d'un pouce, et ce n'est pas comme s'il allait se le recoller comme ça.

Elle fit la moue et continua à secouer la tête.

– Au fait, le pouce en question gît confortablement, même si ce n'est guère appétissant, dans le beurrier du frigidaire commun. Bon, je te repose la question. Qu'est-ce que tu manigances ?

Je posai un coude à côté de sa botte. Il faisait un froid épouvantable, mais, à l'évidence, elle n'avait pas envie d'être à l'intérieur.

– Le Basque a démissionné aujourd'hui.

Elle croisa les bras sur sa poitrine et reporta son regard sur le ciel.

– Hmm…

Je parlai à sa gorge fine.

– Tu ne parais pas surprise.

– Je crois que je le voyais venir.

Je repoussai mon chapeau en arrière et m'accordai le luxe de l'observer un peu plus en détail ; le trait fort de sa mâchoire, l'impertinence qui se lisait sur son visage même au repos.

– Tu passes plus de temps avec lui que moi. Quel est ton pronostic ?

Elle énonça la phrase suivante sur un ton guilleret.

– Il est foutu dans sa tête. (Elle haussa les épaules.) C'est pas la première fois qu'on voit ça, toi et moi. Peut-être que ce serait mieux pour lui de retourner dans le pénitentiaire. (Elle me regarda droit dans les yeux.) Hé, est-ce que je viens de rater un truc, ou est-ce qu'il y a un lien quelconque entre le pouce de Felix Polk et l'avenir professionnel de Saizarbitoria ?

Je tiraillai doucement le lacet de sa chaussure

– Peut-être.

– Oh merde, c'est encore une de tes opérations de sauvetage ? (Je ne dis rien et elle soupira, feignant de renoncer.) D'accord, je laisse courir pour l'instant. Au cas où t'aurais oublié, t'étais censé venir voir une maison avec moi et m'inviter à dîner. Alors, je répète, qu'est-ce que t'as foutu, bon Dieu de merde ?

– Je t'ai laissé un message sur ton portable. (Je levai les yeux vers elle.) Tu ne me croirais pas si je te le disais.

– Doc Bloomfield a dit que t'étais parti nourrir les loups préhistoriques de Geo Stewart, et je me suis dit qu'ils avaient dû te bouffer, alors j'ai rappliqué ici.

– Quelqu'un les avait déjà nourris.

Elle jeta un coup d'œil dans la direction des pignons pointus.

– Ça ne serait pas Betty Dobbs, par le plus grand des hasards ?

Je fis la grimace.

– Comment tu le savais ?

– Son fils, Tweedledum, a déclaré une disparition.

– Super.

Elle m'observa et sourit, découvrant la canine qui était un tout petit plus longue que les autres dents.

– Je ne sais pas tout on dirait…

Vic adorait les potins, alors j'ôtai mon chapeau et posai mon front sur sa cuisse – j'étais l'incarnation même du plus profond désespoir.

– Betty Dobbs, ma professeur d'anglais et d'instruction civique de troisième, a une liaison avec Geo Stewart.

Sa jambe tressaillit, ma tête rebondit et je la regardai tandis qu'elle se couvrait la bouche de sa main.

– Putain de merde ! La Fille de la Révolution américaine, membre de l'association féminine PEO, figurant dans le *Who's Who*, la grande dame de Redhills Rancho Arroyo *chtoupe* le ferrailleur ?

– Je crois qu'il préfère qu'on l'appelle Ingénieur du Site municipal de dépôt, tri et récupération des déchets.

– Ozzie Junior va préférer lui mettre une balle dans son cul pas lavé. Il le sait ?

Je remis mon chapeau.

– Qui ?

– Tweedledum.

– Non.

– Je peux lui dire ?

– Non.

– Pourquoi ?

Je soupirai et lui tournai le dos.

– Parce que s'il doit l'apprendre, je préférerais que ce soit par quelqu'un d'autre que nous.

Elle me donna un petit coup dans l'épaule du bout de sa chaussure.

– Alors, ça fait combien de temps que la vieille maîtresse se fait astiquer son holster ?

Je me retournai vers elle.

– Depuis la saison des pommes.

– Putain de merde.

Je la regardai tandis que son regard se promenait sur le paysage désolé de la déchetterie, et elle résuma la situation en une expression bien sentie.

– L'amour parmi les ruines.

4

– Tu ne joues pas au golf.

– Non. Mais toi, si. (Je ne progressais guère avec la Nation Cheyenne.) C'est pour une bonne cause, le Fonds pour l'université des Indiens d'Amérique. Tu en as probablement entendu parler, puisque t'es un Indien d'Amérique, et tout et tout.

– Oui.

Je bus une gorgée de café et tentai une autre approche.

– Je te porterai ton sac de golf.

Je voyais bien que mon meilleur ami était en train de chercher désespérément une excuse en gardant les yeux rivés au fond de sa tasse.

– C'est à quatre ?

– Comment ?

Il laissa échapper une longue expiration comme il le faisait toujours lorsque je défiais les limites de sa patience.

– Généralement, ces tournois sont joués par des groupes de quatre.

Zut.

– Ce qui veut dire qu'il faut qu'on trouve deux autres personnes ?

Il marqua une pause, et malgré ses apparentes réticences, j'avais l'impression qu'il faiblissait.

– Deux autres golfeurs, pas personnes.

– Oui, des golfeurs…

Il posa sa tasse et son visage disparut derrière ses mains. Je l'observai, son cou et ses épaules si musclés que c'était un miracle qu'il ne grince pas lorsqu'il tournait la tête. Il paraissait un peu fatigué, et je commençais à me demander si l'hiver ne lui pesait pas, à lui aussi.

La dernière tempête avait balayé la frontière entre le Wyoming et le Montana, avait emporté plus d'une douzaine de poteaux de la Powder River Energy, et, dans un accès de perversion, elle avait gelé et fait éclater toutes les conduites d'eau sur la Réserve et ses environs.

Le bar de l'Ours, le Red Pony, avait été l'un des premiers endroits à succomber, et sa maison avait rapidement suivi. Henry était notre invité depuis deux jours, et comme les plombiers qualifiés étaient littéralement pris d'assaut, il était probable qu'il allait être des nôtres pendant encore une bonne semaine.

Il baissa les mains et se leva, alla jusqu'à la fenêtre et regarda dehors, la lumière grise se reflétant dans ses yeux noirs.

– Tu vas bien ?

Il ne bougea pas, mais sa voix résonna au fond de sa poitrine.

– Oui.

– Ça n'en a pas l'air.

Il hocha la tête, presque imperceptiblement.

– Qu'est-ce qui vaut mieux, aller bien ou avoir l'air d'aller bien ?

Je laissai choir la rhétorique comme tombe la brume après la pluie. Je savais par expérience qu'il était inutile d'essayer de sonder son humeur. Comme le reste des Hautes Plaines, si on essayait, il changeait aussitôt.

– C'est Lee.

La relation éternellement intermittente que Henry entretenait avec son demi-frère était quelque chose qu'il abordait rarement.

– Tu ne l'as pas vu à Chicago, en rentrant de Philadelphie ?

– Non. Je l'ai appelé et j'ai laissé un message, et puis il a appelé et laissé un message pour moi. J'ai finalement réussi à le convaincre d'accepter une rencontre dans un petit bar sur Halsted, mais il n'est pas venu. Je suis resté dans le bar quarante minutes avant que le barman me demande si j'étais bien Henry Standing Bear. (Il se retourna et repoussa ses cheveux noirs pour dévoiler un visage dont chaque trait cherchait à s'imposer comme le plus fort.) J'étais le seul Indien dans le bar.

– Je suis content de ne pas avoir été là.

– Hmm. (Il se retourna à nouveau vers la fenêtre.) Lee avait appelé et laissé un message disant qu'il ne pourrait pas venir. (Ce n'était pas franchement nouveau dans les échanges entre Henry et son frère, mais je restai silencieux.) Je l'ai vu en rêve et j'ai appelé il y a trois semaines, j'ai laissé un message. J'ai recommencé hier, mais le numéro n'est plus attribué.

Je hochai la tête et croisai les chevilles pour soulager un peu mon pied endolori.

– Est-ce que tu as essayé le… comment c'est, déjà ? L'endroit où tu es déjà allé le chercher, autrefois ?

– Le Chicago Native American Center. Ils n'ont pas de nouvelles de lui, pas plus récentes que les miennes.

– Il réapparaîtra.

Je perçus moi-même mon manque de conviction.

– Oui.

– Il l'a toujours fait.

– Oui.

J'écoutai le cliquetis des radiateurs et le bruit de ma propre respiration.

– Tu vas aller à Chicago ?

– Pas tout de suite.

La réponse résonnait comme un mauvais présage.

Je hochai à nouveau la tête en direction de mon bureau.

– Enfin, tu me diras.

Je repensai à la conversation que Vic et moi avions eue sur le mariage de Cady et je changeai de sujet.

– Cady… (Je marquai une pause.) Elle… euh… (Je marquai une pause.) Elle veut que tu les maries.

– Oui, je sais. Elle veut aussi que la cérémonie se tienne à Crazy Head Springs à peu près au même moment que le Chief's Pow Wow en juillet.

Je me redressai sur mon siège.

– Comment est-ce que tu sais tout ça ?

– Elle m'a appelé hier soir pendant que tu étais à la décharge. (Une fois de plus, il ne se retourna pas mais le ton de sa voix changea en même temps que le sujet.) Qui d'autre avons-nous pour ce groupe de quatre ?

– Personne. Le noyau, c'est toi et moi. (Au moins, il avait dit *nous*.) Cady t'a appelé hier soir ?

– Oui.

– Et moi, elle ne m'a pas appelé.

– Ce n'est pas toi qui vas les marier. (Il revint s'asseoir sur la chaise à côté de la porte.) Pourquoi ai-je l'impression que ce tournoi de golf a une relation quelconque avec l'enquête ?

– C'est possible, mais c'est plus une supposition qu'une conclusion d'enquête.

– Je vois.

Je n'étais pas certain qu'il voie quoi que ce soit.

– Je suis face à une tension qui est en train de se durcir entre Rancho Arroyo et la décharge.

– À ma connaissance, et d'après ce que j'ai lu dans les jouraux, cette situation existe depuis quelques années déjà.

Henry était au courant de l'antagonisme historique entre les deux partis et il connaissait bien le garage Stewart parce que c'était là qu'il faisait réviser Lola, sa Thunderbird de collection de 1959.

– J'ai un mauvais pressentiment, l'impression qu'on pourrait bien arriver au point de rupture.

– Et de quelle façon, si je puis me permettre, un tournoi de golf pourrait-il contribuer positivement à la situation ?

Je décroisai les jambes, coinçai mon pied sous le bureau pour assurer mon équilibre et me penchai en arrière sur mon fauteuil.

– Je veux garder un œil sur ce qui pourrait être un conflit potentiel et je me disais qu'une apparition délibérée du Bureau du shérif pourrait calmer un peu le jeu.

La pointe de sarcasme dans sa réponse était à peine perceptible.

– Oui, cela a déjà marché par le passé.

– Allez… ce n'est pas comme si je te demandais de prendre une balle, je te demande de jouer au golf.

– Tu te souviens de la dernière fois que nous avons joué au golf ?

Je réfléchis un moment.

– C'était en Californie. On s'est bien amusés.

– Nous nous sommes fait arrêter.

Je baissai les yeux vers le buvard posé sur mon bureau.

– C'était il y a presque quarante ans, on est devenus des adultes mûrs aujourd'hui.

– Hmm. (Ce hmm était à peu près aussi convaincant que le précédent.) Est-ce qu'elle t'a demandé de mes nouvelles ?

– Qui ?

– Mme Dobbs.

Pas question que je flatte son ego.

– Pourquoi me demanderait-elle de tes nouvelles ?

Il pencha la tête en arrière, et il était visible qu'il faisait remonter des images de sa jeunesse dévergondée.

– Je l'ai toujours trouvée belle, et je me disais qu'elle ressentait peut-être la même chose pour moi.

– Eh bien, elle est libre, maintenant.

Ma réponse le fit se retourner et me regarder.

Vic apparut dans l'embrasure de la porte en affichant cette délicate inclinaison de la lèvre vers le bas qui se terminait par une ultime remontée du coin de la bouche ; cela aurait pu passer pour un sourire, tout au moins, un sourire ressemblant à celui des serpents à sonnette. Je levai les yeux vers elle.

– Tu ne connais pas des joueurs de golf, par hasard ?

Elle lança un rapide coup d'œil vers Henry avant de revenir à moi.

– Pas pendant un mois de février où le mercure n'est pas une seule fois monté au-dessus du putain de zéro. (Elle secoua la tête.) T'as deux plans foireux sur le feu en même temps ?

J'ôtai mon chapeau et le posai sur mon bureau, le bord vers le haut de manière que ma chance ne s'échappe pas ; ces derniers temps, j'avais besoin de tout ce que je pouvais rassembler.

– Juste un peu de travail de terrain, pour renforcer le tissu communautaire. (Je donnai une petite chiquenaude avec mon doigt et regardai mon chapeau tourner comme une toupie.) Tu crois que Saizarbitoria joue au golf ?

Elle cala son épaule contre le chambranle de la porte.

– Tu pourras lui demander quand il reviendra après avoir soumis le code-barres de cette glacière pourrie à tous les putains de marchands de la ville. Il sera probablement de très bonne humeur, à ce stade.

– À ce propos, il est de quelle humeur, en ce moment ?

– D'une humeur de merde, quand elle est perceptible. La plupart du temps, il regarde dehors, par la fenêtre, ou bien son nombril.

Je redonnai un coup d'élan à mon chapeau.

– Ça paraît assez classique, comme comportement.

– Ouais, mais si t'ajoutes à ça le manque de sommeil à cause du morpion…

Elle laissa sa phrase en suspens et nous écoutâmes tous les trois les bruits émis par le radiateur.

Mon poste téléphonique se mit à bourdonner, et j'appuyai sur le bouton.

– Oui ?

La voix de Ruby crépita dans le haut-parleur en plastique. Je ne sais pas pourquoi elle se donnait la peine de passer par l'interphone. Je l'entendais – elle n'était qu'à l'autre bout du couloir.

– On a un 10-50 près de la bretelle de contournement. J'imagine que personne n'est prêt à travailler pour gagner sa vie ?

Vic lança par-dessus son épaule.

– J'y vais ! (Elle se décolla du chambranle, mais resta là, les poings sur les hanches.) Ce merdier avec le Basque, c'est compliqué. Est-ce que t'as envisagé que peut-être t'arriverais pas à le garder ?

Je lançai un coup d'œil à Henry et décidai d'alléger l'atmosphère.

– Quoi, t'as peur de la concurrence ?

Il y eut cette petite fraction de silence, l'attente d'une réponse, ce court instant où l'on se dit qu'on vient peut-être de dire une bêtise. Son regard se durcit, elle avança d'un pas, saisit la tasse de Henry sur mon bureau, histoire de participer aux tâches ménagères, et tourna les talons. J'étais sur le point de dire quelque chose lorsqu'elle se retourna brusquement, s'appuya contre l'encadrement de ma porte et m'observa avec une implacable insistance.

– Non, je veux juste que t'évites de faire ce que tu fais d'habitude dans ce genre de situation et que t'aies mal à ton tendre petit cœur.

Je m'apprêtai à me lever, mais elle se retourna, prit le couloir et cria :

– Au fait, pauvre idiot, il t'est jamais venu à l'idée que je jouais au golf ?

Elle tourna le coin et disparut.

Henry se leva et me regarda.

– En ma qualité d'éclaireur indien qui a ta confiance, il est important que je te prévienne : tu es désormais sur un terrain terriblement glissant.

J'attrapai mon chapeau, saisis ma veste qui était accrochée sur le dossier de mon fauteuil, contournai le bureau et la suivis.

– Vic…

Henry me rejoignit dans le couloir au moment où elle se retournait, il secouait la tête.

– J'ai joué le tournoi des célébrités Mike Schmidt à Philly.

– Vic…

– Et je l'ai remporté.

Nous la suivîmes jusque dans le hall, et je remarquai que mon éclaireur indien prenait bien soin de rester derrière moi. Vic marqua une pause devant les marches, juste assez longtemps pour se retourner et gesticuler, le poing tendu, un doigt pointé vers le sol.

– Est-ce que tu comprends ça ? Non ? Alors, je vais le tourner pour que ce soit plus clair.

Elle fit pivoter sa main, et ce n'est que là que je vis de quel doigt il s'agissait – le honteux.

Debout à côté du bureau de la standardiste, je la regardai sortir en balançant les hanches – la clochette de la porte d'entrée s'agita méchamment et seule la compression de l'amortisseur empêcha la paroi vitrée d'éclater sur le trottoir.

La voix de Henry résonna derrière moi.

– Je m'en voudrais d'être critique, mais si c'est ta technique de recrutement…

J'étais sur le point de répondre lorsque je tournai la tête et vis Ozzie Dobbs Jr. qui attendait, assis sur le banc, les yeux un peu écarquillés.

– Salut Ozzie.

Il se leva, regarda vers les marches du perron, puis revint à Ruby.

– Votre standardiste a dit que vous étiez en réunion.

Je hochai la tête.

– C'était le cas.

– Oh.

J'entendis rugir le moteur de la voiture de patrouille de Vic, et les pneus hurlèrent.

– Ozzie, vous connaissez Henry Standing Bear ?

Il devint immédiatement tout sourire et tendit une main nerveuse, comme le font tous les gens lorsque les seuls Indiens qu'ils aient jamais côtoyés sont des mascottes d'équipes sportives.

– C'est vous qui avez le bar près de la Réserve, le Red Horse ?

La Nation Cheyenne sourit – il avait une tolérance élevée pour les crétins. Forcément, cela faisait deux cents ans qu'ils lui faisaient le même genre de coup.

– Pony, le Red Pony.

Je demandai à Henry s'il voulait déjeuner avec nous, mais il dit qu'il avait des choses à faire, entre autres, concernant le mariage de ma fille, aller faire pression auprès du Conseil tribal. Je le remerciai et lui dis de me tenir au courant pour son frère.

Mon meilleur ami partit dans le couloir, du pas souple d'un grand félin. Il se glissa dans mon bureau et disparut. Je me tournai vers Ozzie.

– Prêt à déjeuner ?

Il avait l'air terriblement gêné.

– Oui, mais si vous êtes occupé…

J'enfilai ma veste et continuai à tendre l'oreille, tandis que quelqu'un, probablement Vic, arrachait un morceau de bitume sur Fetterman Street.

– Pour tout dire, c'était mon autre rendez-vous à déjeuner qui vient de partir en trombe, alors, il semblerait que je sois complètement libre.

– Super. Eh bien… (Il remit son chapeau, son élégant modèle copié sur celui de Robert Duvall, qui ajoutait quinze bons centimètres à sa taille, et se dirigea vers la sortie.) Je n'ai qu'une heure, alors on ferait bien d'y aller.

J'eus un haussement d'épaules à l'intention de Ruby et du chien, qui avait levé la tête pour observer les événements, puis je suivis Ozzie. Je descendis les marches et passai devant les photographies des cinq shérifs précédents. La voix de Ruby s'éleva dans mon dos.

– Isaac Bloomfield a appelé et il a dit que ton rendez-vous avec Andy Hall est jeudi à 9 heures.

– Ouais ouais…

Ozzie avait déjà traversé derrière le palais de justice et il serait bientôt devant les marches en béton qui descendaient en diagonale vers Main Street ; il avançait vite. Mon pied m'agaçait encore. Je l'interpellai :

– Ozzie, attendez un peu. (Il s'arrêta en haut des marches déneigées.) J'ai été un peu amoché, il y a deux mois, et je ne suis pas encore complètement rétabli.

– Navré de l'apprendre.

Il sourit, mais je remarquai que ses mains tripotaient les pièces et les clés qu'il avait dans ses poches. Il dut penser qu'il devrait me faire la conversation en chemin.

– Bon sang, votre adjointe, c'est un sacré numéro.

Je hochai la tête en descendant les premières marches.

– Oui, effectivement.

– Et elle joue au golf ?

– Apparemment.

Il eut un geste de la tête lorsque nous passâmes devant la boutique du barbier et le Owen Wister Hotel ; nous arrivâmes devant la porte du Busy Bee Café sur le bord de Clear Creek. Les vitres du café étaient couvertes d'une buée de chaleur accueillante et j'en éprouvai un certain espoir – aussi long que fussent les hivers des Hautes Plaines, j'aurais toujours un endroit où aller me restaurer.

Je m'apprêtai à m'installer à ma place habituelle au comptoir, mais Ozzie poursuivit son chemin jusqu'à une table au fond, à côté des baies vitrées et loin des quelques clients déjà présents. La chef-cuisinière-et-plongeuse, Dorothy Caldwell, abandonna son grill un instant pour nous faire signe de nous installer, nous suivant avec intérêt de ses yeux noisette.

Ozzie choisit la chaise dans le coin, et je n'eus pas d'autre choix que de tourner le dos à la porte et à la salle. Je n'étais pas habitué à occuper cette place, mais peut-être que les promoteurs immobiliers dans l'Ouest moderne risquaient plus de se faire tirer dans le dos que les shérifs.

Je posai ma veste sur mon dossier et eus juste le temps de m'asseoir avant que la reine des abeilles en personne apparaisse avec deux verres d'eau glacée et deux cartes. Je ne saurai jamais pourquoi elle m'en donnait une, mais c'était un rituel dans lequel je trouvais un certain réconfort.

Elle regarda autour d'elle comme si cette partie du restaurant était une zone dans laquelle elle ne s'était jamais aventurée.

– Vous cherchez à éviter la police, ou quoi ?

Je pris la carte qu'elle me tendait puis la posai à plat sur la surface de la table couverte de formica moucheté de jaune.

– Ouaip, et si tu vois une adjointe qui a l'air inoffensive, comme ça, se garer devant, tu nous le dis ?

Elle croisa les bras sans poser le minuscule bloc-notes et le petit crayon, et me regarda à travers sa frange beaucoup plus sel que poivre.

– Et qu'est-ce que tu as fait, cette fois-ci ?

– Je ne savais pas qu'elle jouait au golf.

L'expression du visage de Dorothy ne changea pas.

– C'est nouveau, ça.

– Ouaip.

Ozzie, pensant que la conversation touchait à sa fin, lui tendit sa carte.

– Je vais prendre le bacon-crudités, sans mayo.

Dorothy hocha la tête, lui reprit la carte et me prit la mienne des mains.

– Le menu habituel ?

– Oui, s'il te plaît.

Ozzie parut douter.

– Qu'est-ce que le menu habituel ?

Elle le regarda.

– Je n'ai pas encore décidé.

Il marqua une pause qui dura moins d'une seconde.

– Je reste sur mon bacon-crudités.

Tandis que Dorothy repartait derrière son comptoir, Ozzie se tourna vers moi et me parla à voix basse.

– Avant qu'on ne commence, je voulais juste vous dire que je vais abandonner les charges contre George Stewart.

Je fus un peu surpris, et mon visage me trahit certainement.

– Eh bien… j'espérais que ce serait le cas.

Il prit une grande inspiration et expira à travers ses narines dilatées, sans quitter la table des yeux.

– Cet homme est dangereux, mais je crois qu'il faut apprendre à passer l'éponge.

J'avais en tête de le laisser parler, mais apparemment il avait terminé.

– C'est très louable de votre part. (Je regardai autour de nous pour m'assurer que j'étais assis avec la bonne personne.) Juste pour que vous sachiez, il n'a pas porté plainte contre vous, même s'il s'est contusionné quelques côtes et fendu le crâne. (J'essayai de regarder par la fenêtre, mais finis par décider d'observer les gouttelettes de condensation qui descendaient lentement sur la vitre.) J'imagine que Geo n'est pas du genre à prendre ce type de choses trop au sérieux.

– Mais moi, si ?

Je bus une gorgée d'eau juste pour rafraîchir l'atmosphère.

– Non, ce n'est pas ce que j'ai dit.

Le petit homme se pencha en avant – le bord de son chapeau n'était qu'à quelques centimètres du mien.

– Il arpente et longe son grillage, armé d'un fusil comme s'il était engagé dans une espèce de guerre de pionniers.

Probablement en train d'attendre votre mère, me dis-je, mais je restai silencieux.

– Il descend les rats dont vous vous êtes plaint.

Avec le tour qu'avaient pris les événements, il était possible qu'Ozzie en sache plus long sur la liaison entre le ferrailleur et sa mère ; j'avançai à pas de velours.

– Avez-vous parlé de ça avec votre mère ?

Il parut vraiment surpris par ma question.

– Quoi ?

– Votre mère, lui avez-vous parlé ?

Il secoua la tête comme s'il voulait en chasser mes derniers mots.

– Qu'est-ce que ma mère a à voir là-dedans ?

– Eh bien, elle était présente.

Sa bouche resta grande ouverte. Je ne savais pas bien à quel point il était au courant de la situation, mais j'étais certain qu'il ne savait pas à quel point je l'étais.

– Écoutez, shérif, ce n'est pas parce que je m'appelle Junior qu'il faut que je consulte ma mère sur tout ce que je fais. (Il commençait à s'énerver pour de bon.) Avez-vous consulté votre mère sur notre rendez-vous aujourd'hui ?

Je pris une bonne bouffée d'air et attendis pendant que Dorothy posait deux thés glacés sur notre table, nous lançait un coup d'œil et battait en retraite sans un mot. Lorsqu'elle se fut éloignée, je me tournai vers lui.

Il était assez beau, petit mais athlétique. Je pouvais seulement imaginer à quel point cela avait été difficile de grandir avec un père tel que le sien, un homme foncièrement dur. Comme il était étrange d'hériter le rêve de quelqu'un d'autre et de se retrouver forcé à en gérer les réalités, jour après jour. Il était dans une position difficile à de multiples égards, qu'il en soit complètement conscient ou pas. Ozzie Jr. devait avoir des soupçons. Il était possible que ces doutes nourrissent la crise actuelle, mais je ne pouvais les détourner qu'en éclaircissant les choses, et cela impliquait de trahir la confiance de quelqu'un. Je n'étais pas à ce point aux abois – du moins, pas encore.

– Cela fait à peu près douze ans que mes parents sont morts, Ozzie, mais il se passe rarement un jour sans que je souhaite qu'ils soient encore là pour pouvoir les interroger sur des sujets idiots comme la recette de la salade de pommes de terre, l'installation électrique de ma maison ou l'éducation à donner à leur petite-fille.

Je souris, juste pour lui signifier que nous n'étions pas obligés de dégainer nos couverts et de nous écharper.

Ses yeux avaient la même tristesse que ceux de sa mère, et il resta silencieux un moment.

– Je suis désolé ; je n'avais absolument aucune raison de vous dire ça.

– Ce n'est pas grave.

– Si, ça l'est. (Il but une gorgée de son thé glacé et baissa à nouveau le regard. J'eus l'impression qu'il voulait calmer le jeu, lui aussi.) J'ai eu beaucoup de pression ces derniers temps, et j'ai dit beaucoup de choses. (Il leva les yeux vers moi.) Maintenant que vous le dites, ma mère et moi, nous nous sommes disputés quand elle est rentrée hier soir, et depuis je ne l'ai pas vue.

J'avais vu Betty Dobbs vers 10 heures.

– Quand est-elle rentrée ?

– Je crois qu'il était environ minuit, mais après elle est ressortie et depuis, je me fais un sang d'encre. (Il se mit à tripoter sa serviette.) Elle a dit qu'elle vous avait vu hier soir. C'était à l'hôpital ?

C'était à ce moment précis qu'un type intelligent mentirait, et qu'un idiot dirait la vérité – je biaisai.

– Non, je ne l'ai pas vue à l'hôpital.

Il attendait que je poursuive, mais je changeai de braquet et nous ramenai dans la direction qui avait été mon projet initial.

– Ozzie, je suis vraiment content que vous ayez décidé de prendre les choses de cette manière. Je crois qu'ainsi beaucoup de susceptibilités seront ménagées.

Il continua à m'observer, et je pensai aux dégâts que l'on causait dans la vie simplement en étant soi-même et en se levant le matin.

– J'ai pris ton rendez-vous.

– Je sais. Ruby m'a dit.

Je m'étais arrêté au bureau d'Isaac Bloomfield après avoir découvert que la chambre de George Stewart était vide.

– Vous avez laissé partir Geo ?

À travers ses épaisses lunettes, Doc contempla les flocons de poussière qui flottaient dans son bureau.

– Non, il a filé à la Longmire.

Je m'appuyai au chambranle de la porte et accrochai mon chapeau à la crosse de mon Colt.

– Qu'est-ce que vous entendez par là ?

Isaac referma le livre qu'il tenait entre les mains et le posa sur le haut de la cinquième des piles fragiles qui se trouvaient sur son bureau.

– Il a signé son bon de sortie et il a disparu dans la nuit, un peu comme un autre individu que nous traitons régulièrement dans cet hôpital, et dont les fuites sont devenues tellement régulières que nous avons maintenant intégré son nom dans notre lexique.

Je baissai la tête sans réprimer un sourire, et observai mes bottes d'un air faussement contrit.

— Auriez-vous une idée de l'heure à laquelle il est parti ?

— L'infirmière de nuit a découvert sa disparition lors de sa tournée de 1 heure du matin.

Je réfléchis.

— Comment est-il rentré ? Il n'avait pas de voiture et pour autant que je sache, Duane et Gina étaient à Sheridan.

Isaac ajusta ses lunettes sur son nez.

— Quoi ?

— Doc, est-ce que quelqu'un aurait vu Betty Dobbs par ici, hier soir ?

Il parut surpris.

— C'est la seconde fois que tu m'interroges à son sujet en vingt-quatre heures. Y a-t-il quelque chose que je devrais savoir ?

— Vous n'avez pas besoin de savoir et, faites-moi confiance, il vaut mieux ne pas savoir.

Je réfléchis à la chronologie des événements. Il était environ 10 heures et demie lorsque j'avais quitté Betty, et minuit passé lorsque son fils s'était querellé avec elle, mais elle aurait pu aller chercher Geo avant ou après son retour à la maison. Je ne savais pas bien pourquoi je m'attardais sur les détails de la nuit précédente ; peut-être était-ce une habitude, peut-être était-ce parce que je préférais réfléchir à cela plutôt qu'à la débâcle Saizarbitoria, ou peut-être était-ce autre chose.

Le Basque avait épluché tous les dossiers médicaux

et il m'attendait à l'accueil. Il était assis sur l'une des chaises de la salle d'attente et il contemplait le jour gris d'un regard vide.

– Est-ce que Marie est arrivée ?

Il me regarda avec un air complètement indifférent.

– Elle est là, avec le bébé.

Je le regardai fixement.

– Tout va bien ?

Il ne bougea pas.

– Ouais.

Je hochai la tête et m'assis sur la chaise voisine.

– Bon, c'est bien.

Il hocha la tête, cette fois-ci, mais il paraissait encore distrait, alors je changeai de sujet.

– Du nouveau sur la glacière ?

– Pas grand-chose. Le code-barres a en fait trois ans, et la glacière a été achetée dans une solderie Pamida. La plus proche se trouve à Worland, autrement dit, à 110 km d'ici, et il y en a une à Moorcroft et une autre à Douglas. (Il se tut un moment et finit par me regarder.) Vous n'allez pas me demander d'aller jusqu'à Worland, si ?

– Non.

– Ni Moorcroft ?

– Non.

– Ni Douglas ?

– Non.

Son regard se reporta sur la fenêtre.

– Tant mieux.

– Rien des hôpitaux ?

– Un type est mort sur un trois-roues à Story le week-end dernier, mais il semblerait que ses deux pouces sont bien présents.

– Je croyais que ces engins étaient interdits.

Sancho resta immobile, ses yeux reflétaient le ciel morne de ce début d'après-midi.

– C'est le cas, mais on en voit sortir un de temps en temps. (Il soupira.) Comment va l'Ingénieur du Site municipal de dépôt, tri et de récupération des déchets ?

– Il a signé son bon de sortie.

– Vraiment ?

– Ouaip, et il est possible que Betty Dobbs soit bientôt une personne disparue.

Il prit une longue inspiration.

– Je voulais vous en parler, d'ailleurs.

– Me parler de quoi ?

Il se pencha un peu et dit à voix basse.

– Chef, est-ce que Betty Dobbs et Geo Stewart s'embrassaient ?

Je laissai échapper un petit rire et soupirai.

– Vic a surnommé l'affaire *L'amour parmi les ruines*.

– Wodehouse ?

Je secouai la tête.

– Evelyn Waugh via Robert Browning.

– Et ça finissait bien ?

Je haussai les épaules.

– Si on peut parler de belle fin lorsque, pour se faire enlever la barbe, un hermaphrodite se soumet à une opération de chirurgie esthétique qui le défigure, et un haut fonctionnaire orphelin retourne à sa vie de pyromane.

Le Basque roula ses yeux noirs.

– Mais pourquoi quelqu'un écrirait-il un truc pareil ?

C'était risqué, mais je me dis que j'arriverais peut-être à orienter la conversation.

– Je crois qu'il faisait une satire éclatante de l'échec inhérent à la recherche du bonheur et de l'incapacité de tout État à la garantir.

Il hocha la tête en se levant.

– J'arrive encore à comprendre ça, mais où est-ce qu'on met les hermaphrodites barbus et les pyromanes du gouvernement là-dedans ?

– Ce n'était pas son œuvre la plus marquante ; peut-être que tu devrais essayer *Retour à Brideshead*. (Je me levai.) Où vas-tu ?

Il jeta un coup d'œil à sa montre, un autre monstrueux chronographe comme celui de Vic, avec au moins treize cadrans.

– Marie devrait en avoir terminé avec le Dr Gill, alors je me suis dit que j'allais les ramener à la maison, le bébé et elle, puis retourner au bureau voir si la base de données du FBI donnerait quelque chose sur le pouce.

J'approuvai d'un signe de tête, tout en remarquant que c'était la troisième fois qu'il parlait de son fils en l'appelant le bébé ; au moins, il n'appelait pas Antonio "morpion".

– Et si tu me laissais ramener Marie et Antonio à la maison et que tu ailles directement au bureau ?

– Vous êtes sûr ?

– Je le ferais volontiers.

– OK.

Je posai ma main sur l'épaule de Sancho et le poussai vers les portes en verre qui s'ouvrirent comme par magie à l'instant où nous posâmes le pied sur le tapis en caoutchouc. Il sourit et je commençai à me sentir comme un bébé phoque enfermé dans un atelier de battes de base-ball.

Je savais où se trouvait le bureau du Dr Gill et je m'appuyai contre le mur à côté de la porte close, assez près pour pouvoir les entendre parler, mais assez loin pour ne pas comprendre ce qui était dit.

Je pensai à Martha, et à quel point nous étions peu préparés à accueillir notre fille. Finalement, nous n'avions pas foiré tant que ça, et le projet en question était devenu avocat à Philadelphie et elle était fiancée à un jeune homme très bien, un policier, qui était le jeune frère de Vic. Je crois que Martha aurait approuvé sur tous les points sauf Vic, puis je pensai au fait que j'étais bien peu préparé au mariage de Cady.

La porte s'ouvrit et le Dr Gill me regarda, au-dessus de sa moustache broussailleuse.

– Eh bien, nous nous attendions à trouver un uniforme, mais pas la grande étoile en personne.

Je lui pris la main et la serrai.

– Hé, Trey… Parfois, je me charge des tâches les plus difficiles.

Il se tourna pour regarder la jolie jeune femme qui se tenait dans l'embrasure de la porte ; elle leva la tête et me gratifia d'un regard franc et inquisiteur. Dans ses bras, elle tenait Antonio enroulé dans une couverture. Elle portait des gants en cuir, bordés de fourrure, une robe verte simple, un gros manteau informe et des chaussures confortables – un bon choix, vu les conditions.

– Je serai votre chauffeur.

Elle hocha brièvement la tête et passa avec précaution à côté de moi. Je me retournai pour lancer un regard à Trey et haussai les épaules. Il sourit, fit un petit salut de la main et referma la porte de son bureau.

– Alors, comment va le morpion ?

Est-ce que je venais de dire *morpion* ? Je trébuchai en avançant.

– La colique ?

Elle marchait en regardant ses pieds, ses cheveux

noirs formant un capuchon impénétrable qui ne laissait voir que l'extrémité un peu retroussée de son nez.

À nouveau, le léger hochement de tête.

J'eus une légère attaque de panique, ma réaction naturelle devant le silence féminin.

– Cady, ma fille, était comme ça ; les six premiers mois, on a cru qu'on allait mourir.

Marie et moi tournâmes le coin au bout du couloir, et nous franchîmes les portes automatiques. La température avait encore baissé ; elle remonta les épaules pour protéger la peau nue de sa nuque et elle serra plus fort la minuscule personne emmitouflée contre elle.

J'ouvris la portière passager de mon pick-up, et le chien se pencha pour les renifler. Sancho avait installé le siège bébé et Marie y déposa son fils. Je lui offris ma main et elle grimpa sur son siège. Je restai là une seconde avant de fermer la portière. Je montai de mon côté, démarrai le moteur et me tournai pour la regarder tandis qu'elle attachait sa ceinture. Peut-être allait-elle dire quelque chose ; mais non.

J'enclenchai le levier et fis avancer le Bullet.

Le vent augmentait ; c'était ce moment atone de l'hiver lorsque le linceul des Hautes Plaines dilue le cobalt lavé du ciel avec des traînées de nuages fins, vaporeux.

Je quittai Fetterman et tournai à droite sur Poplar. Marie arrangea la couverture autour du bébé et serra ses mains sur ses genoux – si le petit bonhomme avait des coliques, il n'en montrait rien, cet après-midi. Je ne fis pas un effort conscient pour parler, mais je trouvai dans ma bouche des mots qui n'avaient pas de destination précise.

– Nous ne pensions pas être prêts.

Je regardai la progression des numéros sur les maisons – c'était des constructions plutôt petites que les mines avaient à l'origine bâties pour leurs employés, mais les propriétaires suivants y avaient construit des ajouts jusqu'à ce qu'on ait l'impression qu'un auvent touche le toit de la terrasse de la maison suivante, qui lui-même était collé au porche d'une autre. Les couleurs vives des petites maisons à cette extrémité de la ville étaient audacieuses ; comme si on avait pavoisé un cimetière. Des voitures étaient garées dans des cours sans herbe, et des chiens étaient attachés à des arbres sans feuilles par des chaînes qui les reliaient à l'ouverture noire de niches bien à l'écart.

Je ralentis le camion en vue du 441 et montai sur une allée dont le béton était fissuré et dont l'auvent en tôle décolorée pendait vers l'arrière. Il y avait une Nissan Pathfinder et un autocollant à l'arrière dont je gardais le souvenir depuis le jour où j'avais rencontré le Basque pour la première fois : SI TU MEURS, ON SE PARTAGE TON MATOS. Je me demandai s'il avait eu l'occasion de grimper depuis qu'il s'était installé à Durant.

Je coupai le moteur, ouvris la portière et contournai prudemment le camion. Elle avait déjà ouvert sa portière et détaché le bébé, qu'elle me tendit. Je le pris avec délicatesse, et elle sortit du véhicule. Son sac à main était accroché à son coude, et nous avançâmes jusqu'aux deux marches du minuscule porche où, à ma grande surprise, elle prit un trousseau de clés dans son sac à main et ouvrit la porte.

Je ne connaissais personne dans notre ville qui allait jusqu'à fermer sa porte à clé ; la plupart des gens ne la fermaient même pas tant qu'il ne faisait pas vraiment froid. Il leur arrivait même de laisser les clés sur leur voiture avec le moteur qui tournait pendant qu'ils faisaient des courses en ville. Nous nous élevions contre ce genre de pratique, et parfois, nous allions jusqu'à déplacer la voiture de nos concitoyens jusqu'à la rue suivante, juste pour leur montrer à quel point elle aurait pu être facilement volée, mais cela n'avait pas beaucoup d'effet sinon de déclencher des appels offusqués à Ruby.

– Puis-je vous offrir une tasse de thé ?

Je la regardai.

– J'adorerais une tasse de thé.

Elle hocha la tête, un court mouvement du menton.

Je la suivis à l'intérieur. La maison était petite, elle avait probablement été construite dans les années 1920, avec un petit escalier qui montait sur ma droite, le salon sur ma gauche, et un petit coin repas qui devait donner sur la cuisine. Elle poursuivit son chemin, mais je m'arrêtai devant un joli petit poêle à bois niché dans une cheminée en pierre de rivière. La maison était d'une propreté immaculée, et partout il y avait des touches chaleureuses ; des rideaux de dentelle aux fenêtres, des planchers impeccablement cirés, et une frise rouge foncé entre deux liserés dorés qui faisaient tout le tour de la pièce. Les meubles étaient vieux mais costauds, et il y avait quelques photos encadrées sur le manteau de la cheminée.

Je fis deux pas vers la cheminée avec le bébé toujours dans mes bras – je crois qu'il aimait la chaleur dégagée par le poêle autant que moi, et j'examinai les photos posées sur l'épaisse poutre en bois sombre. Une photo de mariage avec le charmant époux et la belle épouse qui souriaient à la caméra, tout en se tenant fort l'un à l'autre comme s'ils savaient déjà ce qui les attendait. Quelques clichés montrant des gens plus âgés, de mon âge en fait – leurs parents, supposai-je –, et au bout, sur ma droite, une photo en noir et blanc avec trois hommes debout devant un névé. Les deux hommes sur les côtés étaient très grands, mais je m'attardai sur celui du milieu, un jeune homme portant des lunettes de glacier qui reflétaient le ciel au-dessus des montagnes et dont le menton était orné du bouc bien connu. Il souriait comme un farfadet, les poings sur les hanches, et son chapeau tyrolien était incliné sur le côté de sa tête.

Le mousquetaire Santiago Saizarbitoria, l'alpiniste.

– Il est très fier de celle-là. (Elle avait enlevé son manteau. Le bébé émettait de petits miaulements.) Est-ce que vous voulez bien le garder pendant que je prépare le thé ?

– Avec plaisir.

Je le calai mieux contre ma poitrine et me balançai lentement d'avant en arrière.

Elle me contempla un instant, puis disparut au coin de la pièce.

J'écartai un peu le bord de la couverture et posai mon regard sur les yeux presque noirs d'Antonio Bjerke Saizarbitoria, dit le Morpion. Même à l'âge de trois mois, le petit emmailloté avait l'air de sortir tout droit du moule Santiago. Ses yeux noirs étaient grands ouverts. Je tendis mon auriculaire et regardai ses doigts minuscules s'enrouler autour du mien.

– Salut, l'ami.

J'entendis la sonnerie d'un micro-ondes et Marie apparut avec deux tasses à thé et leur soucoupe.

Je lui fis signe de poser la mienne sur le manteau de la cheminée.

– Les deux autres hommes, sur celle-ci, me paraissent familiers. Ils sont frères ?

– Jim et Lou Whittaker... Jim a été le premier

Américain à escalader l'Everest, mais ça, c'est Mount Rainier dans l'État de Washington. San a passé quelques étés à leur servir de guide.

– Ils ont dû l'appeler ainsi d'après la bière. (Elle ne rit pas.) C'est comme ça que vous l'appelez, San ?

Elle but une gorgée de thé.

– Je lui donne beaucoup de noms, mais celui-là peut être consommé en public.

Je fis un geste avec le bébé dans les bras.

– Et celui-ci, comment l'appelez-vous ?

– Le morpion. (Je piquai un fard, elle sourit, monta sur la pointe des pieds et jeta un coup d'œil par-dessus mon bras.) Il est réveillé.

J'essayai de faire partir un peu du rouge qui m'était monté au visage.

– Ouaip.

Elle me regarda, un peu surprise.

– Et il ne pleure pas.

Je tendis le bras et bus une gorgée de mon thé, qui était amer, corsé et bon. Peut-être était-ce précisément ce dont j'avais besoin en cette fin d'après-midi, une petite injection de caféine.

– J'ai comme l'impression que Sancho est un grimpeur de classe mondiale.

– Il l'est, ou du moins, il l'était. (Nous étions bien, là, à côté du feu et elle ne montrait pas la moindre velléité de bouger.) Il ne s'est rien passé de particulier, il a juste arrêté de grimper. La seule raison pour laquelle nous nous sommes installés ici, c'était pour qu'il soit près des montagnes.

– C'est probablement difficile de sillonner le globe quand on gagne vingt et un mille dollars par an.

Elle leva les yeux vers moi.

– Vingt et un mille soixante, brut.

– Oh. (Je l'avais dit pour être drôle mais elle n'avait toujours pas ri.) Marie, faites-moi confiance, il n'y a personne plus au fait des restrictions du budget du comté que moi. (Je bus une nouvelle gorgée.) Alors, si je lui donne une augmentation, pensez-vous qu'il restera ?

Ses yeux basques avaient un éclat métallique et ils brillaient comme de l'hématite.

– Pourquoi ne lui demandez-vous pas ?

– Je le ferai, si vous pensez que ça puisse être positif.

Elle ne dit rien et je craignis un instant que nous ne retombions dans le silence.

Elle posa sa tasse de thé sur la cheminée à côté de ma soucoupe et serra ses mains l'une contre l'autre comme si elle souffrait de la solitude.

– Vous pensez que c'est moi, c'est ça ?

Je marquai une pause avant de répondre.

– Que c'est vous… Quoi ?

– Qui le retiens, enfin, qui l'empêche de grimper, de faire son boulot, de faire tout.

Je reposai ma tasse sur ma soucoupe.

– Je n'ai pas dit ça.

– Mais c'est ce que vous pensez.

Sa voix ne trahissait aucune tension. Elle paraissait se détendre, comme si elle était soulagée que le sujet soit enfin abordé. Elle prit une grande inspiration et ajouta :

– N'est-ce pas ?

– Cela m'a traversé l'esprit.

Nous écoutâmes le vent cogner contre les flancs de la modeste maison et la fouetter comme s'il utilisait l'extrémité d'une corde. Ses yeux s'immobilisèrent dans la contemplation de la cheminée, deux agates posées sur la pierre de rivière comme des eaux profondes sous une cascade, et je repensai à ce que mon éclaireur indien avait dit plus tôt, et au fait qu'une fois de plus j'avançais en terrain miné.

– Qu'il fasse ça pour vous et Antonio ou non, il va le regretter, et je sais d'expérience que nous ne regrettons pas tant les choses que nous faisons dans la vie que celles que nous n'avons pas faites.

Je lui souris, essayant de ne pas me prendre pour son père.

Visiblement, le silence lui convenait parfaitement et je sentais qu'elle aimait bien les vibrations de la petite maison. Elle regarda le bébé lové dans mes bras, puis elle leva les yeux vers moi, et c'était comme si je tombais en chute libre dans des abysses au pied de la cascade.

– Shérif, promettez-moi que vous ne permettrez pas qu'il lui arrive quelque chose de mal.

5

— Ta promesse, elle vaut pas un pet de cheval.

Il n'avait pas tort.

Henry était installé sur le canapé en cuir du vieux shérif, il caressait le chien et souriait. J'examinai la surface usée de l'échiquier et les cases disponibles où je pouvais éventuellement planquer assez longtemps mon roi pour retarder l'inévitable. Dehors le vent continuait à souffler, mais l'atmosphère dans la chambre 32 du Foyer des Personnes dépendantes était chaleureuse et chaude.

— Mais qu'est-ce que j'étais censé dire ?

Le vieux shérif saisit le godet en verre taillé de Pappy Van Winkle's Family Reserve et examina le bourbon de vingt-trois ans d'âge, avant de le poser sur sa prothèse de genou qui remplaçait l'original depuis les années 1940.

— J'ai jamais fait une promesse merdique comme celle-là à la femme de quelqu'un qui travaillait pour moi, ça, c'est sûr. (Son index se décolla brusquement du verre et se pointa droit sur moi.) Si tu continues à prendre des engagements à la con dans ce genre, je donne pas cher de ta peau.

Je déplaçai mon roi et jetai un coup d'œil au chien qui s'était endormi, la tête sur les genoux de Henry, occupant deux des trois coussins du canapé de Lucian ; apparemment, le chien et la Nation Cheyenne étaient les seuls à s'être jamais assis sur ce truc.

– Échec.

Pendant que je réinstallais les pièces sur l'échiquier, Lucian remplit nos verres. Il fit tinter les glaçons dans le sien ; les yeux d'ébène firent le tour de la chambre tandis que le bruit du vent s'intensifiait, et il regarda à travers les portes-fenêtres. Il resta ainsi, comme un dessin au trait dans un roman de Louis L'Amour – page 208, officier de police du XXe siècle, Lucian Connally.

– Voyons, on a eu cinq altercations dignes d'être citées lorsque j'étais shérif et t'étais impliqué dans quatre d'entre elles.

– Ouaip.

Il avait toujours eu les yeux les plus foncés que j'aie jamais vus, même en comparant avec les Basques, ou les Crow, ou les Cheyennes, pour tout dire. Le vieux shérif alla chercher dans sa poche sa vieille pipe et sa blague à tabac ornée de perles, cadeau offert par les sages de la tribu des Cheyennes du nord. Il regarda Henry, cherchant confirmation auprès de lui.

– Quand même, je dirais que ses années comme shérif ont été beaucoup plus dures que les miennes.

La Nation Cheyenne sourit mais ne dit rien.

Je repensai à mon examen médical improvisé de la veille au moment où, dehors, une rafale secoua les pins ; on eut l'impression qu'ils remontaient leurs jupes. Puis elle poussa la vitre en gémissant. Il y aurait encore de la neige, c'était certain.

Je pensai à Hatch, au Nouveau-Mexique ; à une petite maison en pisé que j'avais construite dans ma tête avec ses guirlandes de piments accrochées aux fenêtres et les joyeuses mélodies des voix parlant espagnol portées par la brise chaude. Un endroit où il n'y avait pas de prises électriques sur les parcmètres pour brancher le chauffage additionnel de votre véhicule, et où Gore-Tex et polaire étaient des mots inconnus.

Lucian remplit le fourneau de sa pipe de Medicine Tail Coulee Blend, rangea la blague dans sa veste et sortit son vieux briquet Zippo.

– Tu vas déménager au Nouveau-Mexique ?

Je levai les yeux vers lui, un peu surpris.

– Pourquoi tu dis ça ?

Il alluma sa pipe, prit quelques bouffées, examina l'échiquier, mon mouvement et se tourna vers Henry.

– Y nous en menace tous, et tous les hivers.

La Nation Cheyenne hocha la tête.

– Oui, c'est vrai.

Le double vitrage épais grinça à nouveau sous le vent, et c'était agréable d'être à l'intérieur en leur compagnie.

– Alors, qu'est-ce qui te tracasse, en dehors du changement dans les saisons ?

Je soulevai mon verre et pris une gorgée du liquide couleur caramel, laissant la brûlure médicinale me guérir autant que possible de l'intérieur. Je marquai une pause, histoire de contrôler l'émotion que j'éprouvais à donner un nom à mes propres angoisses.

– SSPT.

Il continua à fixer l'échiquier, puis bougea une de ses tours et hocha la tête.

– Le Basque ? (J'approuvai du chef.) Fort ?

– Assez fort.

Il expira dans un souffle long, lent, qui résonnait comme une locomotive entrant en gare.

– Tu vas continuer à le faire travailler ?

– Encore deux semaines… il m'a donné son préavis aujourd'hui.

Henry leva les yeux.

Lucian jeta un coup d'œil à la Nation Cheyenne puis revint à moi.

– Ben merde alors. Et qu'est-ce qu'il compte faire ?

Je sortis un cavalier et l'envoyai à la rencontre de sa tour.

– Retourner à Rawlins, au pénitencier.

Le vieux shérif grogna, puis abandonna le pion en sacrifice à mon cavalier, tandis que son fou battait en retraite.

Henry laissa échapper un rire.

– Tu veux te sauver au Nouveau-Mexique et, lui, il veut se sauver à la prison. Il me semble que c'est toi qui t'en sors le mieux.

Je me tournai et observai Lucian.

– Où avais-tu envie de te sauver quand ces bootleggers basques t'ont tiré dessus ?

– À l'hôpital du comté pour voir si ces connards pouvaient sauver ma jambe… On voit ce que ça a donné.

Nous bûmes chacun une gorgée de nos bourbons respectifs, mais Henry fut le premier à reprendre la parole.

– Parfois il se passe des choses et certains endroits se mettent à résonner à nos oreilles ; on touche à des choses qui peut-être ne devraient jamais être touchées.

Cette fois, Lucian pointa le bout de sa pipe sur moi, il le faisait si souvent que parfois je me demandais si son index était équipé d'une sécurité.

– Bon, je suis pas mal, dans le genre qui réfléchit… mais je crois que, des fois, on donne aux gens trop de temps pour réfléchir. Le Basque, c'est un penseur, et si tu lui donnes assez de temps, il réfléchira assez pour quitter son job. (Il lança un coup d'œil à Henry.) T'en penses quoi, Ladies Wear ?

Standing Bear souleva la tête du chien et se leva, tout en finissant son bourbon d'un seul trait.

– Je crois qu'il est temps d'aller à la prison.

Il alla jusqu'à la kitchenette et le chien le suivit d'un pas nonchalant.

Je souris à Lucian et fis entrer ma reine dans la danse.

– Alors, tu ne penses pas que c'est une mauvaise chose que je balade un peu Sancho avec cette fausse chasse au sans-pouce ?

Il haussa les épaules.

– Au moins jusqu'à ce que tu trouves autre chose pour lui occuper la tête.

Il tira quelques bouffées de sa pipe avant de changer de sujet.

– Hé, j'ai entendu dire que la famille de Geo Stewart l'a emmené faire de la luge hier.

Je sortis ma montre gousset et examinai le cadran dans la lumière diffuse des abat-jour peints. Je pensai que Henry avait raison et qu'il fallait qu'on s'en aille rapidement au risque de nous retrouver confrontés aux célèbres sandwiches bolonaise de Lucian, saupoudrés de café soluble pour tout assaisonnement. Pour tout dire, nous avions le choix entre le burrito congelé du Kum & Go ou une tourte extraite de la kitchenette contiguë à nos cellules.

– L'Indien dit qu'on doit y aller.

Je contournai Henry et le chien.

Il secoua la tête.

– Tu finis pas la partie ?

Je mis mon verre vide dans l'évier et revins chercher mon manteau et mon chapeau.

– Je crois que j'ai la tête ailleurs.

123

Lucian posa son verre sur la petite table, et je voyais bien qu'il aurait préféré qu'on reste.

– Tu sais quoi, ces Stewart ils ont plus de vie qu'un ours avec un gilet pare-balles. (Il nous regarda tous et rit.) Tu sais pourquoi Geo Stewart porte toujours un foulard ou son col de chemise boutonné ?

– Non.

– Il a une cicatrice qui va d'une oreille à l'autre.

Je m'appuyai contre la porte.

– Je l'ai vue.

– En avril 1970, on a eu une grosse chute de neige, à peu près un mètre en une nuit, et voilà que Geo se retrouve à court de victuailles… surtout de Four Roses ou Red Noses, comme on l'appelait dans le temps, et il saute sur sa luge à moteur et part à fond la caisse vers la ville.

Henry demanda :

– Luge à moteur ?

Lucian répondit avec un haussement d'épaules.

– C'est comme ça qu'on les appelait, elles venaient des surplus de l'armée, sortaient d'une usine dans le Wisconsin.

– Que s'est-il passé ?

Lucian s'installa confortablement dans son fauteuil, les paumes posées sur les cuisses.

– Mike Thomas… (Il marqua une courte pause.) Il a toujours cette parcelle là-bas, à côté des Stewart ?

– Ouaip.

– Eh ben, la couche de neige était tellement profonde qu'elle avait rempli les grilles à bestiaux, alors le père de Mike lui a fait installer un fil de fer barbelé en travers de la route du ranch pour empêcher les bêtes de sortir.

– Oh non.

– Geo se l'est pris à 60 km/h environ. (Il gloussa.)

Mike et un autre artiste, Joel Ostlind, l'ont découvert cet après-midi-là, et ils ont dû utiliser une bêche pour le détacher de la route parce que son sang avait gelé. Les médecins disent que c'est probablement le froid qui lui a sauvé la vie.

J'ouvris la porte pour Henry et le chien, mais juste avant que je la referme derrière nous, il ajouta :

– Une autre raison pour que tu ne partes pas au Nouveau-Mexique. Là-bas, il fait chaud et tu peux te vider de ton sang.

En rentrant de la maison de vieux, comme l'appelait Lucian, je discutai avec la Nation Cheyenne et nous décidâmes de combiner les deux systèmes – de prendre un burrito au Kum & Go et de le rapporter pour le réchauffer à la prison.

Nous fûmes tous deux surpris de découvrir la bien connue Oldsmobile Toronado garée devant, et nous trouvâmes Gina Stewart installée derrière le comptoir. La même parka sale était posée sur ses épaules et elle mâchonnait des crackers au beurre de cacahuète tout en regardant l'écran d'un téléviseur noir et blanc de 13 pouces qui était installé en hauteur, sur l'étagère à cigarettes. Elle ne nous accorda pas un coup d'œil lorsque nous entrâmes et passâmes devant la toise qui était scotchée au chambranle de la porte, un accessoire destiné à identifier les cambrioleurs. J'avais passé beaucoup de temps dans la section gourmet du magasin et je savais que les burritos congelés étaient empilés comme de minuscules fagots de bois dans la zone fast-food, au fond.

Henry m'observa tandis que je scrutais les profondeurs du congélateur à travers la vitre.

– Tu vas vraiment manger ces trucs ?

Il y avait le bœuf en lamelles avec fromage, le haricots-fromage et une valeur sûre, le poulet-fromage. Il y avait toujours le fromage-fromage, mais je ne me sentais jamais rassasié si je n'avais pas la petite dose de protéines fournie par l'ingrédient censé être de la viande. En toute honnêteté, j'essayais de ne pas lire de trop près lorsque je choisissais ce genre de menu gastronomique. Tatou-fromage serait plus que ne pourrait supporter mon estomac.

– Tu ne sais pas ce que tu rates.

– Si, justement.

Il se mit à descendre la travée à la recherche de quelque chose qui serait plus approprié à ses goûts épicuriens.

Je choisis un poulet-fromage pour moi et un bœuf-fromage pour le chien ; j'interpellai la Nation Cheyenne.

– Espèce de snob.

Je déposai l'abondant assortiment de surgelés du jour sur le comptoir avec une grande canette de Rainier, sortis mon portefeuille et attendis que la jeune femme repère ma présence. Au bout d'un moment, elle leva les yeux, ennuyée que quelqu'un interrompe sa soirée, mais lorsqu'elle me reconnut, son visage s'éclaira un peu.

– Oh, bonsoir shérif.

Je posai un billet de vingt sur le Plexiglas qui protégeait le plastique du comptoir et lus l'affichette qui m'informait des différentes opportunités professionnelles offertes par le troisième groupe de supérettes du pays, qui portait, de loin, le nom le plus sexuellement suggestif.

– Bonsoir Gina, qu'est-ce que vous regardez ?

J'eus l'impression de reconnaître la voix de Cary Grant et peut-être celle de Deborah Kerr.

Elle mâchouillait une mèche de ses cheveux blondasses.

– C'est le film où l'homme et la femme sont censés se retrouver à l'Empire State Building, mais elle se fait renverser par une voiture.

Ça doit être la saison, me dis-je.

Elle balaya quelques miettes tombées sur son jean et jeta l'emballage des crackers dans une poubelle placée derrière le comptoir.

– J'imagine que c'est supposé être romantique, vu que c'est la Saint-Valentin. Je suis pas censée regarder la télé pendant les heures de boulot, mais le patron, il l'a mise là-haut, et, en plus, on n'a pas la télé à la maison.

Elle marqua une pause tout en regardant dans mon dos, vers l'endroit où Henry ouvrait un autre des congélateurs alignés contre le mur du fond.

– Je m'ennuie et ça va mieux quand je regarde un film, mais c'est pas grâce au film. (Elle réfléchit un moment, et je contemplai son profil pendant qu'elle continuait à observer ce qui se passait dans mon dos.) Je crois qu'à peu près tout le monde dans l'État regarde le même film et c'est comme s'ils le regardaient ensemble. On se sent seul, on s'ennuie et on regarde tous la même chose. (Ses yeux revinrent se poser sur moi et elle baissa la voix.) Faut surveiller les Indiens, ils volent.

Je levai un sourcil mais ne relevai pas sa remarque.

– Pas seulement dans l'État.

– Hein ?

Je reculai d'un pas et, d'un mouvement de l'index, je suivis le parcours du câble qui sortait du casier situé au-dessus de ma tête pour disparaître ensuite entre deux dalles écornées du faux plafond.

– C'est le câble, Gina, ce qui veut dire que vous regardez le même film que tout le pays.

Elle sourit.

– Je me sens encore mieux, du coup.

Je lui rendis son sourire.

– Comment va Geo ?

Elle réfléchit quelques instants.

– Je crois que Grampus va bien, mais je sais pas, en fait. Comme j'ai raté mon service lundi, ils m'ont fait venir pour faire la nuit. (Elle se pencha un peu en avant.) J'aime pas travailler de nuit ; y a beaucoup de fêlés qui viennent.

Henry nous rejoignit, tenant un sac de salade mélangée et un thé glacé sans sucre.

– En dehors de nous ?

Elle lui lança un regard vide.

– Hein ?

Je le regardai.

– Gina dit qu'il faut qu'elle vous surveille, vous, les Indiens, parce que vous êtes des voleurs.

Il hocha la tête.

– Effectivement, mais on ne vole que des petites choses, contrairement à vous, les Blancs.

Je désignai les objets que j'avais chassés et cueillis.

– C'est ma tournée, comme ça, je t'épargne l'accusation de larcin. (Je me tournai vers Gina.) Ça fait combien ?

Ses doigts coururent sur les touches de la caisse enregistreuse – elle paraissait soulagée d'avoir échappé à la conversation.

– Dix-neuf dollars et trente-sept cents.

Je poussai le billet de vingt pour que Gina le remarque. Je ne voyais personne, dans notre petite communauté, que je pourrais identifier particulièrement comme un fêlé.

– Des fêlés comme qui, par exemple ?

Elle prit l'argent et me tendit la monnaie.

– Ozzie Dobbs, par exemple. Il vient tout le temps, il reste planté là, à regarder mon cul et à me draguer. C'est juste dégueu.

C'était surprenant.

– Vraiment…

Je pris la monnaie et la fourrai dans ma poche.

Une Volkswagen Jetta tourna le coin de Main Street, et le conducteur profita du verglas pour accélérer un bon coup et faire déraper son véhicule très dangereusement. Je levai le bras et actionnai la télécommande de mon camion pour allumer les lumières et attirer l'attention sur ma voiture de patrouille ; le conducteur ralentit et poursuivit sa route avec un peu plus de circonspection.

La voix de Henry gronda.

– Rachael Terry… c'est un sacré numéro, celle-là.

– Ouaip.

Je hochai la tête, me disant que je devais me souvenir d'appeler Mike et Susie. Je me tournai vers Gina :

– Ozzie Dobbs, vraiment ?

– Ouais, il vient une fois par semaine, au moins. C'est la seule raison pour laquelle je m'en fiche de remplacer d'autres employés… au moins, il sait pas quand je travaille. (Elle ramassa la bière et le thé glacé et les rangea dans un sac en plastique. Ses yeux se reportèrent sur l'écran du téléviseur.) Il veut toujours m'acheter des trucs, ce qui est sympa parce que Duane est radin comme un singe. (Elle lâcha le burrito surgelé et la salade par-dessus.) Vous savez, la plupart des gens réchauffent ces machins au micro-ondes avant de les manger.

Je ramassai le paquet.

– Il vous achète des trucs ?

Elle haussa ses maigres épaules et la parka tomba. Elle portait un sweat-shirt gris beaucoup trop grand sur lequel il était écrit, en grosses lettres orange en travers de la poitrine : UNIVERSITY OF TEXAS.

– Ouais, une fois il m'a proposé de m'acheter ce que je voulais dans le magasin si j'acceptais de l'embrasser. (Elle jeta un coup d'œil autour d'elle.) Comme si j'allais faire un truc comme ça pour quelque chose qui vient d'*ici*.

Sur Main Street les lumières se balançaient dans le vent ; leur lueur jaune était clignotante comme toujours après minuit et on aurait dit que toute la ville, comme un flipper, avait fait tilt. C'était étrange et déprimant de penser que quelqu'un comme Ozzie Dobbs pouvait draguer Gina ; parfois, cela pouvait avoir du sens, mais la plupart du temps, c'était juste les bris et débris de l'humanité ballottés au gré du vent.

– Je suis inquiet pour la jeune génération.

Henry hocha la tête.

– Tu crois qu'elle a payé ces crackers qu'elle était en train de manger quand nous sommes arrivés ?

J'étais impatient de manger mon burrito et je me dis que je pouvais dégoter quelques couvertures supplémentaires dans le placard à linge de la prison ; les nuits vraiment froides, il pouvait faire un peu frais dans les cellules du bâtiment tout en béton. Je me demandai si j'étais en train de devenir comme ces vieux cons qui ne pouvaient pas dormir sans avoir des barreaux aux portes et aux fenêtres – voilà une pensée terriblement déprimante.

Lorsque nous arrivâmes au bureau, les flocons s'écrasaient en masse sur un Chevy vert sapin garé sur la place réservée aux visiteurs ; il ne m'était pas inconnu. À en juger par les monticules de neige accumulée, il était là depuis un petit moment.

Henry et moi vîmes qu'Ozzie Jr. était assis à la place du conducteur, juste assis, les yeux dans le vide – quand on parle du loup... Je coupai le moteur du Bullet et descendis, notre sac en plastique à la main, contournai péniblement le capot avec le chien sur mes talons et rejoignis l'Ours. Nous restâmes là à regarder Ozzie, dont les yeux étaient ouverts, mais qui n'avait toujours pas bougé. J'entendais la radio et je voyais sur les vitres la condensation provoquée par sa respiration. Henry et moi échangeâmes un regard, la buée de notre haleine nous revenant au visage comme un coup de fouet.

Je tapotai sur le toit du une tonne Chevrolet, et les yeux d'Ozzie vinrent se poser sur nous. Je fis un pas en avant et je vis qu'il portait les mêmes vêtements que plus tôt dans la journée, mais qu'il y avait de grandes taches foncées sur les manches de sa veste et le plastron de sa chemise.

Je me glissai à côté de la Nation Cheyenne. Ma main se mit à tripoter la poignée, puis je réussis à ouvrir la portière du pick-up et je fourrai ma tête dans l'entrebâillement. Le chauffage tournait à plein régime et Roy Orbison chantait *Only the Lonely*. C'était du sang sur sa chemise et sa veste, et il en avait sur son jean et même sur le bord de son chapeau.

– Ozzie, est-ce que ça va ? (Ses yeux apathiques bougèrent lentement et il posa sur moi un regard vide.) Vous êtes blessé ?

Sa voix était pâteuse et je sentais l'odeur de l'alcool dans son haleine.

– Walt, je n'avais pas l'intention de lui faire du mal.

Je posai une main sur son épaule et je vis qu'il y avait sur le siège à côté de lui une bouteille vide d'une tequila très chère, ainsi qu'un assortiment de cartes de Saint-Valentin très ordinaires qui débordait d'un sac.

– Faire mal à qui, Ozzie ?

– Il était avec elle, Walt. (Ses yeux roulèrent en tous sens et finirent par se poser sur Henry.) Bonsoir.

Je l'attrapai par le menton et tournai de force son visage vers moi, conscient que pour des raisons légales, il fallait qu'il le dise.

– À qui avez-vous fait du mal, Ozzie ?

– Il l'a raccompagnée à pied comme si c'était une espèce de rendez-vous.

– Où, Ozzie ? Où est-ce arrivé ?

Des larmes coulaient sur ses joues et il sanglotait ; sa lèvre inférieure rentrait et sortait suivant ses respirations.

– J'ai peur, Walt.

– Ozzie.

– Je n'avais pas l'intention de le frapper si fort, je le jure.

Je lui saisis le bras.

– Venez avec moi.

Il ne résista pas et je pris ses clés. Henry m'aida à lui faire monter les marches. J'ouvris la porte, j'allumai et nous l'assîmes sur le banc à côté du bureau de la standardiste.

– Henry, est-ce que tu pourrais le surveiller ?

Je saisis le téléphone de Ruby sur son socle et appuyai sur la seconde touche de raccourci. Vic décrocha à la troisième sonnerie, sa voix un peu abrutie mais rauque et sensuelle.

– Quel est ce nouvel enfer ?

Bon sang, j'adorais sa voix, à moitié endormie et grinçante.

– J'ai besoin de toi au bureau. Maintenant.

Elle raccrocha brusquement à l'autre bout et je reposai le combiné, avant d'appuyer rapidement sur la croix rouge du téléphone aux codes couleurs sophistiqués, inventés par Ruby.

– Ozzie, où est-ce que ça s'est passé ?

Il marqua une pause, mais j'imagine que j'avais posé la question suffisamment de fois pour qu'il comprenne enfin.

– Chez moi.

– Geo est chez vous ?

– Oui.

Il s'avachit contre le dossier du banc, mais la Nation Cheyenne le maintint à peu près droit.

– Ozzie, quelle est votre adresse ?

– 101 Eagle Ridge, la maison sur la colline.

– Ici le 911.

Je reconnus la voix de Chris Wyatt et je lui dis ce dont j'avais besoin et à quel endroit.

Il y eut une pause.

– Walt, où est-ce que ça se trouve ?

Le lotissement était relativement neuf et encore en partie inoccupé, c'est pourquoi même les services de secours ne situaient pas les adresses.

– C'est dans le quartier des Redhills Rancho Arroyo.

– Oh. OK.

Je raccrochai, me précipitai sur la fontaine à eau et remplis un gobelet en carton pour Ozzie. Il tendit une main tremblante pour caresser le chien en train de renifler le sang qui tachait son pantalon.

Je m'assis sur le bord du banc, jetai un coup d'œil à Henry et donnai l'eau à Ozzie.

– Est-ce Geo Stewart que vous avez blessé ?

Il regarda le gobelet d'eau, mais ne fit pas la moindre tentative pour en boire.

– Je n'ai pas d'ami.

– Ozzie ?

– Pour de vrai, j'en ai pas un seul.

Il pencha un peu vers moi, et Henry le redressa. Le petit homme regarda l'Ours avec gratitude.

– Merci.

La Nation Cheyenne hocha la tête.

– De rien.

– J'veux dire, je connais plein de gens… j'ai des connaissances, vous voyez ?

Je fus plus autoritaire avec la question suivante.

– Est-ce qu'il est blessé ?

Il marqua une pause.

– Oui.

– Gravement ?

Il se remit à pleurer.

– Je n'avais pas l'intention de lui faire mal.

Je poussai le gobelet contre ses lèvres.

– Buvez un peu d'eau et racontez-moi ce qui s'est passé.

Il hésita avec le gobelet pendant un moment.

– Walt, je crois que je vais être malade. (Il rota, puis sa poitrine se souleva.) Je… Je vais être malade…

Henry le hissa en position debout, le poussa dans les toilettes du hall et souleva le couvercle. Ozzie était à peine assis par terre qu'il se penchait en avant et envoyait un jet puissant dans la cuvette. Il paraissait capable de poursuivre seul sans se faire de mal, alors je posai un torchon sur son épaule et sortis en fermant la porte, histoire de lui laisser un peu d'intimité.

– Si vous avez besoin de quelque chose, on est juste là.

Je pouvais le confier à Henry, mais ce n'était pas son boulot. Il fallait que j'attende que Vic arrive pour garder un œil sur bébé Ozzie, ensuite je pourrais m'en aller. Je m'appuyai d'une main sur le chambranle de la porte, repoussai mon chapeau sur ma nuque et me répétai à quel point je détestais ce genre d'affaire.

– Est-ce que tes nuits sont toujours comme ça ?

Je lui lançai un regard en biais.

– Souvent.

Le chien était, lui aussi, dans le hall et il nous regardait d'un air interrogateur. Je m'accroupis et tendis la main et il s'empressa de me rejoindre. Je le serrai contre moi avec mon bras et nous restâmes ainsi jusqu'à ce que mon pied ne puisse plus supporter cette position accroupie. Je m'avachis contre le mur. Je calai la tête du chien sur mes genoux, et nous écoutâmes, tous les trois, Ozzie cracher ses tripes.

– Je peux rester avec lui jusqu'à ce que Vic arrive.

Je laissai échapper un profond soupir.

– Ça va aller, elle arrive vite, en général.

Il continua à m'observer.

– Alors, j'irai avec toi.

– Pas besoin qu'on y aille tous les deux.

J'entendis la porte d'entrée s'ouvrir et les quelques bruits sourds que firent les rangers Browning de Vic quand elle monta l'escalier quatre à quatre. Elle traversa le hall à grands pas et se planta devant nous en chapka, anorak en duvet, sweat à capuche marqué PHILADELPHIA POLICE DEPARTMENT, bas de pyjama et ceinturon au grand complet avec menottes, chargeurs supplémentaires et Glock.

– S'passe quoi ?

Je me mis péniblement sur mes pieds tandis que Henry se redressait.

– Je ne savais pas que tu dormais en pyjama.

– Et ceinturon ; ça fait plus déluré. (Une autre salve de régurgitations résonna derrière la porte, et elle leva un sourcil à mon intention.) Si tu m'as sortie de mon sommeil réparateur à cause d'une conduite en état d'ivresse, je vais te bourrer de coups de pied jusqu'à ce que tu meures.

Je laissai le chien avec Henry, Henry avec Vic, et Vic avec Ozzie. Les routes étaient encore relativement sèches, et, grâce aux lumières et à la sirène, je réussis à atteindre assez rapidement les collines rouges à l'est de la ville – d'autant plus qu'il n'y avait pas le moindre véhicule sur les routes à cette heure de la nuit. Je franchis deux feux rouges clignotants et abordai la Route 16 en faisant rugir les dix cylindres comme une meute lancée à l'attaque.

Je pris le virage en direction de chez Geo, puis je bifurquai à l'entrée de Redhills Rancho Arroyo, qui était annoncé par un portique monstrueux en troncs à peine dégrossis de la taille de mon camion. Je ralentis considérablement pour passer sans bruit devant la guérite du gardien, vide à cette heure. Il y avait une légère pente qui descendait le long de la rivière et conduisait à cinq constructions valant au moins un million de dollars chacune. Je ne pus que deviner, puisque je n'avais jamais été chez les Dobbs, mais les lumières étaient allumées dans celle qui était posée sur le bord de la falaise.

C'était, bien entendu, la demeure qui avait la plus belle vue sur les montagnes.

J'arrêtai le camion dans l'allée, attrapai une écharpe

en laine qui se trouvait sur le siège, déclipsai la radio portable du tableau de bord, et sautai quasiment dans les congères qui s'étaient formées sur le béton. Je me frayai un chemin jusqu'à la porte d'entrée, à côté des portes de garage en bois qui avaient des fenêtres et dont le prix devait avoisiner celui de ma maison.

Elle était fermée ; je sortis ma Maglite et partis vers l'arrière en suivant le chemin bétonné qui traversait le jardin paysager entouré de murs en pierre rouge exotique du Colorado. La grande porte-fenêtre coulissante était ouverte sur une terrasse en bois et des rais de lumière provenant de l'intérieur de la maison éclairaient la pelouse couverte de neige ; sur ma droite il y avait des traces de sang.

Lorsque j'arrivai en haut des marches, je vis un endroit où quelques gouttes de sang avaient éclaboussé les dalles en travertin. Un club de golf gisait sur le sol, et il portait lui aussi des traces de sang. Je franchis le seuil le cœur palpitant comme un moteur à friction, mais pas de Geo.

Quelque part dans la maison, j'entendis quelqu'un pleurer, mais le son était étouffé, lointain. Il faisait froid à l'intérieur et une quantité non négligeable de neige était entrée et tombée sur le carrelage. Je fermai la porte pour que le vent ne la fasse pas claquer. Pas de sang sur l'épaisse moquette qui montait à l'étage, et en fin de compte il y avait plus de sang sur Ozzie que dans la maison.

Je rangeai ma lampe torche dans mon ceinturon.

– Madame Dobbs ?

Je n'obtins pas de réponse, mais les sanglots ne s'interrompirent pas. Je montai les marches suspendues qui dominaient l'immense salon sur la gauche et poursuivis jusqu'à la deuxième porte sur la droite. Je n'avais pas très envie de la surprendre dans un moment d'intimité, mais j'avais besoin d'une description plus précise de ce qui s'était passé.

Je frappai à la porte.

– Madame Dobbs ? (J'entendis un bruit de frottement, puis les sanglots cessèrent.) Madame Dobbs, c'est Walt Longmire. Est-ce que je peux vous parler ?

J'écoutai le bruit de ses petits pas sur le plancher qui s'approchèrent de la porte. Elle tourna la poignée. Lorsqu'elle me vit, ses larmes coulèrent de plus belle.

– Oh Walter… Oh mon Dieu !

Je me penchai de manière à être à sa hauteur.

– Madame Dobbs, où se trouve Geo Stewart ?

Elle se mit à pleurer pour de bon, cette fois, et ses mains s'accrochèrent aux revers de mon manteau.

– Walter, c'était affreux ! Ozzie Junior s'est mis à crier, et George lui répondait en criant aussi, et ensuite il l'a poussé…

J'essayai d'obtenir qu'elle me regarde dans les yeux.

– Madame Dobbs, où se trouve Geo ?

Elle continua à examiner ma chemise d'uniforme tout en rassemblant ses souvenirs.

– Ozzie Junior est tombé, il a attrapé le club de golf, et je vous le jure, il l'a balancé en avertissement devant George, mais George a fait un pas vers lui et… et j'ai quitté la pièce en courant. (Je la pris par le menton et soulevai sa tête vers moi ; je finis par réussir à obtenir qu'elle me regarde dans les yeux.) Walter, Ozzie l'a tué.

Je repensai aux traces de sang que j'avais suivies sur les marches de la terrasse.

– Madame Dobbs, est-ce que la bagarre a eu lieu dans votre cuisine ?

Elle reprit son souffle et hocha la tête.

– Oui.

– Et c'est là que vous les avez laissés ?

– Oui.

Je hochai la tête à mon tour et essayai de lui insuffler un peu de réconfort avec un sourire.

– Bon, votre fils est dans mon bureau, et il n'y a probablement personne dans votre cuisine. Dans ma profession, je constate souvent que les morts restent à l'endroit où ils tombent, alors, je pense que Geo a repris connaissance, il a constaté qu'il n'y avait plus personne et il est rentré chez lui.

– Oh Walter, vous le pensez vraiment ?

– Ouaip, vraiment. Les blessures à la tête saignent souvent beaucoup, mais il n'y a pas assez de sang répandu pour indiquer une blessure grave. (Je me redressai.) Mais s'il est là dehors, à errer par ce froid et dans cette neige, avec une blessure à la tête, quelle qu'elle soit, il faut que je le trouve. Une ambulance va arriver d'une minute à l'autre, et il faut que vous disiez aux secouristes de ne pas bouger jusqu'à ce que je les appelle avec ma radio, d'accord ?

Elle renifla.

– OK.

– Pourquoi ne descendez-vous pas au salon pour attendre à côté de la porte d'entrée ? (Je la regardai, le visage grave.) Et n'allez pas dans la cuisine.

Elle s'essuya les yeux avec ses poings.

– Je n'irai pas.

Le temps s'était durci, et c'était pire sur la crête, au-dessus des derniers trous du parcours de Redhills Rancho Arroyo, avec des grains de neige projetés horizontalement et mes muscles qui grinçaient les uns contre les autres comme des blocs de glace flottant sur une mer déchaînée par des vents violents.

Je ne parvenais pas à repérer assez de traces de sang pour avoir une vraie piste, mais je trouvai un petit morceau de la combinaison Carhartt de Geo accroché au fil de fer barbelé à l'endroit où il l'avait franchi. Je passai la vieille clôture à trois fils attachés à des poteaux si vieux qu'on aurait dit qu'ils avaient poussé là, nouai autour de mon cou les extrémités de l'écharpe passée par-dessus mon chapeau, et balayai les congères avec le faisceau de ma lampe.

Je voyais les traces de pas laissées dans la profonde couche de neige – il n'avait pas continué tout droit, mais il avait zigzagué en fonction du vent. Je vissai mon chapeau plus bas sur ma tête ; l'espace entre le rebord et mon écharpe formait une fente aussi étroite que la visière du casque d'un chevalier, et je collai mon visage contre l'intérieur de mon col remonté. Mon estomac se mit à gargouiller et je pensai aux deux burritos posés sur le bureau de Ruby ; Henry les avait probablement donnés au chien.

Je grimpai sur la crête et regardai en direction du sentier qui contournait la décharge/casse ; j'en vis la fin, derrière la propriété des Stewart. Avec les véhicules abandonnés et les mobile homes partout, elle me rappelait le site de Khe Sanh au Vietnam – avec une cinquantaine de degrés de différence.

Ma radio se mit à crépiter. Parasites.

– Unité un, nous sommes 10-23 au 441 Eagle Ridge.

Je tirai la radio de mon ceinturon et appuyai sur le bouton.

– C'est vous, Chris ?

Parasites.

– Ouais. Mme Dobbs a dit de vous contacter au sujet de la victime.

Je baissai la tête pour éviter la morsure du vent.

– Allez chez Geo Stewart, à côté de la décharge, et attendez-moi là-bas. Je suis presque sûr que c'est là qu'il va.

Parasites.

– Bien reçu.

Je replaçai la radio à l'abri sous mon manteau. Les tranchées que les bottes de Geo avaient creusées continuaient à descendre à flanc de canyon et tournaient en direction de la maison. Je les suivis aussi rapidement que possible, mais la neige continuait à se tasser sous mes pieds et la pente commençait à devenir glissante. Je dérapai un peu sur le côté dans une gesticulation qui manquait singulièrement d'élégance, puis je poursuivis ma descente, regrettant amèrement d'avoir laissé Henry Standing Bear au bureau.

J'étais à peu près à mi-pente lorsque j'arrivai à une seconde clôture et à un bosquet de pommiers dénudés au pied duquel se cachait un plus petit sentier qui franchissait le bord du ravin et descendait vers la décharge. Enterrée à flanc de montagne, de l'autre côté du paradis gelé, se trouvait une vieille porte de cave qui devait être la sortie du tunnel clandestin.

L'endroit où tout avait commencé, avec une pomme et un baiser.

La couche de neige avait une épaisseur d'au moins un demi-mètre devant les portes, et elles trônaient là, intactes, comme les portes grises patinées d'âge qui mènent aux enfers. Je ne voyais plus de traces, alors je retournai sur mes pas, m'accroupis et projetai le faisceau de ma lampe sur la surface enneigée. Rien d'autre que les cratères creusés par mes bottes dans la croûte dure de la surface. Je restai immobile, au milieu d'un contre-courant incessant de flocons qui volaient à toute vitesse au-dessus de la neige lustrée.

C'était comme s'il s'était volatilisé.

J'examinai à nouveau l'entrée de la cave. C'était étrange, mais elle était pourvue d'une fermeture relativement neuve et d'un énorme cadenas qui pendait sur la porte, une de ces serrures protégées par un cache en caoutchouc. Il n'y avait rien, cependant, qui puisse indiquer qu'il était venu là, qu'il avait détaché et ouvert les antiques portes, ou même qu'il avait continué dans cette direction. Je tournai lentement le rayon de ma lampe vers le sentier principal et aperçus une empreinte presque recouverte de neige qui n'était pas la mienne. Il avait dû tourner et poursuivre son chemin vers la casse.

Le sentier était étroit, à peine assez large pour qu'un homme puisse y passer. Un portail en bois le barrait aux deux tiers environ de la descente, mais pas de quoi décourager efficacement un intrus s'il était déterminé. Le terrain était encore plus accidenté que précédemment, et je dus prendre mon temps. J'arrivai bientôt à la partie plane de la vieille carrière, le secteur le plus ancien de la casse. Je repérai le design typique de Detroit dans les tas de voitures qui m'entouraient, des monstres massifs, les jupes basses et bombées des plantureuses années 1940 et les ailes racées et tout en longueur datant des futuristes années 1950.

Dans l'environnement protégé de la casse, le vent était moins fort et la neige était plus mouillée, du coup, les traces laissées par Geo étaient plus faciles à suivre. Je me demandai pourquoi, s'il essayait de rentrer chez lui, il avait fait le détour par ici.

Je descendis entre les tas de véhicules, et je venais

de tourner le coin devant une Lincoln de 1952 lorsque je vis deux yeux en train de me regarder au fond des ténèbres lointaines. Je levai ma Maglite vers deux paires de billes d'un bronze iridescent.

Les molosses avançaient délibérément vers moi, les crocs bien visibles, entre les automobiles empilées. J'avais été le gentil garçon qui les avait libérés du bureau déprimant de la décharge et ramenés à la maison pour être nourris, mais maintenant, j'étais un intrus qu'ils venaient de découvrir sur leur territoire assigné.

Je pris une voix ferme.

– Tout doux. Tout doux, Butch, tout doux, Sundance…

Ils ne témoignèrent aucune velléité de s'arrêter, et même si je détestais l'idée de leur tirer dessus, je ne pouvais pas envisager de courir. J'espérais que peut-être un tir d'avertissement les ferait fuir ; je descendis ma main vers mon ceinturon pour défaire la lanière de sécurité de mon Colt et serrer la main sur la poignée.

En voyant ce mouvement, ils se figèrent.

Ma main resta posée sur mon arme, et je parlai au milieu d'un tourbillon de flocons.

– Vous êtes plus malins que je ne le pensais, les gars.

Ils n'avancèrent pas, mais ils ne se mirent pas à courir non plus. Je restai un moment sans bouger, puis dirigeai le faisceau de ma lampe sur les empreintes, qui tournaient au coin devant et continuaient sur la droite.

Je fis un pas en avant, mais ils ne bronchèrent pas.

– D'accord, et si on décrétait une trêve ? Vous partez de votre côté, et moi, je vais du mien.

Je remis la courroie de mon holster et retournai vers la Lincoln. Ils ne me quittèrent pas des yeux.

Je dirigeai d'un geste rapide ma lumière vers les deux chiens, mais ils ne bougeaient pas. Ensuite, je remarquai qu'il y avait deux séries de traces dans cette travée. La nouvelle série était différente de celles du ferrailleur, plus grandes, avec une semelle plus caractéristique, une surchaussure quelconque – probablement des Sorel. Pour avoir un point de comparaison, je plaçai mon pied couvert de caoutchouc à côté – plus petit que le mien, probablement du 44 ou du 45.

Je suivis les deux paires de traces qui tournaient à gauche en prenant soin de rester sur le côté. La neige tombait dru, mais le vent ne soufflait plus. Je levai les yeux vers les flocons ; une fois passée l'impression de vertige, je constatai qu'un peu de neige avait été ôtée d'un vieux coupé Mercury aux lignes remarquablement fluides presque intact.

La portière était ouverte ; un des très vieux godillots de Geo dépassait, et toute la longueur des lacets défaits se balançait devant la portière sans vitre du véhicule sur lequel le Mercury était posé.

Je me précipitai dans les tas épars de débris et de pièces détachées couverts de neige, pour finir par poser une main sur la poignée de la portière de la Chevy de 1947 partiellement écrasée qui se trouvait au niveau du sol.

Geo était écroulé vers l'avant, une épaule fermement plantée contre le volant, à l'endroit où se serait trouvé le klaxon si la Mercury en avait encore un. Il portait son espèce de casquette avec les rabats remontés, et les deux plis étaient remplis de neige. La condensation laissée par sa respiration avait gelé sa barbe qui était devenue une masse rigide et le sang qui avait coulé dessus était dilué au point de paraître rose et transparent. De fines stalactites descendaient de son visage tourné vers le sol comme des épines de porc-épic.

Je serrai le bout de mon doigt entre mes dents et

retirai un gant ; je pris le poignet du ferrailleur dans ma main – la chair était bleue, froide. Ses yeux étaient baissés vers moi, et son visage portait les dernières traces d'un vague sourire, mais visiblement, la lueur de la vie avait disparu derrière le givre collé à ses paupières.

C'est à cet instant précis que je sentis Sundance refermer ses mâchoires sur ma fesse droite.

6

– Comment ça va, ton cul ?

Je répondis sur le ton anodin de la conversation.

– Très bien, et le tien ?

– Pas de perforation.

David Nickerson, le nouveau médecin recruté par Isaac, était de corvée d'ambulance et il avait juste fini de recoudre mon postérieur lorsque Vic s'était pointée. Je sentis le courant d'air conséquent qui entra lorsque s'ouvrit la porte du véhicule et je lui demandai de la refermer. Elle obtempéra puis s'assit sur la bosse au-dessus de la roue que j'avais occupée seulement deux jours auparavant. Vic avait fait charger le corps de Geo Stewart dans l'ambulance numéro un des secouristes de Durant, et, visiblement, nous avions atteint le taux d'occupation maximal des véhicules d'urgence disponibles dans la région aux premières heures d'un mercredi matin pris sous la glace.

– Vous nous fournissez toujours des lieux d'intervention tellement agréables.

– Je fais de mon mieux.

– J'imagine que je devrais vous féliciter d'avoir trouvé un endroit complètement nouveau sur votre corps pour y faire des marques.

Nickerson se redressa derrière moi. Il avait appliqué

un grand carré de gaze sur ma blessure, ou tout au moins, c'était la sensation que j'avais, au milieu de la vague douleur sourde résultant de la piqûre d'anesthésiant local qu'il avait faite dans ma fesse droite.

– Voilà.

Je remontai mon caleçon et mon surpantalon Carhartt, celui que je gardais derrière le siège de mon camion pour les situations d'urgence.

– Vous êtes sûr que je ne vais pas avoir besoin de chirurgie esthétique ? C'est mon plus beau côté.

Il sourit et je pris quelques secondes pour observer l'avenir de la médecine pratique dans mon comté. C'était un joli garçon avec de chaleureux yeux bruns et un visage avenant, un visage que j'étais certain de voir souvent à l'avenir.

– Dites-moi, vous avez l'âge de faire ce genre de choses ?

Le sourire ne disparut pas, et il hocha la tête en rangeant les outils de sa profession.

– J'ai les diplômes et tout ce qui va avec.

Il sortit, nous abandonnant l'ambulance.

J'enfilai les manches, remuai les épaules, puis remontai la fermeture éclair de la combinaison isolante avant de relever le col.

– Geo ?

– Toujours mort. (Elle tourna sa botte vers le côté, et nous regardâmes tous les deux la masse de neige tomber lentement.) On dirait que le Raspoutine rural a fini par arriver à court de vie. D'après les premières constatations, ils disent infarctus massif, mais ils en sauront plus quand ils l'auront ramené à l'hôpital.

Je réfléchis.

– Tu penses que son arrêt cardiaque a été dû aux coups ?

Elle défit la fermeture éclair de sa veste et m'observa.

– Difficile à dire, en toute honnêteté. Mais si le bonhomme était resté sur le sol de la cuisine chez les Dobbs ou s'il avait réussi à se mettre à l'abri, il ne serait peut-être pas mort.

Elle enleva son chapeau, passa une main dans ses cheveux noirs et me regarda.

– Putain, on sait jamais pourquoi les gens font ce qu'ils font quand ils sont dans un état pareil. (Elle marqua une pause.) En fait, toi, tu dois savoir.

Je contournai la civière et m'apprêtai à m'asseoir, lorsque je me ravisai.

– Eh bien, il y a la désorientation consécutive aux coups infligés par un club de golf, mais apparemment, la blessure n'était pas si grave. (Je soupirai.) Avec le vent, ce n'était pas facile de se déplacer, là dehors.

– Il y a ça, et puis le bonhomme a soixante-douze ans et plein d'antécédents de problèmes cardiaques dans la famille. T'avais pas dit que son fils était mort d'une crise cardiaque ?

– Ouaip, mais Isaac a déclaré que le cœur de Geo était costaud et qu'il ne souffrait pas de cette hérédité. Par contre, il était diabétique. (Je réfléchis encore.) Pourquoi est-ce qu'il a bifurqué pour aller dans la casse alors qu'il aurait pu tout simplement rentrer chez lui ?

Elle croisa les bras.

– Tu viens de le dire. Peut-être qu'il s'est un peu perdu, dans la neige, ou alors, il cherchait l'abri le plus proche.

– Un coupé Mercury de 48 sans fenêtres ?

Le silence retomba dans l'ambulance.

– Je ne sais pas, peut-être qu'il s'est dit qu'il allait se faire un petit drive-in.

Sa tête s'inclina pendant qu'elle continuait à m'observer.

Je commençais à être agacé ; ce n'était pas sa faute, mais elle était la seule dans mon environnement proche sur qui je pouvais me défouler quelque peu.

– Qu'est-ce qui te fait sourire ?

– Toi.

– Pourquoi moi ?

Elle rit.

– Tu ne veux vraiment pas accuser Ozzie Dobbs de coups et blessures, on dirait ?

– Non, et je ne veux pas avoir à lui infliger une accusation de meurtre. (Je remis mon chapeau et la regardai.) Est-ce que tu as trouvé des clés sur Geo ?

– Quoi ?

– J'ai une intuition que je voudrais suivre, mais j'ai besoin de ses clés.

Son sourire s'atténua un peu.

– Un gros trousseau. Je les ai prises parce que j'ai pensé qu'on allait boucler des trucs.

– Et l'autre série d'empreintes ?

Elle n'accepta pas complètement le changement de sujet, mais elle laissa quand même passer.

– C'était Duane. Il dit qu'il cherchait les chiens, que parfois, ils se mettent à courir après un lapin et ne reviennent plus, alors, il est parti à leur recherche.

Je ne sentais toujours rien, alors je tâtai de la main pour m'assurer que je n'étais pas semi-fessu.

– À ce propos, c'est Duane qui les a lancés à mes trousses ?

– Ouais. Il dit qu'il a vu la lampe et qu'il a lâché les chiens.

– Où est-il ?

– Dehors, dans ma voiture. Je me suis dit que tu voudrais lui parler.

– Plutôt deux fois qu'une.

– J'arrive pas à croire qu'il est mort.

Les gens ont différentes manières de réagir à la mort d'un proche ; Duane était sonné. Il s'effondra en silence sur la banquette arrière, remonta ses pieds, puis les redescendit. Nous avions ses bottes, et l'odeur de ses chaussettes dans l'espace confiné suffisait à nous faire dresser tous les poils du nez.

– Vous êtes sûr qu'il est mort ?

– Je le crains.

J'avais du mal à rester assis sur une fesse, parce que même avec l'anesthésie locale une douleur insidieuse était en train de s'installer. J'ôtai mon chapeau et le posai sur le tableau de bord du véhicule de Vic. Je soulevai son bloc de manière à pouvoir lire les notes qu'elle avait prises lors du premier interrogatoire.

– Duane, quand es-tu sorti pour chercher les chiens ?

Il montra du doigt Vic, qui était assise sur le siège passager.

– Je lui ai déjà dit.

– Dis-le-moi.

Il soupira et sa voix donna l'impression d'être enregistrée.

– Vers minuit.

– Tu fais sortir les chiens si tard ?

– Mmm-hmm, c'est le seul endroit où je peux les lâcher parce que c'est clôturé, autrement, ils se sauvent. Z'avez qu'à demander à Mike Thomas, sont allés chez lui un paquet de fois.

Je passai à la page suivante, mais finis par renoncer, reposai le bloc et me tournai vers lui.

— Duane, il faut que je te demande quelque chose.

Il garda les yeux rivés sur les tapis de sol.

— Mmm-hmm.

— Lorsque j'ai trouvé ton grand-père, j'ai aussi trouvé les traces de tes bottes qui allaient jusqu'à lui, puis qui dépassaient l'endroit où il est mort. Est-il possible que tu sois passé à côté de lui lorsque tu cherchais les chiens et que tu ne l'aies pas vu ?

Il se mit à chercher des réponses dans l'habitacle de la voiture.

— Je sais pas. J'ai juste…

Il serra ses mains entrecroisées.

— Duane, pourquoi tu ne me racontes pas ce que tu as fabriqué ce soir ? Peut-être qu'on pourra avoir une idée plus précise de l'heure, si tu me racontes.

Il réfléchit.

— Gina et moi, on est retournés au cinéma à Sheridan.

— On dirait que vous allez beaucoup au cinéma, Duane ?

— Mmm-hmm. (Il se gratta le nez.) Quand on est rentrés, j'ai bu quelques bières et, après, j'étais dans les vapes.

Vic et moi échangeâmes un regard.

Je me tournai à nouveau vers lui.

— Dans les vapes.

— Mmm-hmm. Gina m'a réveillé quand elle est partie travailler, et ensuite, j'ai laissé sortir les chiens.

— C'était à quelle heure ?

Il parut troublé.

— Quoi ?

— Lorsque Gina est partie au travail et que tu as lâché les chiens, il était quelle heure ?

— Généralement, elle va bosser vers 11 heures et

demie. (Il réfléchit.) Mmm-hmm, il était 11 heures et demie. J'me rappelle avoir regardé le réveil.

– T'es sûr ?

Son regard se releva, mais pas jusqu'à mon visage.

– C'est si important qu'ça ?

– Peut-être. (Je posai le bloc sur le siège.) Duane, j'essaie de comprendre quelque chose et peut-être que tu peux m'aider sur ce point. Si ton grand-père essayait de rentrer à la maison, pourquoi est-il passé par la casse ?

Ses yeux finirent par rencontrer les miens, et il parut sincèrement troublé.

– Je sais pas.

– Eh bien, ses traces m'ont conduit de la crête jusqu'à l'endroit où le sentier coupe vers la casse. Tu vois l'endroit, là où il y a les pommiers ?

– Mmm-hmm.

J'attendis.

Il paraissait embarrassé et il fourrageait dans un trou de sa combinaison. Le silence se déploya sur nous comme une couverture de laine, de celles qui grattent et tout et tout.

– Y a-t-il autre chose là-haut ?

– Nan-nan.

La réponse était venue rapidement, trop rapidement, comme le veut le cliché.

– Les portes, là-haut, ce sont les vieilles portes d'un tunnel ? Celui qui va de la cave de la maison principale à l'ancienne écurie de la maison close ?

Il ne fut pas aussi rapide à répondre, cette fois.

– Mmm-hmm… Ouais, je crois.

Je jetai un coup d'œil à Vic, qui me répondit par un froncement d'un sourcil si furtif que Duane n'aurait jamais pu le remarquer.

– Alors, pourquoi est-ce que ton grand-père ne serait

pas entré par les portes du tunnel pour arriver à la maison en restant à l'abri du froid ?

— Oh, ces portes, elles marchent pas.

Je hochai la tête et m'appuyai un peu plus sur ma bonne fesse.

— Alors, comment se fait-il qu'il y ait un cadenas tout neuf dessus ?

Il lui fallut quelques instants pour trouver quelque chose à répondre à cette question, et lorsqu'il réussit, on aurait dit qu'il répétait des phrases apprises par cœur.

— Fichue assurance... ils ont dit qu'il fallait qu'on les condamne pour que les gamins tombent pas dedans et se fassent mal.

— Est-ce qu'on peut passer dans le tunnel ?

— Nan-nan, il est écroulé.

— Depuis la cave de la maison ?

Il continua à tirailler sur la déchirure de plus en plus grande de son pantalon.

— Ouais, enfin... un peu plus loin, mais y a des serpents.

À nouveau, on aurait cru entendre son grand-père.

— Des serpents.

— Mmm-hmm.

Je regardai Vic puis me tournai vers lui à nouveau.

— En février.

Il regarda Vic puis se tourna à nouveau vers moi.

— Mmm-hmm.

Une lueur rouge teintée d'or commençait à poindre dans le ciel où demeurait à peine une écharde couleur platine lorsque Vic et moi nous redressâmes, les yeux plantés vers l'horizon ouest. Il ne neigeait plus, mais il faisait toujours un froid diabolique et il soufflait un vent infernal. J'émis une épaisse colonne de buée et la regardai se dissiper rapidement entre nous.

– Soleil rouge le matin fait trembler le marin.

Elle m'observa.

– Mmm-hmm.

Peut-être que finalement nos conversations étaient en train de s'empiler dans le Nebraska.

– Bon sang, Vic, est-ce que tu crois que Duane ment ?

Elle sourit et tapa du pied deux ou trois fois, oscillant d'une ranger Browning à l'autre et tournant son dos au vent.

– Aussi facilement qu'un chien se met à mordre.

Je grognai en pensant que c'était la première d'une longue série de remarques à venir sur les chiens.

– Tu as pris beaucoup de photos ?

– Oui.

– Des moulages des empreintes ?

– Non, j'ai pas trimbalé du plâtre jusque-là ; il aurait gelé. Nous avons ses godasses, et crois-moi, ces traces sont les siennes… les godasses correspondent aux traces, les traces correspondent aux godasses.

– Des empreintes fraîches ?

Elle hocha la tête.

– On peut les examiner de plus près sur les photos, mais je dirais que le timing est assez proche de ce qu'il dit dans sa déclaration. Cette partie-là n'a pas changé entre mon interrogatoire et le tien.

Sous le rabat de sa chapka en fourrure de lapin noir, je vis ses yeux se lever vers moi, ce qui indiquait qu'après deux semaines de températures très négatives, elle avait décidé sérieusement de s'habiller en conséquence. Elle ressemblait à Anna Karenine, le genre de femme qu'il faut attaquer avec un train, si vous voulez la tuer. J'aimais la voir avec ce chapeau, mais je ne le lui dirais jamais, sinon, elle cesserait de le mettre.

– Je veux jeter un œil dans la cave. Tu veux jeter un œil dans la cave ?

– Ouaip.

Elle se tourna un peu vers Duane, toujours assis dans sa voiture ; il se demandait de quoi nous parlions.

– Il ne va pas vouloir qu'on jette un œil dans la cave.

– Non.

– Il nous faut un mandat.

Je me mis en route vers sa voiture.

– Pas forcément.

Je fermai la porte de la casse et la verrouillai avec la clé de Geo. Vic nous ramena vers la maison des Stewart et les dépendances.

– Qu'est-ce que tu as fait des chiens, Duane ?

– J'les ai mis dans la grande maison. (Il marqua une pause de quelques secondes, le regard dans le vide.) Je me sens vraiment mal à cause de ça, shérif. Je savais pas que c'était vous, dans la casse.

Il avait l'air sincèrement désolé, et je m'en voulus encore plus de l'avoir canardé de questions concernant feu son grand-père, mais il y avait quelque chose concernant cette cave que lui et l'homme récemment décédé ne m'avaient pas dit.

– Hé Duane, est-ce que ces chiens sont vaccinés ?

– Oh ouais. On a les médailles et tout.

– Est-ce que tu crois qu'on peut passer par la maison pour que j'y jette un œil ? Je n'ai vraiment pas envie d'avoir à subir ces vaccins contre la rage si ce n'est pas la peine.

Ses yeux évitèrent de rencontrer les miens lorsqu'il répondit.

– Mmm-hmm, bien sûr. (Nous descendîmes l'allée

156

et tournâmes à droite.) Vous allez quand même pas abattre Butch et Sundance ?

Vic me lança un coup d'œil et je bougeai sur mon siège.

– Non, Duane. Si j'en avais l'intention, je l'aurais fait lorsqu'ils m'ont mordu et pas six heures et demie après les faits. (Vic et moi sortîmes du véhicule et Duane esquissa un mouvement pour nous suivre.) Ça va aller, Duane, je crois qu'on va s'en sortir.

Il poussa le siège devant lui pour le replier et garda la main sur la poignée de la porte.

– Non, vaut mieux que je vienne avec vous. C'est à Gina qu'ils obéissent le mieux, mais ils m'écoutent. Je veux pas qu'ils commettent encore des erreurs avec quelqu'un d'autre.

Je maintins la portière, mais la bloquai avec mon corps.

– Tu n'as pas de chaussures.

Il lança un coup d'œil vers ses chaussettes dont les trous étaient plus visibles que les fils.

– C'est pas grave, je vais courir jusqu'à la maison.

Je regardai Vic et haussai les épaules.

– OK.

Duane sautilla devant nous, faisant preuve de beaucoup d'agilité pour éviter les divers objets couverts de neige qui étaient dispersés dans l'allée. Il secoua la poignée et s'écria :

– Les chiens !

Lorsqu'il ouvrit la porte en grand, nous vîmes les deux bêtes plantées dans l'entrée comme deux sentinelles.

Le lieu était tout aussi lugubre que l'autre soir et il sentait toujours le moisi, ce qui est vraiment un exploit dans le haut désert du Wyoming.

Il faisait chaud à l'intérieur, et je me souvins que

l'atmosphère m'avait semblé très moite lorsque j'avais trouvé Mme Dobbs dans la cuisine. J'imaginais que Redhills Arroyo serait mon prochain arrêt ; pour annoncer à Betty que son amoureux était mort et que nous allions probablement inculper son fils pour meurtre.

Super.

Duane amena les molosses plus près ; ils étaient comme à leur habitude, souriants et frétillants de la queue. Je tendis une main, et Butch tira sur son cou pour la lécher tandis que Sundance restait juste un peu sur le côté pour observer Vic qui refermait la porte derrière nous. Je jetai un coup d'œil à l'entrée de la cave sous l'escalier à notre gauche et fis un geste en direction du molosse le plus proche.

– Bon, c'est toi qui m'as mordu, espèce de coquin ?

Duane m'interrompit.

– Non, Sundance attaque toujours de face. Si vous avez été mordu par-derrière, c'est certainement Butch.

– Moi qui croyais qu'on était potes.

Je fourrageai sous sa tête et fis tourner son collier pour examiner les médaillons. Ils avaient été mis à jour cette année, et je décidai que j'allais poursuivre la deuxième partie de mon plan.

– Duane, est-ce que je pourrais avoir un verre d'eau ?

– Elle a un goût de chiottes.

Je le regardai un long moment.

– Quoi ?

Il se tenait debout dans l'entrée, encadré par les panneaux latéraux en vitraux qui donnaient sur la salle à manger.

– L'eau ici, dans la grande maison, elle vient du puits d'origine, et il a qu'une vingtaine de mètres de profondeur. Elle est super chargée et elle a un goût de chiottes.

Vic nous tourna le dos et je sus qu'elle essayait de ne pas éclater de rire.

– Ce n'est pas grave, je voudrais quand même un verre d'eau.

Il partit vers la cuisine et les chiens le suivirent, mais il s'arrêta lorsqu'il constata que nous n'étions pas sur ses talons.

– Vous voulez venir dans la cuisine ?

Je baissai les yeux vers la neige qui fondait sur mes caoutchoucs et coulait sur la moquette sale, usée jusqu'à la trame.

– Je ne veux pas salir la maison plus qu'il ne faut.

Il fit comme s'il n'avait jamais, de sa vie, entendu ces mots énoncés dans cet ordre, haussa les épaules puis disparut dans la cuisine, les chiens sur les talons de ses chaussettes.

Je fis un pas vers ma gauche et tournai la poignée de la porte menant au sous-sol – verrouillée. Je sortis le trousseau de clés de Geo et les fis rapidement défiler pour atteindre les plus anciennes ; je finis par choisir la plus petite des clés squelettes.

Vic chuchota par-dessus mon épaule.

– Espèce d'arnaqueur. Tout ceci est très intéressant pour moi. J'ai déjà entendu parler de choses telles qu'intrusion, entrée par effraction, collusion et preuves irrecevables, mais il est rare d'avoir la chance de voir tout ça en une seule fois, et en personne.

– C'est juste un peu d'investigation à l'ancienne. Je te conseille de rester dans le coin, ça va empirer. Lorsque je vais boire une gorgée de cette eau, détourne la tête et marmonne "au secours".

Elle me regarda fixement.

– C'est une composante nécessaire de l'investigation à l'ancienne ?

– Contente-toi de t'appliquer pour que ça fasse vrai.

Je glissai la clé dans la serrure et la déverrouillai, l'ouvris et la refermai, puis je rangeai les clés dans ma combinaison au moment même où Duane revenait de la cuisine.

Il me tendit le verre et je ne pus m'empêcher de remarquer que l'eau avait une affreuse couleur jaune et qu'elle sentait le souffre. À quels sacrifices ne consentirais-je pas pour mes administrés !

– Merci. (Je m'arrêtai au moment même où j'allais boire et tournai la tête vers la porte du sous-sol.) Hé, vous avez entendu quelque chose ?

Duane me regarda tout en caressant les chiens.

– Nan-nan.

Vic haussa les épaules.

Je remontai le verre jusqu'à mes lèvres et pris une gorgée de ce qui, en effet, avait un goût de chiottes. J'avalai et regardai autour de moi, surtout en direction de la petite brune.

– J'ai cru que j'avais entendu quelque chose.

Duane secoua la tête.

– Nan-nan, peut-être que c'était le vent ?

Je regardai Vic.

– On aurait dit quelqu'un qui appelait au secours.

Le jeune homme repoussa sa casquette graisseuse sur sa nuque.

– J'ai rien entendu du tout.

Vic regarda Duane.

– Moi non plus.

J'examinai le liquide couleur rouille qui se trouvait dans mon verre et pris une grande inspiration en le montant à nouveau jusqu'à ma bouche.

– Bon, quand faut y aller…

Duane continua à m'observer, probablement ébahi

160

du fait que quelqu'un boive une deuxième gorgée de son eau. Cette fois, je me montrai plus malin ; je me contentai de coller le verre contre mes lèvres et je lançai un regard entendu à Vic, qui plaqua sa main sur sa bouche pour de multiples raisons.

Elle tourna la tête.

– Au secours !

Duane pivota pour la regarder.

– Quoi ?

Soulagé, je posai le verre dans la main de Duane et fis un pas en avant, plaquant une oreille contre la porte du sous-sol.

– Je suis sûr que là, j'ai bien entendu.

Je tournai la poignée tandis que la voix de Duane s'élevait dans mon dos.

– Cette porte est fermée, y a personne…

La porte s'ouvrit complètement, révélant un escalier qui tournait sur un palier en contrebas et continuait sur la gauche. Il y avait un interrupteur à droite, juste après la porte, et je l'actionnai. Une forte humidité et une chaleur incroyable montèrent subitement du sous-sol lorsque je fis le premier pas en avant.

– Duane, on dirait qu'il y a quelqu'un en mauvaise posture, là en bas, alors je vais aller voir, OK ?

Il s'avança jusqu'à la porte derrière moi, se faufilant un peu devant Vic.

– Nan-nan, y a personne, là en bas.

Devant ses protestations je levai une main.

– Vic, est-ce que tu as entendu quelque chose ?

– Peut-être.

Elle me suivit dans l'escalier et chuchota :

– C'est quoi, ma motivation, là ?

Duane cria dans notre dos.

– Hé, y a personne là en bas, c'est elle qui a crié.

Lorsque je parvins au coin sur le palier, je me retournai pour lancer un regard à mon adjointe.

– Alors quoi, tu allais me faire boire tout le verre d'eau ?

J'eus droit au sourire de croco.

– Je voulais juste voir si t'étais capable de le faire.

Il y avait un autre interrupteur fixé sur un des piliers, et un câble électrique renforcé, neuf, qui disparaissait dans les ténèbres. Je posai la main sur l'interrupteur au moment où Duane nous rejoignit. Apparemment, les chiens ne descendaient pas les escaliers.

– Hé, vous pouvez pas aller là si vous avez pas de mandat.

Je levai les yeux vers lui.

– Duane, j'ai une situation d'urgence, et tu ne voudrais pas que je l'ignore si par hasard il se trouvait là, en bas, quelqu'un qui est blessé, n'est-ce pas ?

– Ben, nan-nan, mais…

J'actionnai l'interrupteur et regardai autour de moi en arrivant sur le sol en terre battue. C'était le sous-sol classique des vieilles maisons, avec un plafond bas, des poutres grossièrement taillées, une installation électrique antique avec des isolants en porcelaine et des tuyaux en fonte venant du plafond et disparaissant dans le sol. Je vis une vieille machine à laver et un vieux séchoir dans un coin, débranchés, à côté d'un chauffe-eau en fonctionnement et une énorme chaudière à charbon, qui ressemblait à une pieuvre en métal géante, avec un large plan incliné qui se terminait par une ouverture à côté des fondations en pierre sèche. Il y avait les habituels objets au rebut, entassés contre les murs, ainsi qu'une quantité invraisemblable d'outils de jardinage, de matériaux et au moins huit sacs d'engrais de vingt-cinq kilos.

Une grande bâche bleue était punaisée au linteau et

vissée dans une traverse posée sur le sol ; un certain nombre de rallonges de gros diamètre disparaissaient en dessous. Alors que nous étions là, debout, la pression de l'air rejeté par ce qui se trouvait de l'autre côté de la bâche fit gonfler le plastique dans notre direction.

Vic fourra ses mains dans ses poches et s'appuya contre un des piliers de soutènement au moment où Duane me rejoignait, tenant toujours le verre d'eau putride.

– Je ne vois pas de serpents, Duane.

– Ils sont dans le tunnel.

Je fis un mouvement du menton en direction de la bâche.

– Par là ?

– Mmm-hmm, mais c'est écroulé vraiment beaucoup. C'est pour ça qu'on a mis la bâche.

J'allai jusqu'à la bâche en question et je plaçai ma main sur le côté, à l'endroit où s'échappait un air chaud et humide. Je baissai les yeux et vis que deux gros boulons à œillets étaient vissés dans la traverse, puis j'aperçus les deux gros crochets sur lesquels on pouvait poser le bout de bois après l'avoir soulevé. Je me penchai et malgré la douleur causée par mon postérieur, je commençai à lever le bout de bois, et la bâche.

Duane bondit à mes côtés et posa une main sur mon bras.

– Écoutez, vous pouvez pas aller là, faut que vous ayez un mandat pour…

– Duane, je t'ai expliqué la situation et si tu tentes à nouveau de t'interposer, je vais demander à mon adjointe ici présente de t'immobiliser… et crois-moi, c'est quelque chose qu'elle aime vraiment faire.

Je lançai un coup d'œil à Vic, qui posa une ranger

sur le sol et commença à s'avancer vers nous d'un pas souple mais déterminé.

Duane se jeta sur le côté et s'assit sur les sacs d'engrais ; il tenait toujours le verre.

– OK, et merde. Allez-y, qu'on en finisse.

Je levai la planche et l'accrochai en l'air tandis que Vic me rejoignait devant l'ouverture aménagée dans le mur du sous-sol où maints bandits et amateurs de filles de joie avaient échappé à la maréchaussée locale. Quelques petites veilleuses étaient disposées comme des feux d'atterrissage, mais rien d'autre. La chaleur et l'humidité nous frappèrent comme une vague, et nous restâmes là, sans bouger. Je ne voyais rien, mais je me dis qu'il devait y avoir un bouton quelque part ; je levai une main, effleurai le visage de Vic et tâtonnai sur le mur. Il était là, j'appuyai sur l'interrupteur de chantier et, d'un seul coup, les lumières fluorescentes s'allumèrent à pleine puissance, émettant instantanément un bourdonnement monotone.

Vic, comme toujours, parla la première.

– Eh ben, putain de merde.

Nous nous penchâmes tous les deux, complètement incrédules. Sur une longueur équivalente à la moitié de celle d'un terrain de foot étaient disposés des humidificateurs et des radiateurs ainsi que des projecteurs hydroponiques qui produisaient une chaleur bienfaisante et de la vitamine D à des plants d'un mètre vingt environ qui poussaient là aussi loin que notre regard portait. Je tournai la tête et parlai du coin de la bouche.

– Est-ce que c'est ce que je crois ?

Elle approuva en silence et se retourna vers Duane, qui était assis à l'entrée de ce qui était, semble-t-il, la plus grande plantation souterraine de marijuana de l'histoire.

7

Lorsque je rentrai au bureau, je trouvai Vic couchée sur le banc de l'accueil, endormie, enroulée dans deux ou trois couvertures, la tête sur un oreiller qu'elle avait calé contre l'accoudoir. Le chien était allongé à côté du banc et il balança la queue suivant un rythme à quatre temps lorsque je m'assis tout doucement à côté des pieds de Vic dans leurs chaussettes – c'était la seule partie de son corps qui dépassait de l'épaisse laine grise.

Je tendis la main et caressai le chien, qui se coucha sur le flanc à côté des Rangers de Vic et ferma les yeux. Je trouvai que c'était une très bonne idée ; je rabattis mon chapeau sur mon visage et m'adossai contre le mur.

Vic posa ses pieds sur mes genoux et dit de sa voix tout ensommeillée.

– Eh ben, maintenant, on sait pourquoi Duane a raconté à Geo qu'il y avait des serpents dans le tunnel.

– Ouaip. (Je frottai les épaisses chaussettes en laine et écoutai ses ronronnements.) J'ai enfermé la plantation à double tour et Gina a pris les rênes du foyer. Elle dit qu'elle ne savait absolument rien de la petite entreprise de Duane.

– C'est bien elle qui travaille au Kum & Go, se balade

en voiture avec des gens accrochés à son pare-chocs et qui sent constamment l'herbe-hydro ?

– C'est bien elle.

– Et tu la crois ?

– Disons que j'ai pensé avoir mis assez de gens en prison pour une nuit et j'ai beaucoup d'autres problèmes à régler. Où est Henry ?

Elle rabattit la couverture, et son nez et ses yeux vieil or apparurent.

– Endormi dans ton bureau.

J'expirai, sans avoir la certitude que j'aurais l'énergie de remplir mes poumons à nouveau.

– Comment va le golfeur fou ?

– Il se repose confortablement dans la cellule A.

– Et le plus grand cultivateur de cannabis des Amériques ?

– Cellule B. (Elle chercha une position plus confortable et je la vis qui fouillait sous la couverture.) Tu veux une couche de merde merdique supplémentaire ?

– Pas vraiment.

Elle récupéra quelques feuilles volantes qu'elle me tendit.

– Pas de bol, parce que ce sont les seules nouvelles qui valent la peine.

J'examinai les pages.

– Qu'est-ce que c'est ?

– Ce que le FBI répond à la question de Sancho sur le fragment de pouce… réponse négative, pas assez de surface pour obtenir un résultat.

– Il appartient à Felix Polk. Nous le savons parce qu'il sillonne tout le comté, demandant qu'on le lui rende. (Je me frottai le visage avec une main.) J'ai une autre corvée qui m'attend.

Elle enroula la couverture plus serré contre elle,

accentuant ainsi certains des attributs les plus incurvés de son anatomie.

– Ah ha…

Je la regardai.

– Pourquoi est-ce que je n'aime pas beaucoup ce ah ha ?

– Parce que je m'ennuyais et j'ai rentré le nom de Felix Polk et j'ai découvert qu'un mandat d'arrêt a été lancé par le Bureau du shérif du comté de Travis, au Texas, concernant sa non-présentation lors d'une mise en accusation pour entrée par effraction à la suite d'un incident datant de 1963.

– C'est tout ?

Elle ironisa.

– Ça suffit pas ?

– Je ne crois pas qu'un mandat d'arrêt datant de plus de quarante ans suffise à occuper le justicier basque, surtout maintenant qu'on a un vrai décès sur les bras.

Elle rit de bon cœur.

– Ouais, imagine comment va réagir Felix Polk en voyant ses transgressions passées, certes mineures, réapparaître. Et pour ce qui est de la mort de Geo Stewart, elle n'a pas grand-chose de mystérieux.

– Peut-être… Tu avais remarqué que l'un de ses lacets était défait ?

Le regard qu'elle me lança aurait pu être qualifié d'incrédule.

– Et alors ?

– Geo était plutôt attentif à ce genre de détail.

Elle se redressa.

– Attends, est-ce qu'on est en train de discuter de l'élégance vestimentaire de l'homme dont les poils traversaient le tissu de son caleçon long ?

– Ouaip, mais il est aussi le gars qui portait à la fois

des bretelles et une ceinture, et qui laçait ses chaussures de montagne jusqu'en haut

Elle se remit la couverture sur la tête.

– Bien sûr.

Je soupirai et pensai au long trajet que j'allais devoir faire pour aller dans la montagne.

– Est-ce que l'adresse qu'on a pour Felix Polk est toujours bonne ? Je me disais que j'allais lui faire une petite visite avant que Sancho arrive. Tu veux venir ?

Elle ne bougea pas, le visage toujours caché sous les couvertures.

– Non.

Je regardai le chien, qui reposa sa tête entre ses deux pattes étirées. Le meilleur ami de l'homme – à d'autres. Je soupirai et jetai un coup d'œil à l'autre bout du hall, vers les deux cellules que nous avions dans le fond.

– Je ne voudrais pas t'empêcher de te reposer, mais tu dis qu'Ozzie Junior est en cellule A ?

– Il dort comme un agneau et ronfle comme un lion.

– C'est bien qu'il prenne un peu de repos.

Elle s'enfonça à nouveau profondément sous ses couvertures et je commençai à regretter que le banc ne soit pas plus large.

– Ouais, imagine dans quel état il va être lorsqu'il va se réveiller et apprendre qu'il est en route pour le clapier.

– Êtes-vous Felix Polk ?

Le pansement sur le pouce de l'homme, le numéro de plaque du Wagoneer Jeep dans l'allée et le nom sur l'une des boîtes aux lettres au bout de Caribou Creek Road étaient d'assez bons indices, mais nous étions en mission officielle.

Le vent fonçait sur le canyon où nous nous trouvions et l'altitude aidant, j'étais prêt à parier que la température avoisinait les -25 °C. Felix Polk était grand, presque aussi grand que moi, et probablement de mon âge, avec un gros ventre, mais apparemment en bonne santé, si on exceptait l'appendice manquant. Il portait un pantalon de sécurité et un casque dont il avait relevé les protège-oreilles de manière à pouvoir m'entendre. Derrière la maison, une espèce d'engin était en train de tourner.

– Vous n'avez pas mon pouce sur vous, par hasard ?

Je lui souris.

– Monsieur Polk, c'est exactement le sujet dont je voudrais parler avec vous.

Il hocha la tête.

– Passez par-derrière, je vais couper la fendeuse à bûches.

Je le suivis et contournai la cabane, tout en remarquant l'architecture. Elle était assez typique de la période où la Bighorn National Forest avait eu à concéder quelques parcelles de terre sur des baux à long terme – des baux de cent ans. Certains arrivaient à échéance, ce qui devenait pour les gens du coin une cause d'angoisse, et les propriétés qui s'étaient construites à la fin des années 1940 et au début des années 1950 s'étaient récemment mises à changer de mains pour une somme raisonnable, tellement on était inquiet à l'idée qu'il prenne aux autorités l'envie d'annuler leur bail.

Celle-ci était une belle bâtisse, dont les poutres s'étaient décolorées avec les intempéries pour prendre une teinte grise interrompue uniquement par le ciment Portland qui avait été récemment restauré. Des bardeaux d'asphalte verts et des fenêtres en bois encadraient le bardeaux porche devant, d'où partait un chemin en pente douce vers l'abri d'une pompe, à côté de

Caribou Creek. Des tas de bois étaient empilés sous tous les auvents, et un appentis derrière la maison en contenait encore au moins trente stères. À l'évidence, Felix Polk s'attendait comme moi à ce que l'hiver joue les prolongations.

La maison avait beau être charmante, c'était les environs qui constituaient le point fort. Elle était nichée au milieu d'un petit canyon en cul-de-sac dont les immenses parois rocheuses dépassaient les pins tordus. La majorité des structures dans la montagne – des propriétés privées – étaient groupées le long des chemins forestiers ou situées à côté des réservoirs comme Lake Dull Knife, mais celle-ci était isolée, ayant pour seule voie d'accès un chemin de terre qui serpentait sur plus d'un kilomètre avant de retrouver la Route 16. C'était exactement le genre de lieu où on espérait un jour prendre sa retraite, et c'était le choix qu'avait fait Felix Polk.

– Vingt-deux ans à Dynamic Tool and Die ; l'entreprise a mis la clé sous la porte, mais j'avais assez économisé pour m'acheter cet endroit. Un chauffeur de poids lourd qui nous livrait un paquet de matériel de récupération à Austin m'en avait parlé.

Il posa une tasse de café devant moi, et je me demandai si, au cas où terrassé brusquement par le sommeil, mon nez atterrissant dans la tasse, je me noierais. Un feu brûlait dans la vieille cheminée en briques, et il faisait bon et chaud dans la petite maison. Les aménagements paraissaient dater des années 1960 et les étagères encastrées croulaient sous les ouvrages d'histoire militaire et les livres de poche grand public aux titres tels que *Death Hunt*, *Dead Zero*, *Dead On* et *Death Blow*. Au total, ça faisait beaucoup de morts dans cette bibliothèque. L'objet le plus déconcertant était le drapeau nazi qui était accroché au-dessus de la cheminée. Felix Polk surprit mon regard.

– Il appartenait à mon père. Belgique. 1944.

– La bataille des Ardennes ?

– Ouais. Je crois qu'il détestait les Anglais presque autant que les Allemands. Il aimait bien rappeler que dix-neuf mille Américains étaient morts dans cette bataille et que les Anglais n'avaient perdu que deux cents hommes.

– Plus pertinent, à combien se sont élevées les pertes allemandes ?

– Environ cent mille morts.

J'étais fatigué, mais il me semblait que je devais malgré tout faire quelques efforts pour lancer la conversation ; en même temps, la douleur qui me traversait la fesse me maintenait éveillé.

– Ça fait combien de temps que vous avez la maison ?

– Environ sept mois, maintenant. (Il se versa du café et s'assit en face de moi à la table de la cuisine ; sur sa tasse je lus : DYNAMIC TOOL & DIE.) Elle était en assez mauvais état, mais j'ai pu y travailler tout l'été. J'ai déjà brûlé pas mal de bois de chauffage en habitant ici, alors, j'ai acheté cette fendeuse industrielle.

Je désignai son bandage.

– C'est comme ça que vous avez perdu le bout de votre pouce ?

Il rit et hocha la tête.

– Putain, oui… elle me l'a arraché direct. Mon gant s'est pris dans la fichue machine et je ne m'en suis même pas rendu compte ; je me sentais un peu bizarre, j'ai enlevé mon gant et voilà que le bout de mon pouce y reste collé.

– Ouh-là.

– Ouais, ça a fait assez mal. Lorsque je suis allé à

l'hôpital à Sheridan, ils l'ont recousu et m'ont donné des cachets. J'ai commis l'erreur d'en avaler quelques-uns avec deux ou trois bières et je ne pouvais plus bouger du canapé.

– Pourquoi l'hôpital de Sheridan ? Celui de Durant est plus proche.

– J'avais besoin d'essence pour la fendeuse et c'est moins cher à Sheridan.

– Est-ce qu'ils ont remarqué qu'il en manquait un bout ?

– Ouais, ils m'ont interrogé et c'est là que je me suis rappelé que j'avais fait un saut à la décharge. Je buvais de la bière en bossant et j'avais cette glacière à côté de moi ; quand j'ai récupéré le bout de mon pouce au fond de mon gant, je l'ai mis dedans, et après, j'ai complètement oublié.

Je regardai autour de moi et constatai l'état général de la maison, plutôt mal entretenue. Je lui demandai :

– Vous avez une famille, monsieur Polk ?

Il hocha la tête.

– J'en avais une, autrefois. J'avais une femme, elle est décédée. J'ai eu une fille, elle est morte aussi et je n'ai plus beaucoup de nouvelles de la petite-fille. (Il m'observa et regarda mon annulaire sur ma main gauche.) Vous êtes veuf, shérif ?

– Ouaip.

Il but une gorgée de café.

– Des enfants ?

– Ouaip, une fille.

Il dodelina de la tête.

– On dirait qu'on a beaucoup de choses en commun.

Il fallait que j'arrive à l'objet de ma visite.

– Ceci n'est pas une visite officielle, monsieur Polk, c'est juste qu'une de mes adjointes a rentré votre nom dans la base de données et il en est sorti une accusation d'entrée par effraction.

Il se montra surpris, pour le moins, puis indigné.

– Datant des années 1960 ?

– 1963, pour être précis.

– Savez-vous de quoi il est question ?

En toute honnêteté, j'étais fatigué et je m'en fichais.

– Monsieur Polk…

Il se tenait dos à moi, puis il se tourna pour s'appuyer contre le réfrigérateur.

– J'ai volé mon propre camion. (Il prit sa tasse de café et se versa un peu plus de liquide tandis que son indignation diminuait quelque peu. Il fit mine de me tendre le pot, mais je déclinai.) J'avais un International Harvester dont la boîte automatique était en panne, et un gars l'a réparé, mais il m'a fait payer le double. Je lui ai promis que je le paierais, mais il gardait mon camion et refusait de me le rendre. Ben, j'avais un chantier sur lequel il fallait que j'aille, alors je suis entré par effraction dans l'atelier de mécanique et j'ai piqué mon camion ; j'ai été pris par un adjoint trois jours plus tard, et j'ai passé une dizaine de jours au trou.

– Est-ce que vous avez fini par payer la note ?

Il rougit un peu et évita soigneusement mon regard.

– Non, je me suis dit qu'avec les dix jours que j'avais passés en prison, on était quittes. (Il secoua la tête, incrédule, et garda les yeux rivés sur les arabesques vertes du lino de la cuisine.) Ça fait plus de quarante ans, et vous vous pointez à ma porte…

– Je ne suis pas là pour vous arrêter, monsieur Polk.

Ses sourcils s'aplatirent au-dessus de ses yeux.

– Quoi ?

– Pour tout dire, je suis venu vous demander un service concernant votre pouce.

Avec nos cellules pleines à craquer, je fus forcé de faire la sieste dans mon bureau, ce qui ne marche jamais parce que tout le monde peut me trouver.

– Ruby dit qu'il faut te rappeler que tu as un rendez-vous chez l'ophtalmo demain matin.

Je repoussai mon chapeau sur ma nuque et regardai Vic qui tenait une poignée des post-it que ma standardiste laissait généralement sur le chambranle de ma porte.

– Je dors.

Je rabattis mon chapeau.

– Elle dit aussi qu'Isaac Bloomfield dit que Bill McDermott a découvert quelque chose et qu'il veut en parler avec toi.

Je soulevai mon chapeau à nouveau.

– Découvert quelque chose où ?

Elle but une gorgée de sa boisson énergétique et j'envisageai de lui en demander un peu – un peu d'énergie ne serait pas de refus.

– Quelque chose concernant Geo Stewart. J'ai appelé Bloomfield, mais il a refusé de me le dire. (Elle se mit à trier les petits papiers carrés jaunes qui constituaient mon agenda personnel.) J'ai comme l'impression qu'il m'aime pas.

– Mais si, c'est juste qu'il n'aime pas trop ta façon de parler.

– Je l'emmerde.

– Hmm.

Pensant que ma sieste était terminée, je posai mon chapeau sur mon bureau et repoussai ma veste en mouton retourné que j'avais utilisée comme couverture.

– Autre chose ?

– Tu ronflais.

– Pardon, ça doit être mes blessures.

Je jetai un coup d'œil à la vieille pendule Seth Thomas accrochée à mon mur – elle perdait encore à peu près cinq minutes par an ; c'était bien ma veine. L'heure du déjeuner était passée, et je n'avais toujours rien mangé – le chien avait consommé les deux burritos – et j'étais affamé.

– J'ai vraiment faim.

Elle se leva et balança les post-it sur mon bureau.

– Eh bien, allons manger – pour ce que j'en sais, Geo Stewart va pas s'envoler.

Même si le mercure refusait de franchir la barre des -15°, nous allâmes à pied jusqu'au Busy Bee Café.

– Comment s'est passée ta rencontre avec l'homme aux neuf doigts ?

Je sortis mes gants et y enfonçai rapidement mes mains de manière à garder tous les miens.

– Il a promis de ne pas courir dans tout le comté à la recherche de son pouce.

– En échange de ?

– Son pouce.

Elle secoua la tête.

– Est-ce qu'il veut vraiment en faire un porte-clés ?

– Il ne m'a pas dit. (Quelques dames venues du bureau du greffier sortirent d'un pas rapide du tribunal par la porte arrière et nous attendîmes qu'elles passent.) Je me suis aussi dit que j'appellerais le Bureau du shérif du comté de Travis pour voir si je pouvais obtenir qu'ils abandonnent les charges qui pèsent contre lui. L'histoire qu'il raconte paraît tenir debout, et je ne crois pas qu'ils veuillent vraiment poursuivre. (Nous tournâmes au coin du tribunal.) Et au fait, où est le Basque ?

– À l'hôpital, à nouveau.

– J'imagine qu'Antonio a la colique.

– Ouais, enfin, au moins le morpion a un toit sur la tête, lui.

Elle paraissait distante, et je me dis que je devais recoller un peu les morceaux.

– Tu veux que j'aille voir cette maison avec toi aujourd'hui ?

Elle marchait le long du trottoir qui traversait la pelouse sud du tribunal, les mains enfoncées dans les poches de sa veste et sa casquette vissée sur la tête ; elle m'avait apparemment surpris à admirer le chapeau en fourrure.

– Non.

– J'y serai, cette fois.

– Quelqu'un a fait une offre plus élevée.

Je m'arrêtai, mais elle poursuivit son chemin.

– Oh.

Elle tourna au sommet des marches qui descendaient sur la partie commerçante de Main Street, cela ne faisait que deux pâtés de maisons, et me regarda.

– Ma vie…

Je la rejoignis au bord du précipice.

– Ouais ?

– De merde.

Je me tins tout près d'elle, bloquant les rafales de vent avec mon dos, et je la regardai.

– Comment ça ?

– Je suis coincée dans ce trou à rats au fin fond de l'Ouest avec ce job de merde qui me donne pas un rond et une relation intermittente avec mon chef.

Je hochai la tête.

– Bon sang, t'as vraiment raison, t'as vraiment une vie de merde.

Elle me donna un coup de coude.

– Il fallait refaire l'électricité, la plomberie, et consolider les fondations, et y a un connard qui a payé plus que le prix affiché.

– On va t'en trouver une autre.

– Je voulais celle-là.

– Je suis désolé.

Elle garda la tête baissée et je me penchai jusqu'à ce que le bord de sa visière touche ma poitrine. Il lui fallut un moment pour réagir, et les volutes de buée montèrent rapidement à côté de mon visage comme un bain de vapeur qui refroidissait à toute allure.

– Ouais.

Nous restâmes dans cette position pendant quelques instants.

– C'est un grand pas, d'acheter une maison.

Je sentis la casquette bouger de haut en bas.

– Apparemment, je suis arrivée à un âge où il faut que je commence à prendre des décisions dans ma vie.

– Suis-je une de ces décisions ?

– Possible.

Elle avait raison. Notre relation était intermittente, et les jours "sans" étaient surtout de mon fait. Nous avions eu une attirance fulgurante qui s'était épanouie en un brasier inextinguible depuis qu'un incident à Philadelphie s'était fortuitement produit, mais je ne parvenais pas à me faire à notre différence d'âge, au fait que nous travaillions ensemble, et qu'il y avait seulement quelques mois son jeune frère à Philadelphie avait demandé ma fille en mariage.

– Écoute, je sais que maintenant notre différence d'âge ne pèse pas tant que ça, mais dans dix ans…

– Rien à foutre de dans dix ans.

Elle leva vers moi ses yeux vieil or et j'essayai de penser aux autres choses que je voulais dire. Nous continuâmes à nous regarder et, comme toujours, je choisis la voie de la résistance minimale.

– Allez, il fait froid. Je t'invite à déjeuner.

– Je veux une maison. (Elle se tourna et je la suivis dans l'escalier.) Hé, je sais, peut-être que je pourrais acheter la maison de Sancho.

À notre retour, nous trouvâmes Henry au bureau et je lui demandai de m'accompagner à l'hôpital. Le Durant Memorial possédait une morgue, ou plutôt une pièce sans aménagement particulier qui en tenait lieu – c'était la chambre 31, une information qui n'était pas connue des simples citoyens.

– Cela équivalait à trouver un trou dans une pelote d'épingles, ne trouvez-vous pas ?

– Il se faisait trois à quatre injections par jour pour contrôler ses niveaux de glucose, mais concernant ces trois points d'injection deux choses sont anormales. Les endroits où se faisaient la plupart des injections étaient les zones habituelles du corps, c'est-à-dire le devant et l'extérieur des cuisses, l'abdomen, sauf la périphérie du nombril, la partie supérieure et extérieure des bras, la zone située juste au-dessus de la taille dans le dos et les fesses. Vous remarquerez où ont été faites celles-ci.

Bill McDermott tint la jambe du ferrailleur en l'air pour que je puisse l'examiner ; effectivement, il y avait trois trous plus gros visibles à l'arrière du genou.

– Comment donc avez-vous trouvé ces marques ?

– Il y avait du sang.

– Quelle est la deuxième nouvelle ?

– La taille de l'aiguille qui est entrée là trois fois est beaucoup plus importante que celle que l'on utilise habituellement pour l'insuline, d'où le sang.

J'examinai le jeune médecin légiste que nous avait

prêté l'État du Montana. Nos voisins du nord nous accordaient cette faveur au plus fort des hivers du Wyoming, lorsque le trajet d'une heure quarante-cinq depuis Billings, Montana, soutenait favorablement la comparaison avec les cinq heures et demie depuis Cheyenne, Wyoming. Bill McDermott avait changé depuis la dernière fois que je l'avais vu. Il avait l'air plus mondain et plus aisé, ce qui était précisément l'effet que pouvait produire un séjour de trois mois en Europe avec Lana Baroja.

– Quand allez-vous faire de Lana une honnête femme ?

– Elle ne veut pas être une honnête femme.

Il but une gorgée de sa ginger ale et lança un coup d'œil à Henry, qui se tenait debout contre le mur, silencieux, les bras croisés. Bill revint à moi et me sourit ; ses longs cheveux un peu blonds lui tombaient sur le visage.

– J'ai entendu dire que votre fille allait se marier.

– Je l'ai entendu dire, moi aussi. (Je désignai le corps de Geo Stewart de la main.) Était-ce sur la même jambe que le pied avait une chaussure pas lacée ?

Isaac et le légiste du Montana hochèrent la tête.

– Pourquoi le piquer derrière le genou, si c'est effectivement quelqu'un qui l'a piqué ?

Isaac enfonça ses mains dans les poches de sa blouse.

– C'est le point le plus proche de l'artère majeure de la jambe, et ça peut passer inaperçu.

– Alors, vous êtes en train de dire que quelqu'un l'a assassiné ?

McDermott décida d'être prudent.

– Nous disons qu'il est possible que quelqu'un l'ait assassiné.

– Avec quoi ?

– De l'air.

Je m'approchai de Henry et m'appuyai contre le même mur.

– Je pensais que ça ne marchait que dans les téléfilms.

Isaac décida de prendre le relais.

– Ça dépend de l'état de santé de la victime, de la position de son corps, et le plus important, de la quantité d'air introduite dans le système. On a publié dans certaines revues médicales que des quantités aussi faibles que vingt millilitres pouvaient produire cet effet, mais cela fait quand même pas mal d'air.

La voix de la Nation Cheyenne se mit à gronder à côté de moi.

– Il faudrait avoir une pompe à vélo.

– Oui, ou une seringue de vétérinaire avec un réservoir correspondant à un dosage équin. (Isaac baissa les yeux vers le corps de l'homme mort.) Malgré les incertitudes, l'embolie gazeuse sert de méthode d'exécution raisonnablement fiable depuis un bon moment. Dans mon pays d'origine, j'ai été enfermé d'abord parce que j'étais juif, ensuite parce que j'ai refusé de les aider à gazer des patients mentalement déficients. Les institutions psychiatriques s'étaient dérobées à l'ordre de poursuivre les prétendus suicides assistés par des moyens moins visibles. On m'a dit qu'il y avait eu un programme appelé "euthanasie sauvage", qui a démarré à Meseritz-Obrawalde en 1942. Même si la plupart des exécutions ont été effectuées par overdoses de sédatifs, certains patients se sont vu injecter de l'air, ce qui les tuait généralement en l'espace de quelques minutes.

– Faut-il avoir des connaissances médicales ?

Doc me lança un rapide coup d'œil.

– C'est utile mais pas nécessaire.

8

Lorsque je rentrai au bureau, je vis que le véhicule de Saizarbitoria était garé devant l'entrée de service ; je l'avais chargé de rassembler puis de décharger le fruit du grand projet agricole de Duane.

– Salut Duane.

Il leva les yeux de derrière les barreaux de sa cellule lorsque j'entrai en boitillant, portant les derniers plants. Vic referma la lourde porte, me prit les pots des mains et disparut.

– Faut les surveiller, quand y fait froid comme ça, ça peut les tuer.

– Je suis désolé de te dire ça, mais pour ce qui nous intéresse, peu importe que les plants soient vivants ou morts. (J'attrapai une chaise pliante et m'assis sur ma bonne fesse.) Duane, je m'en veux de te rendre la vie encore plus affreuse, mais il faut que je te pose quelques questions. En fonction de tes réponses et si elles me satisfont, je peux soit t'accuser ici dans le comté, ou bien te refiler à la division des Enquêtes criminelles ou aux fédéraux, qui ne vont certainement pas te laisser t'en tirer avec des heures de ramassage des ordures au bord de la route en combinaison orange.

Il continua à fixer le sol en béton puis marmonna une réponse.

– Mmm-hmm.

Vic revint et s'appuya contre le mur. Je me retournai vers Duane.

– C'était l'idée de qui, la marijuana ?

– La mienne.

Je lançai un coup d'œil à Vic, qui roula des yeux et attendit un moment.

– T'es sûr ?

– Mmm-hmm.

– Duane, est-ce que tu connais les condamnations préconisées pour ce genre d'activité de distribution ?

– Je la distribuais pas.

J'ôtai mon chapeau et le coinçai par le bord entre mes genoux.

– Mon adjoint, M. Saizarbitoria, a parlé avec les gens de la compagnie d'électricité, la Powder River Co-Op, ce matin, après qu'on a fait un peu de désherbage chez toi, et ils ont dit que ta note d'électricité des six derniers mois dépassait les sept cent cinquante dollars par mois. (Je pris une grande inspiration et essayai de lui expliquer à quel point sa situation était désespérée.) Duane, la possession avec intention de distribution n'est pas un délit avec intention spécifique... la quantité seule prouve bien l'intention de distribuer. Avec une telle quantité de marijuana, l'État du Wyoming n'a pas besoin de prouver l'intention spécifique ; posséder délibérément une telle quantité est de fait une preuve suffisante.

Il me lança un regard vide.

– On utilise beaucoup d'électricité, pour regarder la télé, par exemple.

Vic réprima un hurlement de rire tandis que je reprenais.

– Duane, je crains qu'il n'y ait pas un tribunal dans

ce pays qui serait prêt à croire que même deux junkies de calibre olympique comme Gina et toi puissiez à vous deux fumer autant de shit.

– Gina, elle fume pas, c'est que moi.

Je fis tomber mon chapeau pour ajouter un petit effet dramatique.

– Duane, je t'aime bien et je voudrais que tu écoutes attentivement ce que je vais dire… Je ne veux pas que tu prennes la responsabilité de tout ça seul.

Vic décolla du mur et promena sa main sur les barreaux.

– Je vais te dire un truc, petit connard de mes deux, j'en ai entendu des alibis pouraves dans ma vie, mais dire que tu kiffes la fumette au point de t'enfiler autant de came par an, c'est le pire que j'aie jamais entendu.

– Mais c'est vrai.

– De la connerie en barre.

À voir son visage, on aurait cru qu'il allait se mettre à pleurer.

– C'est vrai…

– De. La. Connerie. En. Barre, répéta-t-elle.

Je ramassai mon chapeau et me levai, tout en souriant au jeune homme pour le rassurer un peu.

– J'ai deux trois petites choses à faire, Duane, mais je vais revenir et, toi et moi, on va avoir une autre petite conversation, une conversation dans laquelle tu ne seras pas si complètement coupable. D'accord ?

Il reprit un peu courage et me rendit mon sourire.

– OK.

Vic me rejoignit au moment où je tournais le coin, devant les deux Polaroid représentant nos pensionnaires qui rappelaient au personnel que nos cellules étaient occupées. Elle m'observa.

– Les affaires reprennent, on dirait.

– Ouaip.

En passant, nous jetâmes un coup d'œil à Ozzie Dobbs Jr. dans sa cellule ; il portait toujours ses vêtements tachés de sang et il se tenait tout contre les barreaux, le visage appuyé entre deux d'entre eux.

– Comment ça va, Ozzie ?

– Je veux porter plainte.

Je hochai la tête.

– Vous étiez assez perturbé par l'idée d'avoir tué Geo hier soir.

– Ouais, mais maintenant qu'il va bien, je veux porter plainte.

Apparemment, les remords d'hier soir n'avaient pas duré longtemps.

– Qu'est-ce qui vous laisse penser qu'il va bien ?

Tout à coup, Ozzie Dobbs devint l'image parfaite de la personne qui vient de constater que sous ses pieds, c'est le vide.

– Il ne va pas bien ?

– Il est décédé la nuit dernière, Ozzie. Il a essayé de rentrer chez lui sous la neige et il a eu une crise cardiaque. Cela dit, on n'en connaît pas avec certitude la cause, les coups, l'effort, ou autre chose… mais Geo Stewart est mort. (J'avançai jusqu'à notre petite kitchenette et je sortis une tasse de la pile et la retournai.) Vous voulez une tasse de café, Ozzie ?

Il cligna des yeux, puis nous regarda tous les deux.

– Vous plaisantez, hein, les gars ?

Je restai immobile un moment, me demandant si une nouvelle dose de café allait vraiment être utile.

– Pas sur le café, jamais.

Il déglutit avec peine et hocha la tête rapidement.

– J'apprécierais une tasse de café.

J'en retournai une autre pour moi et me tournai vers

Vic, qui secoua la tête. Je remplis la mienne puis celle d'Ozzie ; ce n'était qu'une hypothèse, mais lorsque j'ajoutai de la crème et du sucre, il ne m'arrêta pas. Je lui tendis la boisson entre les barreaux et il la prit comme si c'était un nectar.

– Geo est décédé ?

– Ouaip.

– Oh mon Dieu.

Je m'appuyai contre les barreaux et ne pus m'empêcher de rassurer un peu le bonhomme.

– Si ça vous permet de vous sentir mieux, et sachez que j'enfreins un certain nombre de lois en vous donnant cette information, disons que les coups ont peut-être été un facteur aggravant, mais je ne crois pas que vous l'ayez tué.

Il retourna jusqu'à sa couchette et s'assit sans me regarder.

– Vous dites ça seulement pour me faire…

– Non, pas du tout. Je ne sais pas à quel point vous êtes au courant des relations entre les Stewart et votre famille, mais vous allez devoir me dire tout ce que vous savez.

Il garda les yeux rivés sur le plancher, puis s'assit lourdement, résigné.

– Je vous dirai tout ce que je sais, mais est-ce que je pourrais prendre une douche ? J'ai peur d'attraper le sida, avec tout ce sang.

Je le regardai droit dans les yeux.

– Vous n'étiez pas si inquiet hier soir, lorsque vous avez pris le temps d'engloutir un litre de tequila.

– Je n'étais pas dans mon assiette, à ce moment-là.

Vic plissa les yeux, et on aurait dit les éclats irisés d'un embrasement solaire.

– Sans blague, petit castor.

– Vous pouvez être tranquille, Ozzie. Si Geo était séropositif, Doc Bloomfield nous l'aurait déjà dit. (Il n'ajouta pas un mot, et je me dis qu'après tout ce qu'il avait traversé c'était le moins que je pouvais faire pour lui.) Je vais vous accompagner en bas pour que vous preniez une douche.

Vic s'écarta du comptoir et partit en direction du hall d'entrée.

– Si tu arrives à passer sans avoir de machette. Le sous-sol ressemble au jardin botanique de la Jamaïque.

– Sancho dit que c'est de la BC Bud.

– Comme tu veux.

La voix d'Ozzie nous suivit.

– Hé, Walt, pouvez-vous demander à ma mère d'apporter des vêtements propres ?

Lorsque j'arrivai dans le couloir sur lequel donnait mon bureau, je trouvai Vic qui m'attendait à côté de ma porte, ouverte.

– Mme Dobbs est déjà venue avec ses vêtements, mais elle ne veut pas le voir.

– Génial. On va rassembler tous ces idiots et envoyer tout ce petit monde à Rawlins.

Mes paroles trahissaient ma lassitude, même à mes oreilles ; tout à coup, je surpris une drôle d'expression sur le visage de Vic.

– Quoi ?

Elle désigna la porte ouverte entre nous d'un mouvement du menton.

– Heu… Elle est là. Dans ton bureau. Tout de suite.

J'essayai de dégager une aura de digne profession- nalisme lorsque j'entrai, jetai mon chapeau sur mon bureau et tirai mon fauteuil.

– Bonjour madame Dobbs.

Elle s'était mise à son aise ; elle avait enlevé son manteau et posé le sac contenant les vêtements de son fils sur le coin de mon bureau.

– Je suppose que je suis une des idiotes que vous voulez envoyer à Rawlins.

Je m'assis et la regardai.

– Pas particulièrement. On m'a dit que vous ne vouliez pas voir Ozzie, mais je crois qu'il a besoin de votre soutien, en ce moment.

– Walter, il s'agit d'une attaque qui n'a pas été le moins du monde provoquée, et un homme auquel je tenais beaucoup est mort.

– Nous sommes en train de parler de votre fils.

Elle laissa échapper de son nez un soupir audible.

– Raison de plus.

Je pensai à la cheville ouvrière sentimentale sur laquelle reposait tout l'épisode, et je me dis que, si je pouvais obtenir d'elle qu'elle remette ses idées en place, nous pourrions peut-être éviter tout ça.

– Madame Dobbs, est-ce la première fois que votre fils découvre que… je veux dire… qu'il apprend avec certitude que vous… ?

J'attendis qu'elle fournisse la suite de manière que je n'aie pas à trouver une version plus acceptable de *chtouper* le ferrailleur.

– Que je quoi, shérif ?

Il allait falloir que je trouve une version plus acceptable de *chtouper* le ferrailleur.

– Heu… est-ce la première occurrence qui laisse penser que votre fils avait peut-être des… heu… concernant l'intimité que vous partagiez avec le défunt ?

Elle me regarda, ébahie.

– Je ne vois pas le rapport avec ce qui nous occupe.

Si j'avais encore eu mon chapeau dans la main, je l'aurais certainement lâché.

– Eh bien, je crois, moi, qu'il y a un rapport, justement. (Je pris une grande inspiration et j'expirai ensuite lentement, comme je le faisais toujours lorsque je craignais de dire quelque chose que je risquais de regretter ensuite.) Betty, ne voyez-vous pas que cela peut provoquer une réaction quelque peu émotionnelle chez votre fils ?

– Pas au point de battre quelqu'un à mort.

– Eh bien, nous ne sommes pas encore certains que ce soient les coups qui aient tué Geo.

Sa voix monta d'un tout petit ton.

– Vous me surprenez, Walter.

Je reculai dans mon fauteuil et calai mon bon pied sous mon bureau, essayant cette fois de soulager non seulement l'os fracturé pas encore complètement guéri de mon pied et ma fesse droite douloureusement mordue. Elle garda les bras croisés et j'eus l'impression de me retrouver à nouveau en troisième.

– Si votre fils est accusé, ce sera de meurtre.

– Oui.

Je me penchai en avant, essayant d'exprimer justement la gravité de la situation, même si je pensais bien qu'Ozzie aurait tout au plus à s'acquitter de lourds frais d'avocat et de justice, ainsi que d'heures de travaux d'intérêt général. Il était également possible que Duane et lui se retrouvent à ramasser ensemble les ordures sur le bord des routes du comté en survêtements orange assortis.

– Ce qui veut dire qu'il va aller à Rawlins.

– Oui.

– En prison. (Je marquai une pause.) Probablement jusqu'à la fin de sa vie.

Elle ne marqua pas de pause.

– Oui. (Elle hocha la tête faiblement, et on aurait dit qu'elle était d'accord avec elle-même.) Je comprends, Walter, mais je ne vois pas d'alternative.

Ma bouche se ferma quelques instants dans l'espoir qu'un peu de bon sens allait se glisser dans la conversation, et je commençai à sentir les prémices d'un de mes fameux maux de tête. Je fus sauvé par la diode rouge qui se mit à clignoter sur mon poste téléphonique ; je décrochai brusquement le combiné.

– Oui ?

– Scott Montgomery sur la une.

Je fis la grimace, même si j'étais content de l'interruption.

– Qui ?

– Le shérif du comté de Travis, dans le Texas.

– Ah oui, c'est vrai. (Je collai le combiné contre ma poitrine et regardai Betty Dobbs.) Voulez-vous bien réfléchir à ce que je vous ai dit, madame Dobbs ?

Elle se leva et enfila son manteau. Elle tapota le sac posé sur mon bureau.

– Ce sont les affaires d'Ozzie.

– Je ferai en sorte qu'elles lui soient transmises.

Elle fit un seul mouvement du menton, tourna les talons et fut sur le point de partir.

– Walter ?

– Oui, madame ?

Elle resta immobile, me tournant le dos.

– Avez-vous conscience que votre porte n'a pas de poignée ?

– Oui, madame.

Elle resta là encore quelques instants puis poursuivit son chemin.

Espérant parler enfin à une personne saine d'esprit,

je mis le combiné contre mon oreille et appuyai sur le bouton numéro un.

– Allô ?

– Shérif Longmire, ici le shérif Montgomery. Je parie que vous ne vous souvenez pas de moi.

Il avait raison.

– Nous nous connaissons ?

– Ben oui, nous nous sommes vus à la convention des Doolittle Raiders à San Antonio il y a quelques années. Vous aviez accompagné Lucian Connally, et nous étions tous les deux sur ce vol où l'équipage du B-25, le *Yellow Rose*, l'avait laissé tenir le manche.

Je me rappelais vaguement un homme costaud qui portait un très grand chapeau en feuille de palme et qui disait qu'il était shérif lui aussi. Je me rappelais aussi avoir pensé que nous allions tous mourir, ce jour-là.

– Vous portez une moustache ?

– Exact ! Hé, si M. Connally et vous, vous redescendez un jour par ici, on vous fera passer un bon moment, les Yankees. (Il marqua une pause pour reprendre son souffle.) Ils envisageaient d'organiser une réunion justement ici, à l'aéroport Austin-Bergstrom International, mais on s'est fait souffler le truc par Dallas. Hé, vous auriez pas votre mot à dire au comité qui choisit les lieux pour les réunions ?

– Non, je crains que…

– Dommage, parce qu'on aimerait vraiment bien que quelqu'un nous pistonne un peu. Vous êtes déjà venu à Austin ?

– Non…

– C'est une ville géniale, vous allez adorer. On leur monterait un truc d'enfer, je vous jure ; tout est plus grand ici, au Texas.

L'enthousiasme du bonhomme était communicatif et je me surpris à hocher la tête face à mon téléphone.

– Shérif Montgomery, je me demandais si...

– Scott, appelez-moi Scott.

J'opinai à nouveau.

– Scott, je me demandais si vous aviez eu le temps de jeter un œil sur ce mandat d'arrêt que vous aviez sur Felix Polk ?

Vic entra et s'assit sur la chaise que Betty Dobbs venait de quitter. Elle se pencha pour fourrager dans les vêtements d'Ozzie Junior.

Il agita des papiers.

– J'ai sous les yeux le fax que votre standardiste m'a envoyé. On a eu une inondation dans le sous-sol il y a environ dix ans et ce mandat est si ancien... Qu'est-ce que vous voudriez qu'on en fasse, shérif ?

Je m'éclaircis la voix et Vic leva les yeux vers moi.

– Abandonnez les charges.

La réaction fut immédiate.

– C'est comme si c'était fait.

– C'est aussi simple que ça ?

Il rit.

– Walt, je vais vous parler franchement. C'est une entrée par effraction qui a plus de quarante ans.

Il souffla dans le téléphone, et je me demandai quelle température il faisait à Austin, Texas. Il se remit à parler et, cette fois, son ton de voix était un peu plus sérieux.

– Ce gars-là, c'est un type bien ?

– On dirait.

– Comment est-il apparu sur vos écrans ?

– On a trouvé son pouce à la décharge... apparemment, il se l'était arraché avec une fendeuse. On a rentré l'empreinte partielle dans l'ordinateur et on n'a rien trouvé, si ce n'est le lien avec vous.

– Il se l'est fait recoller ?

– Le pouce ? Non. Mais je crois qu'il veut s'en faire un porte-clés.

Il y eut une pause.

– On dirait qu'il a assez souffert comme ça. (Sa voix reprit le ton de la conversation comme un ressort.) Hé, dites, vous pousserez notre candidature ici, à Austin, pour qu'on accueille une convention Doolittle ?

– Je ferai de mon mieux.

– Ben, que demander de plus ?

Je le remerciai et raccrochai.

– Fan de la Deuxième Guerre.

– Et pour Polk ?

– Charge abandonnée.

– Cool. (Elle tendit le bras et remua les vêtements dans le sac.) Tu vas escorter Junior jusqu'à la douche ?

– À moins que tu ne revendiques cet honneur.

Elle poussa le sac vers moi à nouveau, mais cette fois, avec un peu plus d'ostentation.

La tête d'Ozzie restait baissée, mais j'imagine qu'il avait l'impression de devoir faire un effort pour entretenir la conversation.

– C'est une belle prison, Walt.

Je le suivis dans l'escalier.

– On l'aime bien.

– Je venais ici quand j'étais adolescent, quand c'était la bibliothèque Carnegie. Je ne crois pas être jamais descendu dans cette partie.

– C'est probable.

Nous arrivâmes au pied des marches et tournâmes le coin pour découvrir quelque chose qui ressemblait à Johnny Weissmuller dans *Tarzan avec possession et intention de distribution*. Santiago avait disposé un certain nombre de tables dans le couloir, la salle commune, le vestiaire et les six cellules. Le Basque se trouvait dans la salle, un bloc-notes à la main ; il leva les yeux à notre arrivée.

– Quatre cent trente-huit plants au total.

– Nom d'une pipe.

Je poussai Ozzie vers la salle de bain qui était contiguë à notre petit vestiaire. C'était un équipement permanent que nous avions réussi à bâtir en déplaçant la cloison et en ajoutant une cabine de douche métallique d'un seul bloc. Il y avait une ampoule, la seule source de lumière mis à part une fenêtre près du plafond.

– Je ne fais pas ça, normalement, mais je vais fermer la porte et vous donner un peu d'intimité. Déshabillez-vous et jetez vos vêtements sales par ici, et je vous tendrai les propres lorsque vous aurez fini.

Il hocha la tête.

– Est-ce que ma mère a apporté des affaires de toilette et un peignoir ?

Je regardai dans le sac.

– Effectivement. (Je sortis du sac un peignoir luxueux, douillet, avec des dessins navajo, et le lui tendis avec une trousse de toilette en cuir.) Tenez.

Il disparut dans la salle de bain sans ajouter un mot et je refermai la porte derrière lui.

Sancho s'approcha, avec son bloc-notes.

– Qu'est-ce qu'on a ?

– Ça dépend de vous, patron. (Il haussa les épaules.) Si ça remonte jusqu'au procureur fédéral ou à la Drug Enforcement Agency, cela veut dire qu'on perd notre juridiction, et ça part à Casper ou à Cheyenne. Vous voulez aller passer une semaine à Casper ou Cheyenne pour témoigner ?

– Pas vraiment. (Je tapai sur la porte qui se trouvait derrière moi.) Ozzie, vous êtes déshabillé ?

Sa voix me parvint à travers la porte.

– Heu… ouais.

– Passez-moi vos vêtements sales.

– OK.

La poignée tourna, et obéissant, il me tendit le paquet de vêtements sales, couverts de sang.

– Les chaussures ?

Une seconde plus tard, elles apparurent.

– Est-ce que je peux avoir mes autres habits ? Il fait un peu froid ici.

– Vous avez votre peignoir. Je vous donnerai les propres lorsque vous aurez pris votre douche.

Après un temps d'hésitation, la porte se referma

Je jetai les vêtements sales sur le sol du vestiaire et écoutai l'eau qui commençait à couler dans la cabine de douche. Je me tournai vers Sancho.

– Alors, on reste chez nous ?

– Je ne crois pas que les fédéraux seraient emballés, et en plus, ça pourrait peser lourd sur les finances du comté.

Je tentai d'exhiber un peu de sensibilité à la gestion.

– Eh bien, nous disposons d'une culture de rente… ici même.

Il ignora ma remarque et glissa le bloc-notes sous son bras.

– Que dit mister Green Jeans ?

– Qu'il cultivait pour son usage personnel.

Le Basque jeta un coup d'œil autour de lui et plissa ses yeux noirs.

– Vous rigolez ? (Il secoua la tête, incrédule.) Ceci

est une plante très rentable, aux vertus narcotiques très puissantes… c'est de la sinsemilla.

J'avais une connaissance péniblement acquise des drogues, mais ma formation comportait beaucoup de trous.

– Comment le sais-tu ?

– Tous des plants femelles. Je dirais que Duane a bien caché son jeu, en plus de sa production. Le cultivateur doit être capable de repérer les plants mâles tôt dans leur développement et les enlever, ensuite, en contrôlant l'exposition à la lumière, on stimule les plants femelles pour qu'ils fassent des bourgeons. (Il contempla tout autour de lui la jungle qui nous entourait.) Comme ceux-ci.

J'étais heureux de constater qu'un peu de l'ancienne lueur revenait dans les yeux de Sancho. Peut-être allais-je pouvoir clore l'affaire truquée du pouce perdu.

– Alors, ce que tu es en train de dire, c'est que Duane n'est pas seulement un cultivateur de marijuana, mais le Johnny Appleseed des fermiers du genre.

– Il utilise des techniques de clonage très sophisti-quées, des hormones pour booster les racines, et d'autres trucs que je n'ai jamais vus.

L'eau coulait toujours dans la douche.

– Ozzie, ça va, là-dedans ?

Sa voix s'éleva sur fond de cascade dans le réduit métallique.

– Oui.

– Bon, dépêchez-vous un peu. On n'a pas tant d'eau chaude que ça dans le bâtiment. (Je me tournai à nouveau vers le Basque.) Tu ne penses pas que Duane est assez malin pour faire ça tout seul, si ?

– Je ne crois pas qu'il ait inventé l'eau chaude.

– Et Gina ?

Il s'appuya contre la porte de l'autre salle de bain, en face.

– À eux deux, ils arriveraient peut-être à inventer l'eau chaude. Chef, il utilisait des lampes à décharge de haute intensité, des humidificateurs industriels, des générateurs d'ozone et des valves de contrôle du CO_2 ; il y a environ pour cent cinquante mille dollars de matériel dans ce tunnel.

– Est-ce qu'il n'aurait pas pu utiliser les bénéfices d'une récolte précédente pour acheter tout ça ?

Il tira le bloc-notes coincé sous son bras, détacha une enveloppe en papier kraft de la pince et me la tendit.

– Les reçus de tous les appareils, provenant d'une entreprise de fournitures botaniques à Miami… Tout a été acheté au même moment, il y a six mois.

– Pourquoi diable garder les reçus pour tous ces équipements ?

– Ils étaient tous accrochés sur la paroi du tunnel avec les garanties, toutes enregistrées.

– Tu plaisantes.

– Non, j'imagine qu'il s'est dit que si quelque chose se mettait à mal marcher…

Je sortis quelques factures et regardai les dates.

– Tu crois que quelqu'un a dirigé toute l'opération ?

– Ça y ressemble, en tout cas.

L'eau continuait à couler dans la salle de bain, et je frappai à nouveau à la porte.

– Ozzie ?

Il fallut un moment, mais il répondit.

– Oui ?

– Dépêchez-vous un peu.

Je feuilletai les reçus.

– J'ai passé un bon moment avec ta femme et Antonio hier.

J'essayai de rendre l'affirmation aussi innocente que possible, alors j'ajoutai :

– Nous avons pris le thé.

Il garda les yeux rivés sur le sol de ciment.

– J'aurais dû vous prévenir… elle aime le thé.

– Hmm.

Je restai là, à écouter l'eau de la douche couler.

– Je crois que mon fils ne m'aime pas.

À nouveau, il n'appelait pas son fils par son nom, mais c'était une ouverture que je n'allais pas laisser passer.

– Pourquoi donc ?

– Il pleure dès que je suis dans les parages.

Je fourrai les factures dans l'enveloppe.

– Je ne prendrais pas la chose trop au sérieux, si j'étais toi. Les bébés sont étranges de ce point de vue, ils récupèrent toutes sortes d'angoisses de leurs parents. Très souvent, un étranger les prend dans ses bras et ils s'arrêtent de pleurer. Peut-être est-ce parce que c'est quelqu'un de différent, et ils sentent qu'il n'y a pas d'attente de sa part. Je ne sais pas. Je me demande parfois si ma fille m'aime, et elle a presque trente ans.

Il hocha la tête mais ne dit rien.

– Je t'ai proposé une augmentation.

Il leva la tête.

– Par l'intermédiaire de Marie ?

– Ouaip.

– De combien ?

– Deux mille de plus par an.

Il ne parut pas tellement impressionné.

– Qu'est-ce qu'elle a dit ?

Je me permis un petit sourire.

– Elle a dit qu'elle ne réfléchissait pas à ta place.

Il rit en entendant cette remarque, et c'était agréable

de retrouver l'ancien Sancho. Je tendis le bras et frappai à nouveau.

– Ozzie ?

Je tournai la poignée et ouvris la porte en grand pour découvrir une salle de bain vide, l'eau qui courait toujours dans la douche et la minuscule fenêtre ouverte sur l'extérieur.

– J'y crois pas.

9

C'était la première fois que je lançais un avis de recherche concernant un homme pesant environ cinquante-cinq kilos, vêtu d'un peignoir et sans chaussures.

– Je vous laisse tous les deux cinq putain de minutes et…

Vic nous tançait vertement tandis que nous nous précipitions dans le hall d'entrée. Elle attrapa nos radios sur la borne de recharge à côté du bureau de Ruby et nous les distribua.

Ruby se tourna dans son fauteuil et nous regarda, le combiné téléphonique dans la main.

– Mme Dobbs veut savoir si les vêtements étaient bien ceux que voulait Ozzie.

Je la remerciai d'un geste expéditif de la main et continuai à dévaler les escaliers, flanqué de mes deux adjoints.

– Dis-lui qu'on la rappelle.

Nous franchîmes les portes en trombe et fonçâmes droit sur un mur glacial de ténèbres enneigées. Je lus la température et l'heure sur le panneau de la Durant Federal de l'autre côté de la rue. Nous avions atteint -15 °C et il était 16 h 45. Il ne pouvait pas être allé très loin sans chaussures.

Nous nous déployâmes sur la droite, du côté de la fenêtre ouverte. Nous n'avions pas pris la peine de l'équiper de barreaux ; elle était si petite et si haut perchée et, de plus, j'étais pratiquement le seul à me servir de la douche.

– Comment a-t-il réussi à passer par là, bon sang ?

Je lançai un regard vif à mon adjointe.

– La détermination.

Il y avait un creux nettement marqué dans la neige, à l'endroit où Ozzie avait atterri, et une série d'empreintes lisibles traversant la pelouse en diagonale vers la porte arrière du tribunal.

Le bureau de l'assesseur se trouvait tout de suite à droite, avec une réserve pour les cartes, et deux volées de marches menaient à la salle d'audience à l'étage, une à droite, l'autre à gauche. Le bureau du greffier du comté se trouvait plus loin dans le hall et le guichet du trésorier était en face, sur la droite, avec une paire de portes en verre qui donnaient sur Main Street.

Je levai les yeux vers le haut des escaliers.

– Si je courais à travers la ville sans chaussures, en peignoir, et si j'avais la corpulence d'un colibri, je resterais peut-être bien à l'intérieur, mais ce n'est que mon avis.

Saizarbitoria bondit dans l'escalier et, en une seconde, il avait disparu. Vic disparut, elle aussi, dans le dédale des bureaux de l'assesseur et je continuai dans le hall jusqu'au long comptoir devant le bureau du trésorier. Il y avait beaucoup de slogans photocopiés et d'aphorismes divers affichés sur le mur – SI VOUS N'APPRÉCIEZ PAS LE SERVICE ICI, PARTEZ, ou NOUS ON NE PANIQUE PAS QUAND VOUS VOUS PROCRASTINEZ. Ces panneaux étaient typiques des comportements du personnel des impôts du comté d'Absaroka envers les incivilités.

Les dames toujours très bavardes étaient debout devant leur bureau et elles papotaient comme des oiseaux sur un fil électrique.

– Désolé de vous interrompre, mais auriez-vous vu un homme en peignoir passer en courant ?

Trudy Thorburn, une minuscule blonde, pointa son index.

– Il est parti par là, Walter.

– Merci. (J'enfonçai mon pouce et mon majeur dans ma bouche et sifflai assez fort pour faire trembler les lustres suspendus au plafond.) Lorsque vous verrez mes adjoints, dites-leur de me rejoindre.

Je retournai dans le froid et cherchai des empreintes, mais les trottoirs avaient été déneigés et salés ; impossible d'y distinguer quoi que ce soit.

J'entendis quelqu'un arriver derrière moi et je me retournai. Saizarbitoria était en haut des escaliers. Il n'était même pas essoufflé. Vic arriva et je distribuai les rôles.

– Sancho, retourne en haut de la colline. Vic et moi, on va se partager Main Street. Je ne crois pas qu'il soit dangereux, mais si vous le voyez, lancez un appel radio.

Nous nous séparâmes. Vic traversa la rue vers l'Office Barbershop, le Crazy Woman Bookstore et Margo's Pottery, tous des lieux qui auraient constitué un choix assez ésotérique pour un homme en peignoir. Tandis que j'avançai avec précaution sur le trottoir verglacé, je ne pus m'empêcher de me demander ce qui était passé par la tête d'Ozzie pour qu'il fasse une chose pareille. Quelles que soient les accusations, cette évasion au cours de sa garde à vue ne jouerait pas en sa faveur – et peu importait si la fuite était rocambolesque.

Je contournai l'entreprise de mécanique et l'Office

qui avaient déjà fermé, et je passai la tête dans le hall de l'Owen Wister Hotel. La jeune femme brune assise à la table la plus proche de la porte était en train d'enrouler des couverts dans des serviettes en papier. Elle leva la tête.

– Hey, Walt.

– Bonjour Rachael. Auriez-vous vu un type en peignoir passer en courant ?

Elle fit une grimace.

– Ozzie Dobbs ?

– Par où ?

Elle posa les couverts enroulés sur la table et m'observa.

– Il est entré il y a quelques minutes et il a demandé s'il pouvait utiliser le téléphone, là, à la réception.

– Il a passé un appel local ou national ?

Elle m'adressa un petit sourire hautain.

– Et comment pourrais-je le savoir ?

– Combien de chiffres a-t-il composés ?

Elle lança un coup d'œil de côté et réfléchit.

– Local.

– Quelqu'un s'est servi de l'appareil depuis ?

– Non.

Je regardai l'appareil en plastique.

– Y a-t-il une touche de recomposition du numéro ?

– Oui.

– Appuyez dessus, notez le numéro et raccrochez. Lorsqu'un de mes adjoints arrivera ici, donnez-lui l'information.

– OK.

– Merci. (J'étais sur le point de partir, mais je passai à nouveau la tête par la porte et pointai un index dans sa direction.) Et cessez de faire des dérapages sur ma rue principale.

Je poursuivis mon chemin jusqu'au Busy Bee et m'arrêtai sur le trottoir pour regarder à travers les vitres. Un couple de personnes âgées buvait un café à une table, et Dorothy se trouvait derrière son comptoir, une casserole à la main, mais en dehors d'eux, personne.

Je saluai de la main et traversai le petit pont sur Clear Creek, essayai d'ouvrir la porte de l'Euskadi Hotel, mais elle était verrouillée. Le Copper Front avait fermé, mais le Sportstop était encore ouvert.

Dave, qui était posté devant la caisse enregistreuse, leva la tête, et ses yeux de hibou s'écarquillèrent au-dessus de ses lunettes.

– Tu n'es pas à la recherche d'Ozzie Dobbs…

En trois pas, j'étais collé au comptoir.

– Où est-il ?

– Il a acheté une parka, une paire de chaussures de montagne et un Double Defence Stoeger calibre .20 avec une boîte de munitions. (Il balança son pouce en direction de l'arrière du magasin.) Et il est parti à l'assaut de la Frontière.

– Vous avez vendu un fusil à un homme pieds nus et en peignoir ?

Ses yeux se plissèrent tandis que l'humour de la situation disparaissait.

– Il n'y a pas de loi qui l'interdise, si ?

Je contournai quelques portants qui ployaient sous le poids des vêtements et traversai la section équipement de ski en direction de la porte de service.

– Avec quoi a-t-il acheté tout ça ?

– Il est riche, alors je me suis dit que je pouvais sans risque lui faire crédit. (Il hurlait maintenant.) J'avais tort ?

La partie était bien différente, désormais. Quelle que

soit la démence d'Ozzie, il était armé, maintenant. Je défis la lanière de mon Colt .45.

Je sortis du magasin de sport et débouchai dans une des quelques ruelles que nous avions à Durant ; de vilaines images d'adjoints du procureur de Philadelphie sans tête me revinrent à l'esprit en pensant à la dernière fois où je m'étais trouvé dans une ruelle similaire, mais je chassai rapidement ces souvenirs.

À quelques pas de Main Street, il y avait des garages abandonnés et l'échoppe d'un cordonnier, mais je ne vis pas où Ozzie aurait été susceptible de trouver une planque. J'examinai les traces et je vis l'endroit où une nouvelle série d'empreintes de chaussures de montagne traversait la rue, passait entre deux garages et poursuivait vers le terrain de Little League et le parc de la ville.

Je décrochai la radio de mon ceinturon et l'allumai – j'avais oublié de le faire lorsque je l'avais emportée. Elle se mit instantanément à piailler.

– ... Et si tu nous dis pas tout de suite où t'es, la première personne que je vais descendre, c'est toi !

J'allumai le micro.

– Je suis derrière le Sportstop, je vais en direction du terrain de base-ball. Dis à Sancho de prendre sa voiture, de s'arrêter au Owen Wister et de noter le numéro de téléphone que lui donnera Rachael Terry. Retrouvez-moi tous les deux au coin près de la tribune ou dans le parc, à côté de la piscine. Autre nouvelle, il est armé maintenant.

Parasites.

– Quoi ?

– Il a acheté un fusil à canon court calibre .20 et des balles en passant au Sportstop.

Parasites.

– Bon Dieu. Bienvenue dans le Wyoming.

J'appuyai sur le bouton.

– Bien reçu, Sancho ? Il est armé.

Parasites.

– Bien reçu. Vous voulez que je saute l'étape de l'Owen Wister ?

– Non, il est impossible qu'il ait tant d'avance sur moi, et je refuse de croire qu'il représente un danger pour d'autres que nous.

Parasites.

– Vachement réconfortante ton idée, putain.

Je raccrochai ma radio à mon ceinturon au moment où la voix de Vic se taisait ; j'étais maintenant assuré que mes sympathiques et courtois renforts étaient en route.

Il avait contourné le terrain de sport et traversé la rue pour entrer dans le parc. Je suivis le grillage qui entourait la piscine olympique, vide depuis le début de l'hiver, puis les traces disparurent.

Je pris la radio et appuyai à nouveau sur le bouton du micro.

– Vic ?

Parasites.

– Je suis arrivée au terrain de base-ball. Où es-tu allé ?

– Je suis de l'autre côté de la piscine sur le chemin de Clear Creek. Dis à Sancho de contourner le parc de l'autre côté en voiture et d'aller voir sur Fetterman Street et sur le Stage Trail.

La voix de Sancho se fit entendre.

Parasites.

– Je suis en train de récupérer le numéro de téléphone, j'arrive. Vous voulez que je patrouille ?

– Ouaip.

Sur ma droite, un pont carrossable, mais quelque chose me poussa à continuer tout droit. Les toilettes publiques se trouvaient également sur ma droite, mais pas d'empreintes fraîches. Il neigeait plus abondamment maintenant – forcément – et j'avais l'impression d'être enfermé dans une boule à neige. Je passai devant les terrains de jeu de fers et essayai de voir s'il y avait un endroit où il avait pu tourner, mais les seules empreintes qui s'éloignaient entre les arbres étaient celles de quelques chiens qu'on avait dû lâcher.

Si Ozzie avait appelé quelqu'un pour qu'on vienne le chercher, j'imaginai qu'il serait de l'autre côté du parc. À l'évidence, sa mère ne faisait pas partie du plan de fuite. Forcément, elle voulait qu'il aille en prison. Qui d'autre aurait pu jouer ce rôle ? Et pourquoi le fusil ? S'il n'avait pas appelé quelqu'un à la rescousse, qui avait-il appelé, et pourquoi ?

Les berges de la rivière étaient recouvertes de glace déchiquetée en corniches, au-dessous desquelles coulait l'eau vive sculptant des stalactites qui gouttaient comme celles des grottes. Les trous dans la glace étaient assez larges pour qu'un homme puisse y tomber, mais il faudrait qu'il y mette du sien – je le savais, j'en avais fait l'expérience à peu près un an auparavant. Plus on approchait de l'eau, plus elle faisait du bruit, mais en dehors de cela, l'endroit était silencieux.

Personne n'était dehors pour braver le froid absolu du parc ; par ailleurs, dans moins d'un quart d'heure, il ferait nuit noire. Ma main descendit d'un geste automatique jusqu'à mon ceinturon, mais apparemment j'avais laissé ma Maglite sur la banquette de mon pick-up. Les lampadaires vieillots contribuaient à éclairer la neige qui tombait, mais rien de plus. Ils étaient disposés autour d'une aire de pique-nique protégée menant à un large pont piétonnier, qui décrivait un virage entre une aire de jeux pour enfants et une garderie.

À la lueur de ces lampadaires, je parvins à distinguer ses empreintes. Il semblait n'avoir pas hésité, il avait traversé le pont vers Klondike Drive et la partie de la ville qui s'étendait le long de Highway 16 West et montait dans la montagne.

Je me dépêchai et traversai le pont, décrochai ma radio et appuyai sur le bouton.

– Vic ?

Parasites.

– Ouais ?

– Quand tu seras de l'autre côté du pont, prends à droite et va voir les abords de la garderie. Je ne pense pas qu'il soit allé par là, mais je veux être sûr.

Parasites.

– C'est parti.

Une couche de neige d'une douzaine de centimètres recouvrait les balançoires qui oscillaient silencieusement dans la légère brise, et j'essayai de trouver une image plus déprimante qu'une aire de jeux déserte au milieu de l'hiver ; je ne trouvai rien.

Les empreintes continuaient en direction du chemin piétonnier de Clear Creek qui se poursuivait vers l'ouest, serpentant à côté de la vieille locomotive du Wyoming Railroad qui passait en rugissant près de chez moi, autrefois, entre les deux guerres. C'était une extension de Washington Park, une bande de verdure d'une petite vingtaine de kilomètres de long et qui n'était pas aussi bien entretenue que la partie qui traversait la ville.

Alors que je m'apprêtais à traverser la rue, je vis le Basque monter en trombe la colline sur Klondike.

Je m'arrêtai au bord de la route et attendis que le véhicule de Saizarbitoria s'arrête devant moi, dans un dérapage. Il descendit sa vitre et leva les yeux.

– J'ai transmis le numéro de téléphone à Ruby,

et elle l'a rentré dans la base Qwest. C'est celui du téléphone public qui se trouve dans le bar de routiers, sur la bretelle d'autoroute.

– Ça veut dire que c'est probablement quelqu'un qui bouge. (Je hochai la tête et jetai un coup d'œil par-dessus le toit de la voiture.) Je crois qu'Ozzie a pris l'allée piétonnière.

Il regarda dehors à travers la fenêtre du côté passager.

– Pourquoi donc irait-il par là ? Mais qu'est-ce qu'il fiche, il est parti tirer des oiseaux ou quoi ?

J'observai le sentier plongé dans l'obscurité.

– Pas avec un fusil à canon court.

Sancho commença à détacher sa ceinture de sécurité ; son geste trahissait une crainte non négligeable.

– Vous voulez échanger, que ce soit moi qui le suive sur le sentier ?

– Non. (Je posai une main sur le rebord de sa vitre et tendis mon autre main.) Tu aurais ta lampe torche ? Je crois que j'ai laissé la mienne dans mon camion.

– Ouais.

Il la tira du logement aménagé entre les deux sièges avant et me la tendit – une lampe à deux cellules. Bon sang, j'avais même rationné le gamin sur sa lampe torche.

– Merci. Tu remontes Klondike et tu prends à droite sur Clear Creek Road. Elle suit le sentier et tu peux utiliser ton projecteur – juste une chose, évite de passer par-dessus la corniche et de tomber dans l'eau.

Il ne sourit pas.

– Ça n'arrivera pas.

Le Basque projeta un nuage de glace en démarrant, et il tourna à gauche pour monter l'autre colline. Arrivé sur la corniche, il ralentit et je le regardai diriger son projecteur sur les arbres qui se trouvaient devant moi.

Même si j'avais voulu prendre quelqu'un par surprise, je n'aurais pas pu.

Il y avait pléthore de panneaux indiquant les règles de circulation sur ce sentier piétonnier, la plus importante d'entre elles étant l'interdiction des chevaux et des chiens non tenus en laisse. Rien concernant les fusils. Je passai entre les poteaux de béton qui marquaient le début de la ceinture verte et entamai la partie la moins battue. Quelqu'un avait trouvé une mitaine et l'avait accrochée à une branche, la paume tournée vers moi comme celle d'un agent de la circulation.

Stop, n'avancez pas.

J'allumai la lampe torche, balayai les alentours et vis une série d'empreintes de chaussures de montagne qui montaient en plein milieu du chemin. Je redémarrai sur mon pied douloureux et ignorai la douleur de la morsure sur ma fesse.

Tous les cent cinquante mètres, le sentier était balisé par des petits poteaux rouges, et au moment où j'arrivai au premier, ma radio se mit à crépiter. La voix de Vic parut si claire dans l'air quasi polaire qu'on aurait dit qu'elle se trouvait à côté de moi.

Parasites.

– Walt ?

J'approchai la radio de mon visage sans cesser de marcher ; les nuages de buée qui sortaient de ma bouche gelaient dans l'air et m'empêchaient momentanément de voir.

– Ouaip.

Parasites.

– Je suis allée voir à l'intérieur, mais tous les gamins sauf un sont déjà rentrés chez eux. La responsable m'a dit qu'elle n'avait vu passer personne en peignoir et qu'avec le nombre de parents qui allaient et venaient, il n'y avait pas moyen qu'il se soit approché sans être vu.

J'appuyai avec mon pouce.

– C'était un peu tiré par les cheveux, mais je voulais être sûr.

Parasites.

– Où t'es ?

– Je suis sur le sentier piétonnier à côté de la rivière. Sancho a pris par Clear Creek Road. J'ai de légères empreintes de chaussures dans la neige, je pense que c'est lui.

Parasites.

– Attends-moi ; je suis en chemin.

– Ça va. J'ai déjà avancé de cent cinquante mètres, je continue. Je ne progresse pas vite, tu me rattraperas.

Parasites.

– Walt, je sais qu'il s'est montré assez inoffensif, si on excepte le fait qu'il a tabassé à mort un autre homme avec un club de golf, mais maintenant, il est armé.

– Tu es inquiète pour moi ?

Je ne pus m'empêcher de sourire en écoutant les trépidations de sa radio pendant qu'elle courait.

Parasites.

– Oui, connard. J'ai cette image de toi en train d'avancer vers Tweedledum pour lui dire bonjour et lui qui te fait péter les entrailles et les vertèbres.

– Je ferai attention.

Parasites.

– Tu m'emmerdes.

Je raccrochai la radio à mon ceinturon et continuai à suivre les traces. Des arbres sans feuilles formaient une voûte au-dessus du sentier, et on se serait cru de plus en plus dans un conte de fées. Il n'y avait pas de vent, et maintenant, outre le bruit de l'eau de la rivière, les seuls sons perceptibles étaient le grondement au loin du moteur de la voiture de Sancho et le léger cliquetis de ses gyrophares tandis qu'il progressait au-dessus, le long de la corniche. Il était un peu devant moi, et je voyais le faisceau du projecteur balayer la zone depuis le lit de la rivière jusqu'à l'endroit où le chemin commençait à monter avant de disparaître.

Un banc était installé au sommet de la colline et on aurait pu croire qu'Ozzie avait tourné pour s'en approcher et s'était même tenu debout à côté avant de poursuivre. Le chemin était maintenant dégagé sur la droite, et à la lueur des veilleuses sur Fetterman Street, je parvenais à distinguer le vieux terrain de sport.

Ses empreintes me conduisirent vers le sud, où les peupliers de Virginie flânaient à côté de la rivière. Le sentier restait sur la corniche et il continuerait à serpenter sur les contreforts pendant dix kilomètres encore, passerait devant l'ancienne centrale électrique pour aboutir à Mosier Gulch. Une aire de pique-nique avait été aménagée là-bas, elle était accessible depuis la route principale, peut-être se servirait-il alors de cet endroit comme point de rendez-vous ; mais Turkey Lane était plus proche.

Je décrochai à nouveau la radio de mon ceinturon et enclenchai le micro.

– Sancho ?

Je regardai le projecteur s'immobiliser devant moi.

Parasites.

– Ouais ?

– Tu as vu quelque chose ?

Parasites.

– Non.

– Fais demi-tour et retourne à Fort Street pour récupérer Turkey Lane. S'il doit retrouver quelqu'un, je pense que ce sera là.

Parasites.

– Mais où ça se trouve, ça ?

– À gauche au parc des mobile homes.

Parasites.

– Et s'il traverse la rivière et monte la colline ?

– Il n'a pas de lampe, alors je ne crois pas qu'il va s'écarter du sentier ; je vois à peine où je vais, alors que j'en ai une.

La neige recommençait à tomber dru, et le froid sec qui régnait me donnait l'impression de marcher dans un océan de moutons neigeux, avec des petits nuages d'humidité glacée qui montaient du chemin chaque fois que mes chaussures heurtaient le sol. Sous quelques buissons de genévrier et des bosquets d'aronie se trouvait un autre banc ; les traces laissées par Ozzie y conduisaient, mais à nouveau, il ne s'était pas arrêté – une bonne douzaine de centimètres de neige vierge.

Ozzie cherchait-il quelqu'un sur le sentier, et pourquoi s'arrêtait-il à chaque banc ? Et pourquoi le fusil ?

– Est-ce que tu sais qu'il fait déjà vingt degrés en dessous du putain de zéro ?

Vic m'avait rattrapé. Elle tenait quelque chose dans ses mains.

– Qu'est-ce que tu as là ?

– Les dames à la garderie, elles t'aiment bien et elles pensent que ça nous ferait du bien d'avoir un peu de café pendant qu'on chasse dans le froid.

J'entrouvris le couvercle en plastique sur le gobelet ; le café sentait vraiment bon et la chaleur était enivrante.

– Tout à fait gentil de leur part.

Nous continuâmes d'un pas plus rapide, marquant quelques pauses pour boire une gorgée de café. Je voulais retrouver Ozzie aussi vite que possible, mais je ne voulais pas non plus risquer de passer à côté de lui, dans la nuit, sans le voir. La lampe torche de Vic explorait la végétation sur notre droite et je balayais de la mienne la berge de Clear Creek, mais les empreintes d'Ozzie ne s'éloignaient pas du sentier balisé.

– Je vais tuer ce petit trouduc quand on va le retrouver. Je me gèle les miches.

– Tu aurais dû mettre ton chapeau en fourrure.

– Ouais, ben, j'avais pas prévu que j'allais faire l'ascension du siècle.

Elle ralentit et but une gorgée de café. Je fis de même.

– Il a acheté un fusil en peignoir ?

Je refermai mon gobelet en reprenant la route.

– Avec une parka et une paire de chaussures de marche.

– Mais qu'est-ce que…

– Exactement ce que je me suis dit aussi. Je suis très impatient de lui demander.

J'observai son visage levé vers le ciel et vis qu'elle regardait une brève déchirure dans les nuages, qui révélait une demi-lune.

– Est-ce que c'est censé se réchauffer un jour, bientôt, genre, au tournant du siècle ?

– Non, ce front froid est censé s'installer, et aujourd'hui c'était le pic des températures jusqu'au week-end compris.

– -15 °C ?

– Ouaip.

– Moi aussi, je me barre et je vais dans un endroit où la température reste positive.

Nos deux radios se mirent à crépiter en même temps. Parasites.

– Chef, vous êtes là ?

Je décrochai mon récepteur de mon ceinturon.

– Ouaip.

Parasites.

– Il n'y a personne ici.

– Des empreintes ?

Parasites.

– Non.

– Bon. Tu es notre botte secrète. Éteins tes lumières et vois si quelqu'un se pointe, venant soit de la route, soit du sentier.

Parasites.

– Bien reçu.

Vic continua à siroter son café en marchant ; une victoire à la Pyrrhus.

– Quel genre de fusil ?

– Canon court, calibre .20.

– Pourquoi donc acheter un engin pareil ?

– C'était peut-être le seul truc qu'il pouvait cacher sous son peignoir ? (Je haussai les épaules et essayai de boire dans mon gobelet tout en marchant, mais je ne réussis qu'à en faire couler sur ma veste.) Je dirais qu'il a peur de quelque chose.

– Peur de quoi ?

Je remis le couvercle sur mon café.

– Je ne suis pas sûr, mais j'aurais l'esprit beaucoup plus tranquille si je pensais que c'était de nous.

Elle s'arrêta.

– Tu vois ce que je vois ?

Je dirigeai le faisceau de ma lampe torche vers l'endroit qu'elle me montrait. Quelqu'un était assis sur le banc devant nous, vêtu d'une parka North Face, avec un peignoir qui descendait jusqu'à deux mollets nus qui émergeaient d'une paire de chaussures de montagne sans chaussettes.

Je ralentis en m'approchant de lui, la main sur mon Colt et le faisceau de ma lampe dirigé sur son visage. Vic resta sur le côté, avec la main posée sur son Glock. Selon toutes les apparences visibles, le fusil qui était posé sur ses genoux était chargé et les cartouches restantes étaient étalées sur ses cuisses.

– Ozzie, si vous me tirez dessus, je vais être très déçu.

Il ne répondit pas, il ne bougea pas.

Je maintins le faisceau de ma lampe sur son visage et remarquai que ses yeux gris étaient ouverts, sa mâchoire détendue, et un filet de salive coulait du coin de sa bouche et pendait de son menton comme des brins de verre filé.

J'avançai d'un pas. Ses yeux étaient troubles et le liquide était déjà en train de geler. Je continuai, je le contournai et je vis la trace de brûlé et la petite quantité de sang congelé à l'endroit où quelqu'un avait appuyé une arme de poing de moyen calibre contre sa poitrine et lui avait tiré une balle droit dans le cœur.

Je soupirai.

La voix de Vic s'éleva dans mon dos.

– Joyeuse Saint-Valentin.

10

– Un .32. (Vic but une gorgée de café.) On a eu une exécution, un jour à Philadelphie, et le pauvre type s'est baladé dans une rame de la SEPTA pendant huit heures avant que quelqu'un se rende compte qu'il était mort.

Je hochai la tête, philosophe.

– Quand on est à Rome...

Bill haussa les épaules.

– J'en saurai plus quand je l'aurai ramené à Billings. La taille du canon est généralement indiquée tout de suite par la couronne, mais s'il a utilisé un silencieux, ce que je crois bien être le cas, le diamètre peut en avoir été affecté.

La conversation était en train de déclencher un autre de mes maux de tête.

– Autre chose ?

– La blessure était de couleur rosée, à cause du monoxyde de carbone produit par la proximité de l'arme.

Je sirotai mon propre café – on en était tous là.

– Alors, il n'y a pas vraiment de doute sur le fait que c'était un tir à bout portant, et personnel.

Le jeune homme m'adressa le demi-sourire qui accompagnait généralement des conclusions que je ne voulais pas entendre.

– Aucun dans mon esprit. Que disent les traces ?

– Je fais venir mon expert ce matin. Il est parti à la Réserve pour essayer d'accélérer le dégel de sa plomberie et obtenir une autorisation pour le mariage de Cady.

McDermott sourit de toutes ses dents.

– Eh bien, si quelqu'un peut y arriver…

Je hochai la tête au moment où Dorothy apportait la cafetière pour remplir nos tasses et ramassait nos assiettes, les déchets et reliefs de notre repas.

– Voulez-vous autre chose ?

Je lui souris, reconnaissant qu'elle nous laisse la table du fond dans le coin pour discuter de mes évaluations post-mortem tout à fait indélicates. Je ne manquai pas de remarquer que nous étions installés à la table qu'Ozzie et moi avions occupée peu de temps auparavant.

Vic répondit pour l'ensemble du groupe.

– Je crois que c'est bon.

Dorothy posa la note au milieu de l'assemblée et jeta un coup d'œil à Bill McDermott lorsque je la ramassai.

– Je ferais attention si j'étais vous, il arrive de vilaines choses aux gens qui mangent avec ce type-là.

Il la regarda s'éloigner avec la cafetière, nos grandes et petites assiettes, qu'elle rapporta derrière le comptoir.

– Ce comté a l'air peuplé de petits malins, dites-moi…

Mon adjointe but une gorgée de café.

– C'est exactement ça, oui.

Il me regarda quelques instants et revint au sujet du jour.

– Souvent, dans ce genre de situation, une marque est visible sur la victime, à l'endroit où le meurtrier l'a tenue pendant qu'il tirait. Je ferai attention, au cas où, mais je serais prêt à jurer que quelqu'un s'est avancé droit sur lui et lui a tiré une balle dans le cœur.

– Un tueur professionnel dans le Wyoming ?

– C'est ahurissant, non ? (Je contemplai les dessins formés par le verglas dans les creux des marches tandis que nous poursuivions notre ascension.) Et pourquoi un tueur à gages abattrait-il quelqu'un comme Ozzie Dobbs ?

Elle ne dit rien, tentant probablement de garder aussi longtemps que possible l'air chaud du Busy Bee dans ses poumons, jusqu'à notre retour au bureau. Elle enfouit son visage dans le col en fourrure de sa veste qu'elle avait remonté.

Nous arrivâmes au bureau et je m'arrêtai.

Elle marqua une pause sur l'escalier et se tourna pour me regarder par l'ouverture en V entre son col et sa casquette de base-ball.

– Quoi, tu vas te promener ? Il fait - 25, bordel.

Je levai à nouveau les yeux pour lire en face l'enseigne de la banque qui affichait la température exacte : - 21 °C, et l'heure : 9 h 05.

– J'ai besoin d'informations.

Ma mère avait acheté une obligation d'épargne de la Durant Federal pour moi lorsque j'étais enfant, et j'y avais encore toutes mes affaires bancaires : l'acte de fiducie de ma défunte épouse pour ma fille, un compte chèques, un compte épargne et un compte de dépôt du marché monétaire qui devait avoir maintenant à peu près la valeur nominale de l'obligation d'épargne.

– Oh oh, est-ce qu'on aurait été attaqués ?

Depuis que nous avions commencé à utiliser le virement automatique quelques années auparavant, je mettais rarement les pieds à la banque et je fus un peu surpris de constater les changements survenus. John Muecke en était le président ; quand je pense que je me souvenais de lui à l'époque où il était caissier au guichet drive-in de la banque. C'était un type plutôt beau, grand, bronzé, avec des cheveux gris argentés, le sourire facile et le visage avenant.

Je serrai sa main tendue.

— Vous ne pourriez pas modifier votre affichage, dehors ? Les gens commencent à devenir ronchons tellement il fait froid.

Il m'adressa un sourire aux dents parfaites.

— Ils devraient aller au Belize.

— C'est là que vous êtes allé ?

— Ouais, Michele et moi, nous y descendons à cette époque de l'année depuis trois ans maintenant. (Je remarquai qu'il ne quittait pas ma main.) Walt, est-ce que je peux vous parler un instant ?

— Bien sûr.

Il me lâcha enfin et je le suivis le long des guichets jusqu'au fond de la banque. Son bureau était celui qui avait la plus belle vue sur les Bighorns et il était décoré avec goût, orné de quelques œuvres de peintres locaux. Je m'assis alors qu'il refermait la porte derrière nous et venait s'installer face à moi, à son bureau.

— Walt, cela fait un moment que je voulais vous parler du fonds fiduciaire de votre fille.

— Y a-t-il quelque chose qui ne va pas ?

— Non, rien de tel. En fait, il se porte extraordinairement bien, surtout quand on sait comment va l'économie en général. Je me suis dit qu'il était peut-être temps de faire autre chose de cet argent. Le fonds de Martha expirera lorsque Cady aura trente ans et je me demandais juste, en tant que l'un des exécuteurs, si elle ne voudrait pas transférer une partie de ce fonds de ce compte-là à un autre.

— Vous avez une succursale au Belize maintenant ?

Il rit.

— Non, mais nous ne parlons pas d'une petite somme d'argent, et je me suis dit qu'à l'approche de son anniversaire, c'était quelque chose dont nous devrions discuter.

— Eh bien, vous devriez lui en parler à elle. Je n'ai rien à voir avec ce fonds et je préfère que cela reste ainsi.

Il hocha la tête.

— Savez-vous combien d'argent se trouve sur ce compte ?

— Non, et je ne tiens pas à le savoir. Ce sont les affaires de Cady.

Il écrivit quelque chose sur le bloc-notes qui était posé sur son sous-main. Nous restâmes silencieux et son visage devint soudain triste.

— Hé, j'ai entendu dire que Geo Stewart était décédé.

Aucune annonce officielle n'avait été faite, mais je n'étais pas surpris que la nouvelle se soit répandue dans notre petite bourgade des Hautes Plaines.

— Ouaip.

— J'imagine que le vieux bonhomme a fini par épuiser toutes ses vies.

— Quelque chose comme ça.

John s'appuya dans son fauteuil Aeron – il ne basculait pas en arrière comme celui de mon bureau.

— C'est pour cela que vous êtes venu ?

Je laissai passer un moment, et ses yeux restèrent posés sur moi.

— John, j'ai besoin d'un service.

— Ce que vous voulez.

Je me penchai en avant.

— C'est un peu illégal.

— OK.

Je m'attendais à plus de résistance, mais j'étais prêt à prendre ce qui m'était offert.

– La nouvelle va être annoncée publiquement demain, mais pour aujourd'hui, je préférerais que vous ne l'ébruitiez pas. Ozzie Dobbs est mort, lui aussi.

Il prit une grande inspiration, et aucun de nous ne dit mot pendant quelques instants.

– Suicide ?

– Non. (Je l'observai.) Pourquoi avez-vous dit ça ?

Il baissa les yeux sur son sous-main et attendit un moment avant de réagir.

– Walter, il faut que j'y aille, j'ai quelques petites choses à faire.

Il prit le premier dossier d'une pile posée sur le coin de son bureau et l'ouvrit. Il était épais. Il le brandit entre nous de manière que je puisse lire l'étiquette qui dépassait, sur laquelle il était écrit DOBBS. Il posa le dossier sur son bureau et se leva.

– Cela vous ennuierait-il de m'attendre ici ? Je devrais en avoir pour cinq minutes.

J'avais vraiment de la chance auprès des gens qui me laissaient seul dans des pièces avec des dossiers ouverts ; jusque-là, cette année, j'avais marqué deux sur deux.

– OK.

Il partit vers la porte mais s'arrêta en chemin.

– Pourriez-vous me laisser le numéro de téléphone de Cady ? Je crois que je l'ai, mais je veux être certain que c'est le bon.

– Ouaip.

Il referma la porte et je me penchai en avant, avant de tourner le dossier vers moi.

– Comment peut-on être à découvert de dix-huit millions de dollars ? Je dépasse de sept dollars et ces connards m'en facturent trente de frais.

Je jetai mon chapeau sur mon sous-main.

– Si j'ai bien compris, Ozzie se servait de Redhills Arroyo comme d'une opportunité d'investissement. Il avait vendu un certain nombre des terrains à bâtir à des partenaires, mais les ventes ont été loin de rembourser la mise et ils se sont ligués pour intenter une action collective contre lui. Apparemment, Ozzie était sur le point de se déclarer en faillite.

Elle s'appuya contre le chambranle de ma porte.

– C'est là que quelqu'un a définitivement fermé son compte vital.

– Ouaip.

Elle accrocha un pouce dans son ceinturon.

– Henry a appelé. Il a dit qu'il te retrouverait sur le chemin piétonnier lorsque tu reviendrais de ton rendez-vous chez l'ophtalmo.

Je me voûtai un peu.

– Zut.

– T'avais oublié, hein ? (Elle sourit.) Ruby a dit de te transmettre que si tu n'y vas pas, elle rend son tablier, elle aussi.

J'allai à Sheridan pour mon rendez-vous ; je m'installai dans la salle d'attente d'Andy Hall et parcourus un vieil exemplaire d'un magazine de loisirs qui vantait notre région comme l'une des dix meilleures du pays pour les sportifs/chasseurs. Ouais, venez donc ; la saison est ouverte – ferrailleurs à l'esprit d'entreprise et promoteurs ratés.

Andy passa la tête par une porte et me repéra. Andy est un de ces types qui ressemblera éternellement à un jeune homme. Je me disais qu'il devait approcher la cinquantaine, mais on lui en aurait donné trente.

– Walt ?

Je me levai et posai le magazine sur la petite table.

– J'arrive.

– Vous boitez.

– Ouaip, mais je ne crois pas que ça ait quelque chose à voir avec mon œil.

Je suivis Andy dans la salle d'examen, enlevai mon chapeau et ma veste, et m'assis sur une chaise qui n'était pas très différente du fauteuil d'un barbier, sauf que celle-ci était réglable électriquement.

– Comment va Jeannie ?

– Elle va bien, mais je ne la laisserai plus jamais monter sur un quad. (La femme d'Andy était tombée accidentellement de sa monture quelques mois auparavant.) Comment va la plus grande juriste de notre époque ?

– Elle est fiancée.

Son regard se posa sur moi.

– Vous l'aimez bien ?

– Ouaip.

Il ne fut pas convaincu.

– Qu'est-ce qu'il fait ?

– Il est flic.

Il jeta un coup d'œil à l'étoile qui était accrochée à ma poitrine.

– Eh bien, je peux imaginer que ça ne vous plaît pas beaucoup.

Je hochai la tête et envisageai de lui parler de ma réticence à voir ma fille engagée dans une autre relation si rapidement après les événements de Philadelphie. Je m'en abstins et me rabattis sur une grossière platitude paternelle.

– Vous avez des filles, vous savez. Comment peut-on un jour cesser de s'inquiéter ?

– Effectivement, ça ne s'arrête jamais.

Le silence régnait dans la pièce, et l'ophtalmologiste ne se laissa plus distraire. Il attrapa un flacon sur un plateau posé sur le comptoir.

– Vous avez l'air un peu fatigué.

Je réfléchis à la remarque.

– C'est l'affaire sur laquelle je travaille. Je n'ai quasiment pas dormi de la nuit, et elle vient de prendre une tournure encore plus grave.

– J'en suis désolé. (Je penchai la tête en arrière et il me mit les gouttes.) Isaac dit que vous avez des migraines ?

– Il semble penser que cela pourrait être en rapport avec l'état de mon œil.

– À quelle fréquence ? Avec quelle intensité ?

– À peu près une fois par semaine, mais elles ne sont pas invalidantes. (En bon professionnel, il se retint de tout commentaire.) Je m'installe probablement trop près de la télévision.

– Vous n'avez pas de télévision, Walt.

– J'en ai une vieille… c'est juste qu'elle ne reçoit plus de chaînes.

– Mais vous la regardez quand même ?

Je hochai la tête.

– C'est reposant.

– S'asseoir près du téléviseur, ça ne fait rien aux yeux.

– Et lire avec une lumière insuffisante ?

– Non plus.

Je lui lançai un regard ahuri.

– Et maintenant, vous allez me dire que les carottes ne sont pas bonnes pour les yeux.

— En fait si, elles le sont, mais on peut trouver de la vitamine A dans le lait, le fromage et un grand nombre d'autres aliments aussi. (Il sourit, me tint la tête d'une main pendant que les doigts fins de son autre main ajustaient sa lampe.) Une perte de vision ?

— Pas plus que celle habituelle à mon âge.

Il continua à examiner mon œil rebelle.

— Vous arrive-t-il de voir double ?

— Parfois, lorsque je lève la tête. (Je pensai qu'il valait mieux que je sois franc si je voulais que cette visite donne le moindre résultat.) Je vois des flashes, parfois.

— Quand ?

— Lorsque je tourne la tête trop vite, juste au coin de l'œil.

Il croisa les bras et me regarda.

— Examinons ça de plus près et voyons ce qui se passe. (Il fixa sur son front une sorte de lampe frontale de mineur, prit un objet qui ressemblait à une loupe et me saisit la tête à nouveau, la renversant en arrière.) Vous avez beaucoup de tissu cicatriciel autour de l'orbite. On ne vous a pas fait de radios après l'accident ?

— Lequel ?

Il secoua la tête en entendant ma réponse, et la lumière provenant de son front me balaya le visage tandis qu'il me remontait la paupière.

— Quelle est la situation qui coïncide avec le commencement de ces symptômes ?

— Probablement le Combat des guerriers invincibles, en octobre.

— Le Combat des guerriers invincibles ?

— Ouaip, ou alors, c'est quand je me suis fait piétiner par un cheval, cisailler les jambes par un Vietnamien, écrasé par un Indien de 2,10 m, ou quand je suis tombé du pare-chocs arrière d'une voiture à Philadelphie, ou que je me suis battu avec un camé, ou que j'ai été bouffé par le gel dans la montagne. (Il poursuivit son examen, le visage inquiet.) Cette dernière année a été assez chargée, comme ne cesse de me le rappeler Isaac Bloomfield.

Il soupira et continua à m'incliner la tête à différents angles. Il s'arrêta.

– Heu…

– Quoi ?

– Eh bien, la voici.

– Quoi ?

– Une déchirure en fer à cheval de la rétine. (Il lâcha ma paupière et éteignit la lumière fixée à son front.) L'humeur vitrée de l'œil s'est déjà infiltrée dans la déchirure, alors nous allons devoir utiliser une bulle de gaz pour réappliquer la rétine et la réparer au laser.

Je n'aimai pas beaucoup ce que je venais d'entendre.

– Maintenant ?

Il ôta sa lampe et la posa sur le comptoir derrière lui.

– Non, mais il faut que nous la programmions pour demain.

– Non.

Il parut surpris. J'imagine que la plupart des gens ne discutent pas avec les médecins, mais moi, je le faisais tout le temps.

– Comment ça, non ?

– Je suis au beau milieu d'une enquête sur un homicide.

Il soupira.

– Vous savez que cela pourrait être mal interprété, ce pourrait être une faute professionnelle de vous permettre de retarder la procédure d'une semaine entière.

Je restai ferme.

– C'est mon choix.

– D'accord. La semaine prochaine. Billings ou Rapid City, à vous de choisir.

– La semaine prochaine ?

– Oui, Walt, la semaine prochaine. (Il sourit et continua à me regarder en secouant la tête.) Soyons clairs, vous avez une déchirure dans la rétine depuis on ne sait quand. Généralement, les migraines et la vision double ne sont pas des symptômes des déchirures de la rétine, mais ils pourraient résulter d'une atrophie musculaire à la suite d'une ancienne fracture de l'orbite, et les flashes pourraient provenir d'une traction du vitré. Les trois symptômes généralement associés à une déchirure de la rétine avec liquide sous-rétinien sont en général les corps flottants, les flashes et un rideau ou un voile qui commence à obscurcir la zone de l'espace visuel qui correspond à la pathologie.

Je comprenais l'essentiel.

– Ouaip, mais que pourrait-il arriver de pire ?

Sa voix prit un ton plus grave

– Vous pourriez devenir aveugle.

J'y réfléchis.

– D'un œil.

– Eh bien, c'est une façon optimiste de voir les choses.

Je repensai à un temps où j'étais certain que rien de ce genre ne m'arriverait jamais.

– Mon père a eu une chirurgie de l'œil et il a dû rester au lit avec des sacs de sable autour de la tête pendant une semaine.

– Aujourd'hui, c'est plus facile et plus court, une journée. (Il répéta les options.) Billings ou Rapid City ?

– Où fait-il le plus chaud, à votre avis ?

– C'est un acte qui se pratique en intérieur.

Il riait.

Ruby était prête à appeler Betty Dobbs pour l'informer du décès de son fils, mais j'avais pensé qu'une approche plus personnelle serait peut-être utile, alors, je montai en vitesse jusqu'à Redhills Arroyo en rentrant de la ville, mais personne ne répondit à mon coup de sonnette et je ne vis aucune lumière.

Je contournai la maison et suivis les nuages de buée jusqu'à la porte de la cuisine qui donnait sur la terrasse. Je jetai un coup d'œil à l'intérieur et je vis Betty à genoux, en train de frotter frénétiquement l'endroit où le sang de Geo avait coulé.

Informer la famille était en tête de la liste des tâches que je détestais le plus. Je ne me sentais pas doué d'un talent particulier, non plus, mais j'éprouvais toujours un certain malaise à l'idée de la refiler à quelqu'un d'autre.

Je tapotai sur la vitre, mais elle ne m'entendit pas. Je tapotai plus fort et elle regarda autour d'elle, puis elle finit par me voir. Elle sourit et se leva, lâchant son éponge dans un petit seau. Elle déverrouilla la porte coulissante et la tira sur le côté.

– Bonjour shérif.

– Bonjour Betty. Puis-je entrer ?

– Je vous en prie. (Elle rentra dans la cuisine tandis que je refermai la porte-fenêtre.) Voulez-vous un peu de café ?

Je n'en voulais pas, mais j'allais en prendre.

– Volontiers.

– Asseyez-vous.

Ses cheveux étaient retenus par un bandana, elle portait un sweat-shirt trop grand, des baskets et un de ces pantalons qu'on appelait autrefois jupe-culotte. On aurait dit une de ces femmes au foyer qu'on voyait dans les magazines des années 1950, et l'impression était renforcée par le morceau qui s'échappait d'une radio invisible, *Is That All There Is ?* de Peggy Lee.

Super.

– Betty, cela vous ennuierait-il de couper la musique ?

Elle marqua un temps d'arrêt et se tourna pour me regarder en nous versant deux tasses de café.

– Vous n'aimez pas Peggy Lee ?

– Non, elle est très bien. C'est juste que j'ai besoin de vous parler.

Elle éteignit la radio.

– Noir ?

– Mmm… Si vous voulez bien.

Je posai mon chapeau sur la table, le bord tourné vers le haut, essayant toujours de m'attirer toute la chance possible.

Elle apporta les tasses et s'assit sur la chaise voisine de la mienne.

– J'adore ces vieilles chansons. Parfois je mets la radio satellite sur cette station et je verse une larme, juste pour m'amuser.

Elle sourit, et je repensai à la personne qui était notre professeur, à Henry et à moi, en troisième. Pas étonnant que l'Ours en pince encore un peu pour elle.

– Vous avez l'air fatigué, Walter.

Mon regard se posa sur son visage ; mes pupilles étaient encore un peu dilatées.

– La nuit a été longue.

Elle tripota sa tasse sans paraître avoir la moindre intention de boire.

– Je suppose qu'Ozzie est très fâché contre moi, en ce moment.

– Betty…

– Je suppose qu'il s'est laissé emporter dans le feu de l'action, mais je n'ai pas la moindre tolérance à l'égard de ce genre de choses. Et lorsqu'il a pris l'initiative de se jeter sur ce pauvre George armé d'un club de golf… Je n'arrive toujours pas à croire qu'il soit mort.

Je me penchai vers elle et posai ma main sur la sienne.

– Betty, il faut que vous m'écoutiez, parce que ce que j'ai à vous dire est important. (Son visage prit une expression inquiète, mais elle resta silencieuse.) J'ai de très mauvaises nouvelles. Ozzie est mort, lui aussi.

Je regardai ce frisson qui saisit les gens au moment où on leur annonce ce genre de nouvelle, ce front d'émotion qui déferle avec les réminiscences de toute une vie. Elle frémit et se recroquevilla lentement sur sa chaise. Betty Dobbs se rappellerait tout de ce moment, l'expression de mon visage fatigué, mal rasé, l'odeur du seau de détergent posé à nos pieds, et le bruit du vent qui fouettait la maison autrement vide. Qui sait combien de temps il lui faudrait pour se remettre, mais ce que je savais, c'était que si je gérais mal cette situation, elle serait hantée très longtemps, ce moment se graverait de manière indélébile dans sa mémoire.

J'approchai mon autre main et tins les siennes étroitement serrées.

– Il s'est échappé de la prison hier soir et il est mort.

– Il s'est échappé ?

– Oui.

Elle regarda nos mains.

– Comment est-il mort ?

– Il semblerait que ce soit une blessure par balle.

– Est-ce vous qui l'avez tué ?

– Non, ce n'est pas nous.

Un autre frisson la parcourut.

– Est-ce qu'il s'est tué ?

– Non.

Ses lèvres bougèrent, mais c'était comme un film étranger avec la bande-son mal synchronisée. Les mots finirent par rattraper leur retard.

– Il a été assassiné ?

– On dirait bien.

Je baissai la tête et m'efforçai de me placer dans son champ de vision.

– Qui… (Elle s'éclaircit la voix.) Je ne comprends pas. Pourquoi quelqu'un voudrait-il tuer mon Ozzie ?

– Betty, je veux plus que quiconque connaître la réponse à cette question, mais je crois que nous devrions nous concentrer sur ce qui s'est passé. Y a-t-il des coups de fil que je puisse vous aider à donner ? Des gens que vous auriez besoin de prévenir ?

– Non.

– Betty, vous êtes bouleversée, et je veux juste que vous sachiez…

Une fureur féroce apparut soudain dans ses yeux, et on aurait dit que quelqu'un avait appuyé sur un interrupteur.

– Quoi ? Que savez-vous de ce que je ressens ?

– Eh bien. (Je choisis les mots suivants avec le plus grand soin.) C'est différent pour chaque personne, mais il y a eu Martha, et l'an dernier, avec ma fille, cela a failli arriver. (Elle ne dit rien.) Si quelqu'un peut venir ici et…

Elle détourna le regard et retira une de ses mains.

– Je suis désolée, mais je voudrais que vous partiez maintenant.

– Betty…

– S'il vous plaît. (Elle retira son autre main et se

tourna sur sa chaise. Sa voix était douce mais claire.)
Je voudrais que vous partiez.

Je pris une inspiration, saisis mon chapeau posé sur
la table et me levai.

– Madame Dobbs…

– S'il vous plaît, allez-vous-en.

Je sentis un tiraillement soudain dans les muscles
de mon cou et je hochai la tête.

– Oui madame.

Je m'assis dans mon camion et regardai le vent
sculpter les congères dans l'allée qui conduisait à la
maison.

C'était toujours comme ça lorsqu'on était le messa-
ger de la mort ; la faucheuse ne daignait pas délivrer
en personne ses solennels messages, mais elle nous
laissait cette tâche, à nous, êtres inférieurs, et l'écho
demeurait longtemps.

Ma radio crépita et ce n'était pas Peggy Lee.

Parasites.

– Unité Un, ici la base. Vous me recevez ?

Je connectai le micro qui était attaché au tableau
de bord.

– Salut Ruby.

Parasites.

– Saizarbitoria vient d'appeler et il a dit que tes
renforts tribaux sont arrivés au chemin piétonnier.

J'appuyai sur le bouton du micro à nouveau.

– Dis-lui que j'y serai bientôt.

Parasites.

– Bien reçu. (Il y eut un silence.) Tu vas bien ?

– Je suis un bruyant précurseur du sang et de la mort.

Parasites.

– Tu es allé voir Betty Dobbs ?

– Ouaip.

233

Je regardai fixement le Motorola mais je lâchai le bouton du micro. Je marquai un silence, puis je fus ébranlé par le son de ma propre voix.

– J'aime bien cette station, mais je regrette qu'il y ait si peu de musique et tellement de paroles.

Parasites.

11

Il s'accroupit, juste devant le ruban, et observa fixement la surface de la neige comme si elle lui parlait. Il inclina la tête, et je vis ses yeux noirs sous les longues mèches noires, parsemées seulement par endroits de quelques brins argentés. Lorsque je le voyais ainsi, j'avais le sentiment d'être un touriste sur ma propre planète ; j'étais là, mais lui faisait partie de ce tout d'une manière qui me serait toujours étrangère.

Je m'appuyai contre le pare-buffle de mon camion et sirotai du café avec Lucian, qui avait débarqué au bureau et nous avait emboîté le pas. J'étais surpris de voir le vieux .357 avec sa plaque de crosse argentée dans son holster accroché sur sa hanche.

— Comment ça avance, avec le SSPT du Basque ?

Je me retournai pour observer la Nation Cheyenne qui examinait les traces autour du banc.

— Je ne sais pas. Parfois, on dirait qu'il revient, et puis à d'autres moments...

Mon pronostic incomplet alla se perdre dans les airs.

Le vieux shérif laissa passer un temps considérable, posa son café sur le capot de mon pick-up, sortit sa pipe et sa blague à tabac rebrodée de perles ; il remplit le fourneau et l'alluma avec précaution. Il commença à fumer.

– J'avais un adjoint, Pat Cook. C'était avant ton temps.

– J'ai vu des photos de lui. (Mon meilleur ami au monde, l'homme avec qui j'avais grandi, combattu à la guerre et auprès duquel j'avais vécu la plus grande partie de ma vie grogna à côté du banc.) Quelque chose ?

L'Ours réfléchit sans me regarder.

– J'imagine qu'on est libérés du tournoi de golf ?

– Je crois bien.

Lucian continua à tirer sur sa pipe, essayant de la garder allumée.

– C'était l'hiver 70, je crois. On a eu un appel du fond du comté, là-bas, à l'est, concernant une fille Poulson qui était abusée par son papa. Alors, il se charge à bloc et se fait la Route 192 jusqu'au lieu en question, un mobile home de l'autre côté de la voie ferrée. Quand il arrive là-bas, il trouve une gamine de douze ans attachée au râtelier d'un pick-up avec rien d'autre sur le dos que ses sous-vêtements.

Il tira sur sa pipe à nouveau ; cette fois, les braises parvinrent à l'emporter sur le froid et rougeoyèrent dans le fourneau en bois de loupe qui s'embrasa.

– Pat détache la pauvre fille transie et lui dit d'aller se mettre dans sa voiture de patrouille avec le chauffage et il monte les marches de la caravane, mais voilà qu'un type du nom de Fred Poulson sort par la porte avec un fusil à pompe, calibre .36.

Le vieux shérif secoua la tête et enfonça son cou encore plus profondément dans le col de son blouson Cacties.

– Comme s'il en avait besoin. Il était grand, le salopard, avec une de ces grandes moustaches en guidon de vélo. Pat n'était pas immense comme gars, mais il s'avance, dégomme le fusil des mains de Poulson, puis il se met à le cogner comme un sourd... il lui fout une de ces trempes, que l'autre, il cavale tout autour de la caravane. Eh ben, ils finissent le premier tour et au quatrième, environ, Pat met le Poulson au tapis. À peu près au même moment, il entend quelqu'un qui charge le .36, il lève les yeux et c'était la fille qu'était allée ramasser le fusil de son papa.

Henry semblait être concentré sur les empreintes à l'endroit où Ozzie était resté assis dans ses Sorel toutes neuves. Ce n'était pas l'endroit par lequel j'aurais commencé, mais comme je l'ai dit, je n'avais pas le bon câblage.

– De loin, elle balance un pruneau dans la gueule de Pat, puis dans sa poitrine, ensuite, Poulson lui en met un dans le dos, pour faire bonne mesure. La fille et lui sautent dans l'International familiale et laissent Pat sur le carreau. (Il coinça sa lèvre inférieure avec sa langue entre ses dents et la maintint ainsi jusqu'à ce qu'elle soit libérée par les mots suivants.) Il a survécu, mais son visage, il était complètement en bouillie.

– Et que lui est-il arrivé ?

– Il a fini vendeur de voitures d'occas' sur un terrain à côté de Roundup. (Lui aussi se mit à observer l'Ours qui se leva, changea de position et examina la surface de la neige vers la rivière.) Je lui ai acheté deux petites Broncos pour le Bureau, et la fois d'après, quand je suis passé par là et que je me suis arrêté pour lui dire bonjour, il était parti. (Il tira sur sa pipe récalcitrante.) J'ai entendu dire qu'il vivait en Colombie-Britannique, dans un petit bled quelque part sur Vancouver Island, mais j'ai plus jamais entendu parler de lui.

J'expirai lentement et regardai le brouillard envahir l'atmosphère autour de nous comme un voile.

– Le type ou sa fille n'ont jamais été retrouvés ?

– Non.

Henry ne bougea pas lorsque je lançai un coup d'œil à Lucian.

– Vic semble penser que je perds mon temps.

– Elle a peut-être raison, mais elle a peut-être tort aussi.

La voix de l'Ours gronda comme un train. Il se leva puis se rassit. Son visage aux traits marqués pivota vers la gauche et lorsqu'il se mit à parler, on avait l'impression que ses paroles imprimaient une torsion au temps.

Je n'avais pas pris de repos depuis fort longtemps, et peut-être en était-ce la raison, ou bien l'histoire de Lucian, mais je regardai le ciel, et, soudain, il s'obscurcit avec les ténèbres apportées par les paroles de Henry. Je voyais Ozzie Dobbs, et les flocons qui étaient tombés se soulevèrent du sol et restèrent suspendus dans l'air comme de minuscules mobiles, en produisant des éclats bleus, orange, jaunes, et enfin blancs.

– Dobbs arrivait de l'est, avec prudence, mais détermination. (Henry tendit un index.) On le voit, l'essentiel de son poids se trouvait sur l'avant de ses pieds.

Je vis Ozzie hâter le pas pour monter la pente, la capuche de sa parka rabattue pour cacher son visage, son fusil collé contre sa poitrine. Le ciel, dans lequel se réfléchissaient les lueurs de la ville, éclairait le dessous des nuages qui filaient.

– Ensuite, il s'est arrêté à côté du banc. (Il pointa à nouveau le doigt, sa puissante main aussi précise qu'un pied à coulisse.) Là.

Je vis le spectre d'Ozzie debout à côté du banc, et mon regard se perdit au loin, à la recherche de quelqu'un.

– Ensuite, il s'est assis.

Comme si elle en avait reçu l'ordre, la silhouette

en peignoir, chaussures d'hiver et parka fit un pas de côté, balaya la neige amassée sur le banc et s'assit, le fusil à canon court sur les genoux. Il attendait.

– L'assaillant s'est approché par l'ouest, montant de la rivière. Avec le peu de visibilité qu'il y avait hier soir, Dobbs n'a pas pu voir cette personne avant qu'elle soit à moins de vingt mètres de lui.

Une autre silhouette apparut dans les ténèbres de mon esprit, avec une autre capuche, un autre visage caché. La main de l'Ours entoura la silhouette et fit un grand mouvement vers l'ouest, esquissant un dessin dans l'air. Le second individu s'avança, les mains enfoncées dans les poches de sa veste. L'autre main de Henry se leva comme celle d'un magicien et Ozzie se leva lui aussi.

– Dobbs a brandi son arme, ses appuis ont bougé avec le mouvement, on le voit aux empreintes.

Les deux étaient face à face, maintenant, mais alors, la seconde personne s'écarta un peu pour regarder du côté des montagnes. Ozzie s'assit et l'autre personne se tourna vers lui. Je les regardai commencer à parler, mais alors, le meurtrier retourna vers le sentier, probablement pour s'assurer que personne n'arrivait d'un côté ou de l'autre du chemin. La conversation se poursuivit pendant que l'agresseur terminait son tour et, maintenant, il était immobile devant Ozzie comme les aiguilles d'une pendule qui sonnerait les douze coups de minuit.

– On voit l'endroit où se tenait l'assaillant.

Je continuai à observer et vis que la main gauche de l'assassin sortait de la poche de son manteau et se posait sur l'épaule du petit homme. Ils restèrent ainsi un petit moment, puis une arme apparut dans la main droite de l'assaillant.

– La capuche empêchait Dobbs de voir.

Dans la lumière plate encore reflétée par les nuages bas surgit un pistolet semi-automatique pourvu d'un silencieux, le canon collé contre la poitrine d'Ozzie.

– Une personne qu'il connaissait, une personne en qui il avait confiance, une personne qui avait dû le convaincre de ne pas tirer.

Les mains de l'Ours se rejoignirent, simulant le coup de feu qui avait dû retentir avec un bruit assourdissant.

Lucian et moi sursautâmes.

La Nation Cheyenne se retourna pour nous regarder, ses yeux noirs engloutissant les alentours comme une paire de puisards. Sa tête se retourna vers l'endroit où tout l'épisode s'était déroulé.

– Vous les Blancs, vous vous laissez trop entraîner par ces choses-là.

Lucian se fit ramener par Saizarbitoria, et j'espérais qu'il ne lui raconterait pas l'histoire de Pat Cook. L'Ours et moi refîmes à pied les trois kilomètres du sentier. Je voulais que Henry voie toutes les traces depuis la sortie de la ville. Notre seule chance avait été que les chutes de neige s'étaient calmées au cours de la soirée, et les empreintes de la veille étaient toujours visibles.

Alors que nous marchions, de part et d'autre du sentier, je voyais les nuages de buée produits par sa respiration.

– Froid.

– Ouaip. (Il s'arrêta, regardant le sol entre nous, et je vins le rejoindre.) Quelque chose ?

Il hocha la tête.

– Un coyote.

– Voilà qui est utile.

Nous poursuivîmes notre route.

– À l'échelle de l'État, est-ce qu'il y a plus de meurtres en hiver ?

– Non. Il y a plus de meurtres, viols, braquages, coups et blessures, et vols en été, comme partout ailleurs. Ça monte comme la sève en été, puis ça fond comme neige au soleil.

– Sans jeu de mots ?

– Non. (Il s'arrêta à nouveau.) Quoi ?

– Dindon, probablement ce que poursuivait le coyote. (Il parlait en marchant.) Ce Ozzie Dobbs, il avait beaucoup d'ennemis ?

Je réfléchis à la question.

– Eh bien, je pense que oui. On ne monte pas quelque chose comme Redhills Arroyo sans se créer quelques inimitiés.

Il me lança un coup d'œil.

– Lesquelles, par exemple ?

– Eh bien, le conseil municipal, la commission d'urbanisme du comté, les trois autres types qui avaient eu la même idée… (Il s'arrêta à nouveau.) Quoi ?

Il pointa un doigt.

– C'est probablement ici que le coyote a rattrapé le dindon.

Je m'éclaircis la voix.

– Tu ne crois pas qu'on pourrait essayer de rester concentrés sur l'affaire en cours ?

– Désolé. (Il continua.) Ces gens-là seraient tous des ennemis du père, n'est-ce pas ?

– En premier lieu, oui.

– Il faut qu'on trouve quelqu'un qui avait quelque chose contre le fils.

– Ou quelqu'un qui avait intérêt à sa disparition.

Lorsque nous arrivâmes à mon camion, la radio hurlait quelque chose, mais, le temps que j'ouvre la portière, elle s'était tue. La Nation Cheyenne monta de l'autre côté pendant que je décrochai le micro du tableau de bord.

– Allô, la Base, ici Unité un.

Parasites.

– Mais où étais-tu ?

J'appuyai sur le micro.

– Henry et moi faisions une délicieuse promenade matinale dans les bois.

Parasites.

– Mike Thomas a appelé et il a dit que tu aimerais peut-être savoir qu'il y a environ cinq minutes Gina Stewart est partie de chez elle dans l'Oldsmobile de tous les dangers, avec un chargement qui ressemblait à un déménagement et remplissait la voiture jusqu'au toit.

Je regardai le Motorola.

– Bon sang.

Parasites.

– Vic est partie en trombe dans sa voiture, mais elle a dit qu'elle avait dû prendre l'Interstate ou l'ancienne 87. J'ai informé la patrouille de l'autoroute, mais ils ne l'ont pas vue non plus.

Je repris le micro.

– On va prendre la vieille route, c'est celle qui est la plus proche de nous. Dis à Vic de patrouiller au pas dans les rues de la ville.

Parasites.

– Bien reçu.

Habitué à mes poursuites infernales, Henry s'assura que sa ceinture de sécurité passait bien sur son épaule et était bien attachée. Je démarrai le pick-up et enclenchai le levier de vitesse, un démarrage qui projeta un panache de neige, de sable et de poussière de schiste, pareil à la queue d'un coq.

Je venais juste de reprendre devant nous la route qui nous mènerait à la 87 lorsque l'Oldsmobile Toronado de 68, rouillée, couleur cuivre et chargée à bloc, traversa l'intersection en trombe. Elle allait à une vitesse d'au moins 95 km/h, mais cela n'empêchait pas la fade blonde de tenter d'allumer une cigarette en négociant le virage juste après le Log Cabin Motel.

– Était-ce la susmentionnée Gina Stewart ?

– Oui, je crois bien.

Je tournai le volant du trois quarts de tonne et écrasai la pédale de l'accélérateur, lançant la masse d'acier sur les talons de l'Olds, qui se dirigeait droit vers les montagnes.

– Tu pourrais peut-être mettre tes lumières et ta sirène en route ?

– Donne-moi une seconde, tu veux bien ?

Je tendis le bras et abaissai les interrupteurs.

Je manœuvrai le camion dans le virage et fonçai en passant devant le Centre d'hébergement des soldats et marins, où les petits vieux étaient généralement assis et saluaient ceux qui passaient. Il n'y avait personne, étant donné la température que nous avions atteint récemment.

Je vis les feux de stop de l'Oldsmobile s'éclairer brièvement lorsque Gina ralentit derrière un semi-remorque ; elle le dépassa, forçant un pick-up venant en sens inverse à se rabattre sur la bande d'arrêt d'urgence.

Je lâchai les dix cylindres qui donnèrent toute leur puissance, et la main de Henry vint se crisper sur le tableau de bord tandis que nous dépassions le semi-remorque et commencions à réduire l'écart. Avec tout le fatras entassé à l'arrière, on avait du mal à savoir si elle se rendait compte qu'elle était suivie, mais ce devait être le cas – il y avait les lumières et la sirène. Juste pour me donner raison, elle se mit à accélérer.

J'ignorais ce que Duane et son oncle avaient apporté comme modification à l'Olds pour en faire la Classic, mais la transformation était évidente, vu les deux bandes noires de deux mètres de long que laissèrent sur la chaussée les roues avant de la voiture lorsque Gina enfonça la pédale de l'accélérateur.

Henry me lança un coup d'œil.

– Ouah.

Je décrochai le micro de mon tableau de bord.

– Allô la Base, ici Unité un. Je l'ai, sur la 16, direction ouest, vers la montagne.

Parasites.

– Bien reçu.

Lorsque toute mon attention retourna à la route, je vis les feux de stop s'allumer sur la Toronado, qui fit un bon de côté avec les quatre roues bloquées. J'écrasai la pédale de frein et l'ABS répondit correctement ; nous nous arrêtâmes sans déraper à une distance respectable de l'Oldsmobile.

J'avais déjà défait ma ceinture de sécurité et je m'apprêtais à sortir de mon camion lorsque je vis deux Dodge Chargers noirs rutilants disposés en une phalange menaçante qui bloquait la route devant Gina.

Les policiers de l'autoroute plantés là donnaient l'impression d'être sortis d'une affiche destinée au recrutement. Rosey Wayman, dont les yeux bleus pétillants étaient au moins aussi séduisants que son sourire, se tenait au milieu de la route, les bras croisés, ses petits gants noirs dont le fermoir en perle était ouvert, dévoilant la peau claire de ses poignets – le seul centimètre carré de peau exposé à l'air hormis son visage. Et Jim

Thomas, avec son mètre 95, me rappelant un peu moi avec trente ans de moins.

J'entendais hurler la radio de l'Oldsmobile, elle faisait vibrer les vitres de la voiture. Gina n'avait pas bougé. Je fis un geste de la main à l'intention de Rosey et de Jim, qui firent un pas en arrière pour me montrer qu'ils seraient prêts à me fournir des renforts si nécessaire.

Lorsque j'approchai de la portière conducteur de l'Olds, je vis Gina encore en train de tirer sur sa cigarette. La vitre descendit dans un gémissement dysphasique et le volume de la musique, si on pouvait appeler cela de la musique, me fracassa les oreilles. Elle jeta des cendres sur l'asphalte dans l'intervalle qui nous séparait en me regardant du coin de l'œil.

– Quoi ?

– Une balade ?

– Ouais. (Elle jeta un coup d'œil circulaire à mon bureau et recroisa les jambes. Elle avait sorti un stylo de la tasse posée sur mon bureau et elle en mâchonnait le capuchon.) J'avais juste besoin de sortir de ce mausolée. Ça va quand Duane est dans le coin, mais parfois, j'ai juste envie de… Je sais pas. C'est glauque, l'ambiance.

Je hochai la tête et jetai un coup d'œil à Henry qui était debout à côté de la fenêtre.

– Une balade.

– Ouais.

Son ton était cette fois un peu plus proche du défi.

– Avec tous vos vêtements dans la voiture ?

Elle balaya ma question d'un mouvement de tête.

– Je savais pas combien de temps je serais partie. Je me suis dit que peut-être j'allais aller aux sources chaudes à Thermopolis.

– Vous aviez même une chaise là-dedans.

Elle croisa les bras dans la posture défensive classique.

– Je me suis dit que peut-être il me faudrait un truc pour m'asseoir.

Je baissai les yeux sur la liste notée sur la feuille de papier posée sur mon bureau.

– Et un carton plein de CD et de DVD ?

Elle renifla et coinça une mèche de cheveux derrière son oreille.

– C'était mes préférés. Je sais pas ce qui se passe, mais j'ai le droit de sortir en voiture pour faire une balade, non ? (Elle laissa échapper un long soupir exaspéré.) Écoutez, je pourrais pas avoir un verre d'eau ou quelque chose ? Je me sens pas très bien.

Je me levai.

– Je vais vous en chercher un.

Je lançai un coup d'œil vers Henry, dont le regard se posa sur la fille.

Tout un groupe était rassemblé autour du bureau de Ruby. Vic fut, bien entendu, la première à parler :

– Alors ?

Je sortis un gobelet en carton du distributeur, tirai sur le levier et regardai l'eau couler.

– Elle veut boire un peu.

Vic cala son coude sur le bureau de Ruby.

– Et alors ? Les pensionnaires de l'enfer veulent de l'eau glacée… et moi je veux lui enfoncer ma chaussure dans le cul.

Je ne dis rien et me contentai de repartir vers mon bureau ; je tendis son eau à Gina.

– Vous savez, vous ne m'avez pas encore énoncé mes droits.

Je m'assis sur le bord du bureau et baissai les yeux vers elle.

– Je ne dois le faire que si je suis sur le point de vous arrêter. Vous voulez donc que je vous arrête ?

– Non.

– Bon, parce que je n'ai aucune envie de devoir aller nourrir les chiens, les ratons laveurs et l'oiseau déplumé.

Elle sirota son eau.

– Cette bestiole est dégoûtante.

Je repoussai mon chapeau sur ma nuque et l'observai. Il fallait que je la négocie doucement, celle-là, ou alors, elle allait réclamer un avocat et se refermer comme une huître.

– Gina, je sais que c'était dur, ces derniers temps…

– Putain, vous avez raison. (Son pied oscillait au rythme de ses accès d'indignation ; son jean délavé à l'acide, dans le style typique des années 1980, était rentré dans ses chaussettes roses.) Et maintenant, je suis coincée chez la famille Addams.

Henry se balança d'un pied sur l'autre et leva la tête. Mon regard revint se poser sur Gina.

– Et pourquoi ça ?

Son pied oscillant cessa d'osciller.

– Je crois pas que ça vous regarde.

– OK, mais il s'est passé quelque chose ces dernières vingt-quatre heures qui a changé, pour ainsi dire, la physionomie des choses.

Ses sourcils se levèrent, puis ses yeux.

– Qu'est-ce qui se passe encore ?

– Votre voisin, Ozzie Dobbs, est mort.

Je l'observai attentivement, pas tant parce que je la considérais comme une suspecte plausible, mais parce qu'elle était peut-être porteuse d'une des pièces de ce puzzle complètement délirant.

Son expression ne changea guère.

– Merde.

Ses mains montèrent jusqu'à son visage, qu'elle cacha, et elle se pencha en avant ; l'immense sweat-shirt se dégonfla et se plaqua contre son ventre, et le reste de l'eau contenu dans le gobelet en papier se déversa par terre. Sa voix résonna, étouffée entre ses mains serrées :

– Chié…

Je tendis une main.

– Gina ?

Mais lorsque je la touchai, elle ôta ses mains de son visage et me regarda comme si je l'interrogeais sur le temps qu'il faisait.

– Faut qu'j'aille aux toilettes.

Je la fixai un moment.

– OK.

Je l'escortai de l'autre côté du hall et elle ferma la porte. Henry me regarda, regarda les toilettes, d'où ne nous parvenait aucun bruit.

– Il n'y a pas de fenêtre là-dedans, rassure-moi.

La nouvelle de la mort d'Ozzie Dobbs ne paraissait pas avoir affecté l'appétit de Gina.

– Alors, c'est quoi ?

Je déroulai la serviette en papier qui contenait mes couverts.

– On l'appelle le menu habituel.

Elle coinça la même mèche de cheveux derrière la même oreille.

– On dirait du poulet frit.

C'était du poulet frit, et Dorothy le servait avec

du coleslaw un peu sucré. Elle avait repris quelques recettes emblématiques du Brookville Kansas Hotel & Restaurant et y avait apporté quelques modifications. C'était vraiment bon. À l'évidence, Gina était du même avis – elle venait de terminer une cuisse et elle attaquait un blanc pendant que nous poursuivions notre discussion.

Je pensai qu'il valait mieux ramener la conversation sur elle ; selon mon expérience, il n'y avait pas beaucoup de sujets que les jeunes femmes préféraient à leur propre personne.

– Gina, comment vous êtes-vous retrouvée ici ?

– J'ai rencontré Duane au Mexique il y a environ sept mois.

– Au Mexique ?

– Ouais.

C'était un peu difficile pour moi d'imaginer la chose, et visiblement, il en était de même pour la Nation Cheyenne, dont les yeux vinrent à la rencontre des miens.

– Duane était au Mexique ?

– Ouais, Grampus l'a envoyé à Cabo San Lucas pour le récompenser d'avoir fini son lycée.

J'y réfléchis.

– Mais Duane a cessé d'aller à l'école quand il était en sixième.

– Ouais, mais Grampus ne voyait pas pourquoi il devrait être pénalisé d'avoir abandonné. Duane a vingt et un ans, et Grampus s'est dit qu'il serait de toute façon sorti du lycée, à son âge. Il s'est dit qu'un voyage au Mexique, ça mettrait à Duane un peu de plomb dans la cervelle. Ça a marché – il parle un peu espagnol, et tout.

J'essayai d'éviter le regard de Henry.

249

– Alors, vous vous êtes rencontrés au Mexique ?

– Ouais. Je l'ai vu dans son bar sur la plage et je suis allée droit sur lui et je lui ai dit que j'allais le baiser jusqu'à ce qu'il crève... Je crois que ça l'a vraiment bluffé.

Je jetai un coup d'œil autour de nous, dans le Busy Bee, juste pour m'assurer que la conversation ne dépassait pas l'espace de notre table. Elle sourit à Henry, puis à moi.

– Et c'est ce que j'ai fait. (Nous ne savions pas quelle réponse donner à ça, alors, elle baissa les yeux.) Apparemment, Duane a de gros ennuis, hein ?

Je risquai un coup d'œil vers Henry, mais son expression demeura totalement neutre.

– Si je peux maintenir les accusations au niveau du comté, j'espère que je pourrai éviter à Duane trop de prison ferme. C'est juste que je pensais que vous étiez en position de m'aider à comprendre certains points de cette affaire.

Elle posa sa fourchette dans son assiette.

– Comme quoi ?

– Eh bien, pour commencer, si on parlait de la petite entreprise artisanale de Duane ?

Elle fixa la surface de la table, et ses yeux se remplirent de larmes à nouveau.

– Je croyais que vous vouliez parler d'Ozzie...

– Oui, aussi, mais peut-être devrions-nous commencer par le plus facile.

Elle renifla.

– OK.

– Alors, cette marijuana ?

Le sourire s'évanouit.

– Eh ben quoi ?

– Eh bien, mon adjoint, M. Saizarbitoria...

– Il est mignon.

– Ouaip. (Je pris une inspiration. Suivre Gina m'épuisait littéralement.) Il dit que l'équipement et le protocole utilisés par Duane étaient assez sophistiqués, et qu'il pensait que Duane avait probablement un associé.

Elle laissa tomber dans son assiette le blanc de poulet qu'elle était en train de manger et posa ses mains sur ses genoux.

– Je savais rien de tout ça.

– Je ne pensais pas à vous, mais je me suis dit que vous connaîtriez peut-être quelqu'un… vous voyez, c'est beaucoup d'équipement très coûteux qui a été acheté à Denver, et je me disais que vous saviez peut-être…

– C'est tellement affreux, tout ça.

– Oui, effectivement.

– C'était Ozzie.

Henry et moi échangeâmes un regard, puis nous nous tournâmes tous les deux vers Gina. Nous nous en étions un peu douté mais nous avions besoin de la confirmation.

– Ozzie Dobbs.

Elle hocha la tête.

– Duane a parlé à Ozzie un jour à la décharge qui lui a dit qu'il connaissait un moyen infaillible de faire plein de fric. Il a dit que si Duane connaissait un endroit où ils pourraient faire pousser les trucs, il s'occuperait de tout et achèterait tout le matos.

Vu la situation financière d'Ozzie, c'était logique, et ce n'était pas la première fois que l'argent était la cause de bien étranges mariages.

– Quand était-ce ?

Elle s'essuya le nez avec la manche de son sweatshirt.

– Il y a environ six mois.

– Geo était-il au courant ?

Elle secoua la tête et sourit entre ses larmes.

– Grampus ? Non. Je crois qu'il se doutait qu'il se passait quelque chose, mais il n'avait pas vraiment envie de savoir, vous voyez ?

Je voyais.

– Y a-t-il eu une récolte avant celle-ci ?

– Non, c'était la première ; je crois qu'ils se disaient qu'ils allaient se faire quelque chose comme un million de dollars avec.

– C'est probablement une estimation très modeste. (Henry leva un sourcil, mais je restai concentré sur la jeune femme.) Ne vous mettez pas dans tous vos états, Gina, mais je vais maintenant arriver à la partie difficile de l'entretien.

Sa tête oscilla comme l'avait fait son pied dans mon bureau.

– OK.

– J'essaie de comprendre qui aurait eu un mobile pour tuer Ozzie, ou Geo, d'ailleurs.

Son regard rencontra le mien pour la première fois.

– Attendez, vous croyez que quelqu'un a tué Grampus ?

– C'est possible. (J'attendis, mais elle ne dit rien.) Et vous ?

Il y eut un silence.

– Et moi quoi ?

Je l'énonçai lentement, cette fois.

– Vous sauriez qui a pu tuer Ozzie ou Geo ?

Ses mains s'enfoncèrent plus encore entre ses cuisses et elle se ratatina sur sa chaise.

– Je crois pas que je devrais le dire.

– Gina, c'est une affaire de meurtre, un crime capital,

252

et tout ce que vous pouvez me dire sera finalement un avantage pour vous.

Elle contempla son assiette presque vide.

– Ma maman, elle m'a dit un jour que quand la police vous dit que ce serait mieux si on disait quelque chose, ça veut dire que ce serait mieux pour eux.

Henry se mordit la lèvre. Je lui lançai un regard d'avertissement.

J'essayai de penser à une manière de contredire cette affirmation, mais je ne trouvai qu'une phrase désespérément plate.

– Hmm… eh bien, ce que j'espère, c'est que ça nous aidera tous les deux.

Elle parut hésitante.

– Lorsque vous essayez de résoudre un truc comme ça, vous cherchez probablement à savoir qui voulait le tuer, hein ?

– Ouaip, si on pouvait trouver quelqu'un qui avait un quelconque intérêt à la mort d'Ozzie, ça me rendrait la tâche bien plus facile.

Elle parla tout doucement à ses mains coincées entre ses cuisses.

– Duane, s'il savait ce qui se passe…

– Gina, Duane était en prison lorsque Ozzie a été tué.

– Je sais.

– Eh bien… il ne peut donc pas être celui qui a tué Ozzie.

– Ouais, je sais, mais vous demandiez qui aurait le plus à gagner si Ozzie se faisait tuer et ce serait Duane, et Grampus, aussi.

Je repassai dans ma tête le déroulement de la semaine précédente, juste pour m'assurer que je n'étais pas passé à côté de quelque chose.

– Gina, nous avions déjà confisqué toute la mari-

253

juana lorsque Ozzie a été tué, **alors Duane** n'avait rien à gagner à la mort d'Ozzie.

Elle leva les yeux vers Henry.

– Pas de l'argent, non.

– Qu'est-ce que vous **entendiez** vraiment par "si Duane savait ce qui se passe" ?

Elle baissa les yeux à nouveau.

– Le bébé.

Je chuchotai la question suivante, une tentative pour montrer de la douceur.

– Vous êtes enceinte ?

Elle fit un rapide hochement de tête et énonça un mot dans un souffle.

– Ouais.

Henry se passa une main sur le visage et rassembla ses cheveux sur une épaule.

– Duane et vous, vous **allez avoir** un bébé ?

Elle lui lança un regard **rapide** puis revint à moi.

– Pas exactement...

12

– Putain de merdier.

– Ouaip.

– Alors pendant que la vieille Dobbs *chtoupe* le ferrailleur, Ozzie *chtoupe* la petite-fille ?

J'essayai d'attraper encore quelques bribes de sommeil et j'avais caché ma tête sous mon chapeau.

– On dirait.

– Qu'est-ce qu'elle a, l'eau, là-bas ?

Assise par terre, elle caressait le chien et m'asticotait. Au vu de la conversation qui était la nôtre, j'étais content que nous ne soyons pas à portée d'oreille de Duane, qui était toujours dans les cellules du fond.

– Comment elle sait qu'il n'est pas de Duane ?

Je continuai à parler au fond de mon chapeau.

– Je ne sais pas, mais Ozzie était le seul autre type qu'elle *chtoupait*, apparemment.

Elle fut silencieuse pendant au moins cinq longues secondes.

– La vieille Dobbs va être folle en apprenant ça.

– Ouaip.

Je la sentis bouger contre le banc.

– Est-ce que Duane est au courant.

– Non, d'après Gina. (Je soulevai mon chapeau.) Est-ce que cette conversation va se poursuivre encore

255

longtemps ? J'envisageais de dormir un tout petit peu plus.

Elle regarda sa montre, qui rappelait celle que portait Sancho, un petit chronographe dernier cri avec plus de cadrans que de pilules pour le foie dans une boîte Carter.

– Alors, Ozzie apportait le soutien financier et le savoir-faire pour le hasch.

Je me tournai pour me hisser en position assise.

– Oui, d'après Gina.

– La vie selon Gina. (Elle leva les yeux vers moi et interrompit ses caresses au chien.) Oh, je suis désolée. T'as fini ta sieste ?

– Oui.

– Bon, alors on peut aller au bar du relais routier et leur demander qui Ozzie a bien pu appeler hier depuis l'Owen Wister.

L'Ours était dans mon bureau en train de passer des appels téléphoniques, qui, supposai-je, concernaient le mariage de ma fille – ce qui nous laissait seuls, Vic et moi, pour aller faire les bars.

– Henry paraît préoccupé.

– Ouaip.

– Il se passe quelque chose ?

– Son frère Lee a disparu des écrans radar, une fois de plus.

Elle me lança son regard en coin labellisé.

– Est-ce que ça ne résume pas le mode de vie de son frère ?

– Ouaip.

– Où a-t-il disparu ?

– Le dernier endroit connu était Chicago.

Elle fit la moue.

– Il y va ?

– Pas encore. Il a encore le mariage de Cady et Michael à organiser. (Elle souriait maintenant.) Quoi ?

– J'essaie d'imaginer l'Ours en organisateur de mariages.

Le relais routier à l'extrémité sud de la bretelle était un endroit qui recevait rarement ma visite, mais mes adjoints s'y rendaient régulièrement à tour de rôle, pour rattraper des clients partis sans payer ou interpeller des individus suspects qui traînaient autour de la salle de repos des chauffeurs de poids lourds.

L'appel téléphonique que Saizarbitoria avait retracé remontait au téléphone payant installé au fond du bar. Vic secoua la tête en voyant une immense enseigne au néon sur laquelle on voyait un poussin gigantesque émergeant d'un œuf pour faire un pas de deux. On y lisait THE CHICKEN COOP.

– Je déteste cet endroit.

D'autres panneaux étaient accrochés au bâtiment, annonçant des cours de danse en ligne, la présence d'un taureau mécanique et le karaoké "Kuntry" le samedi.

– Je ne comprends pas pourquoi.

Elle ouvrit la portière passager, sortit, remonta encore la fermeture éclair de sa veste et ajusta son ceinturon. Il faisait toujours un froid polaire et, comme le soleil se couchait, nos espoirs de dépasser le zéro s'amenuisaient.

– C'est comme le manège des Bouseux à Disneyland.

Je sortis moi aussi, souriant au chien posté à l'arrière.

– Ça n'existe pas.

Elle me retrouva devant le capot.

– Si ça existait, ça ressemblerait à ça.

Nous passâmes entre les deux vieilles portes battantes et marquâmes une pause devant les vantaux en verre plus massifs qui se trouvaient à l'intérieur. On entendait un morceau de boogie western avec un accompagnement à l'accordéon à faire cloquer la peinture aux murs. Vic s'arrêta pour écouter.

– Mais qu'est-ce que c'est que ce truc ?

Je tendis l'oreille et prêtai un peu plus attention.

– C'est *Three Way Boogie*, de Spade Cooley.

Elle portait à nouveau sa chapka et un œil vieil or apparut sous la fourrure pour me regarder.

– Qui ?

– Spade Cooley. C'est celui qui a inventé l'expression "western swing", avec Bob Wills. Il a commencé sa carrière comme doublure pour beaucoup de cow-boys de cinéma en Californie et il a tué sa femme en 1961 parce qu'il croyait qu'elle avait une liaison avec Roy Rogers.

Ma jolie adjointe regarda la pièce, incrédule, en ouvrant la porte intérieure en verre.

– Yee-haa.

Le lieu était aussi grand qu'une grange et on y trouvait la même atmosphère. De la sciure sur le sol, avec quelques coques de cacahuètes au milieu. Un bar était installé sur la gauche ; des rangées de selles montées sur des pieds pivotants tenaient lieu de tabourets. Une zone beaucoup plus vaste en retrait sur la droite comportait une piste de danse, et à sa gauche, un espace clos avec un taureau mécanique et une fosse pleine de matelas dans laquelle les cow-boys qui avaient un coup dans le nez pouvaient atterrir.

Il était désormais interdit de fumer dans la plupart des bars du Wyoming, mais quelques-uns repoussaient encore l'échéance, et une brume épaisse de volutes alanguies teintées de bleu remplissait l'air. Il y avait pas mal de monde – un groupe rassemblé à l'autre bout du bar et trois couples sur la piste de danse.

Vic lança un regard circulaire puis proclama :

– Je vais aux toilettes.

Comme si le denim pouvait être contagieux, elle zigzagua entre les danseurs pour entrer dans une alcôve où était accroché un téléphone à pièces, prit à gauche et disparut.

J'allai jusqu'au bar et me glissai dans un espace libre à côté de la balustrade en laiton près de la caisse. Le barman était un jeune type – beau, grand et costaud. Il était appuyé au fond du bar, les bras croisés, et il parlait à des clients. Un sosie d'Elvis, il avait des rouflaquettes qui auraient provoqué la jalousie d'un général de la guerre de Sécession, des bottes pointues, un jean déchiré, et, pour couronner le tout, un T-shirt décoré d'une cravate bolo.

J'attendis.

Il continua à parler, non sans me lancer un regard. Je souris et son attention se reporta sur la conversation en cours.

J'attendis encore.

Il me regarda une nouvelle fois, puis dit quelque chose au groupe de personnes, qui échangèrent quelques rapides coups d'œil. Un homme se mit à rire mais se garda bien de croiser mon regard.

J'attendis encore, puis je tendis le bras par-dessus le comptoir, saisis un verre posé à l'envers, actionnai la pompe de Rainier et commençai à remplir mon propre verre. Ce n'était pas une chose à faire quand on était en service, mais apparemment, si j'attendais de ne plus y être, ça risquait d'être aussi efficace que les AA.

Mes actions attirèrent son attention et il fonça droit sur moi, manifestant une agressivité notoire.

– Hé, connard ! Qu'est-ce que tu fous ?

Je coupai la pompe et retirai mon verre de bière avant qu'il n'arrive.

– Je me suis juste dit que c'était la seule façon pour moi d'avoir une bière.

Il était devant moi, maintenant, tout rouge, fourrageant d'une main sous le bar et tendant l'autre pour saisir la boisson que je m'étais appropriée.

– Donnez-moi ça !

– Non.

Sa main apparut avec une de ces matraques courtes que les chauffeurs de poids lourds utilisent pour vérifier la pression des pneus, et il la posa sur le bar.

– Donnez-le-moi, maintenant.

Je pris une gorgée et commençai à déboutonner mon manteau en peau de mouton.

– J'ai dit maintenant, connard !

Il frappa la surface du bar avec le gourdin.

Je glissai un pouce dans l'ouverture de mon manteau et tirai le pan en arrière de manière qu'il voie mon .45 et un quart de mon étoile. J'entendis quelques rires narquois à l'autre bout du bar et regardai le groupe se disperser et les individus se diriger vers les tables de l'autre côté de la piste de danse, cela ressemblait à une débandade d'animaux.

Je me tournai pour le regarder.

– Salut.

La matraque disparut en un tournemain ; je devais lui reconnaître ça.

– Hum… salut.

– Vous êtes nouveau, dans le coin ?

– Non, enfin, j'veux dire, ouais.

Je l'observai et pris le risque de poser mon verre sur le bar.

– Alors, c'est oui ou non ?

– J'veux dire, ouais, j'suis nouveau. (Il ne bougea pas quelques secondes encore et me tendit la main.) Stroup, Justin Stroup. Je viens de Sheridan, mais j'ai passé un certain temps ailleurs.

– Vous avez perdu vos bonnes manières ?

– Non… je… enfin… (Il se pencha vers moi ; son attitude avait changé du tout au tout.) Je suis désolé, le patron nous dit qu'il faut jouer les durs, vous voyez le genre, histoire d'en rajouter dans l'authentique.

– Vous étiez sur le point d'en rajouter dans le nombre de jours de cellule.

Je lui souris pour lui faire comprendre que je plaisantais et regardai Vic revenir des toilettes. Elle s'arrêta devant le juke-box.

– Vous ne m'aviez pas vu entrer en compagnie d'une adjointe en uniforme complet ?

Il la regarda avec un intérêt non dissimulé.

– Heu… non.

Cela ne me donnait pas grand espoir quant à sa capacité de me dire qui avait reçu l'appel téléphonique de l'après-midi de la veille, mais je posai malgré tout la question.

– J'en ai pas la moindre idée.

La réponse était prévisible, mais maintenant qu'il avait changé d'attitude, je commençais à bien l'aimer. Je pris une autre gorgée de ma bière et désignai d'un mouvement de tête l'alcôve où se trouvait le téléphone payant.

– C'est le seul téléphone ici ?

– On a une ligne fixe dans le bureau et une autre derrière le bar, ici, mais c'est des téléphones réservés au personnel.

– Beaucoup de monde, hier soir ?

– Ouais. C'était danse ce soir-là, alors il y avait du monde.

Vic prit ma bière et en but une gorgée, une violation notoire des lois en vigueur dans le Wyoming ; moi au moins, je pouvais reboutonner mon manteau et rester anonyme. Je désignai le barman :

– Voici Justin Stroup.

– Et alors ?

Elle lui accorda à peine un regard et je vis les traces que son rouge à lèvres avait laissées sur mon verre lorsque son regard se posa sur moi.

Je me penchai sur le bar ; je refusais de m'asseoir sur les selles-tabourets.

– Quand avez-vous pris votre service hier ?

– À 6 heures, comme d'habitude.

– Cet appel téléphonique a dû avoir lieu vers 5 h 15. Vous étiez là ?

– Non. Carla, la serveuse à mi-temps, vient et me fait la mise en place pour la soirée. L'après-midi, on a pas vraiment beaucoup de monde – on ouvre même pas avant 2 heures.

Je posai le verre sur le bar et contemplai Vic, qui, sans s'en rendre compte, se balançait un peu au rythme de la musique tandis que le juke-box passait de Spade Cooley à une chanteuse que je ne connaissais pas.

– J'imagine qu'elle n'est pas là ?

– Non.

– Vous auriez ses coordonnées ?

Il fit quelques pas jusqu'à la caisse, en sortit un carnet à spirale et l'ouvrit.

– Ouais. (Il tourna une page et glissa le carnet vers moi.) Carla Lorme, le second nom en partant du bas.

– Je peux utiliser votre téléphone ?

Vic s'était avancée sur la piste de danse et elle avait

levé les bras. Sa veste était ouverte, ses yeux, fermés, et elle avait la tête renversée en arrière. Ses mouvements étaient parfaitement synchrones avec la musique qui paraissait un peu rock'n'roll, pour l'endroit. Sa manière de danser était simple, mais ça avait toujours l'air simple avec les gens qui y venaient naturellement ; et bon sang, elle avait vraiment l'air d'avoir ça dans la peau.

Il sortit le téléphone du fond du bar et le posa sur le comptoir à côté du carnet sans quitter des yeux Victoria Moretti.

Je composai le numéro, mais je n'obtins ni réponse ni répondeur. En attendant, je lus l'adresse notée dans le carnet. Ce n'était pas loin, il fallait aller à l'autre bout de la bretelle, de l'autre côté de la colline, et dépasser le nouveau lycée.

Je raccrochai le téléphone et le poussai, avec le carnet, vers le gars.

– Merci.

Les autres danseurs avaient déserté la piste, et ce n'était pas très étonnant. Vic s'échauffait, et sa tête se balançait d'un côté, de l'autre, ses cheveux noirs s'agitant dans la pièce enfumée comme des fouets. Elle pivota et s'éloigna d'un pas souple, quelque chose qui n'était pas facile à faire en rangers Browning. Je crus reconnaître la mélodie d'un morceau que ma fille avait écouté. J'inclinai la tête vers le jeune barman.

– Est-ce que c'est… ?

– La version de Lucinda Williams du morceau d'AC/DC *It's a Long Way to the Top If You Wanna Rock'n'Roll*. Je savais même pas qu'elle était sur le juke-box ; personne l'a jamais mise.

Je continuai à regarder mon adjointe, Salomé silencieuse enfermée dans sa bulle.

– C'est ma nouvelle chanson préférée.

Sa voix me parvint dans mon dos et elle était un peu mélancolique. Nous ne la quittions pas des yeux.

– La mienne aussi.

– J'avais envie de danser. (Elle se mit à lire les numéros sur les boîtes aux lettres lorsque nous arrivâmes au sommet de la colline au sud de la ville ; nous cherchions le 223.) On fait ça dans la grande ville, parfois. En général, on n'éprouve pas particulièrement le besoin de prendre des leçons et de se mettre en rangs d'oignons pour le faire.

J'écarquillai les yeux et essayai d'oublier la douleur résiduelle que je percevais encore derrière mon œil gauche.

– Ni d'avoir un partenaire ?

– Tu aurais pu venir me rejoindre quand tu voulais. Ç'aurait pu être mon cadeau de Saint-Valentin.

Nous manquâmes presque l'allée à cause de la neige entassée au bord de la route, mais Vic la vit et pointa du doigt. Je freinai, tournai et dérapai un peu tandis que nous ralentissions et poursuivions une allée étroite qui donnait sur une zone qui avait été déneigée pour que les véhicules puissent faire demi-tour.

C'était une petite maison, collée contre la pente, avec une clôture basse qui allait jusqu'à un de ces garages d'autrefois, juste assez grand pour accueillir des modèles qui n'avaient pas de nom mais étaient seulement désignés par des lettres comme A ou T.

Vers l'arrière, une lumière était allumée, et je me garai derrière une Toyota immatriculée ici, rangée à côté du portail. Je regardai Vic.

– Tu veux rester là ?

– Non, je suis en train de trouver mon second souffle.

Je hochai la tête, coupai le moteur, et nous entrouvrîmes nos portes, qui gémirent comme deux glaciers en train de se fendre.

– Comme tu veux… moi, je n'ai toujours pas trouvé mon premier.

Le petit portail métallique était entrouvert, et je repérai un endroit où quelqu'un avait tenté de faire sauter la couche de verglas sur le chemin, avant de renoncer. Il y avait un perron en béton, ensuite une porte d'entrée qui était elle aussi ouverte. J'entendais le système de chauffage à air pulsé qui essayait de compenser le froid qui venait du jardin.

Vic et moi échangeâmes un regard et posâmes nos mains sur nos revolvers ; Vic alla jusqu'à défaire la lanière qui maintenait le sien. Je fus le premier à atteindre la porte et je jetai un coup d'œil à l'intérieur. Tout était en ordre sauf le tapis tressé qui était replié contre la plinthe et un tableau à côté de la porte qui avait une drôle d'inclinaison. On pouvait voir des traînées sur le sol, on aurait dit qu'il y avait eu lutte.

Je sortis mon .45 de son holster.

Je me raclai la gorge et, avec ma voix que mon père appelait de plein champ, je criai :

– Mademoiselle Lorme ?

Pas de réponse ; le seul bruit perceptible était celui du brave chauffage qui essayait de réchauffer tout le comté d'Absaroka.

– Carla Lorme, c'est le shérif Walt Longmire. Hello ? Il y a quelqu'un ?

Vic me regarda.

– Tu veux que j'entre dans mon personnage et que je dise quelque chose ?

Je la fusillai du regard et franchis le seuil pour arriver dans la petite entrée. Sur ma gauche une autre porte, un escalier qui montait, et sur ma droite ce que je supposai être le salon, où un grand téléviseur à écran plat suspendu au mur diffusait, drôle de hasard, *Cops*, le son coupé. Sur un bureau était posé un ordinateur dont l'économiseur d'écran représentait une île tropicale, et j'essayai de réfléchir à la durée de ces images sur l'écran avant qu'il n'entre en hibernation.

Il s'y trouvait aussi un fauteuil en bois et un canapé d'angle qui occupait deux murs sur quatre ; une table basse était posée au milieu, avec une boisson dans un verre réfrigéré – un autre avait été renversé sur la moquette.

– Carla Lorme !

J'attendis, mais toujours pas de réponse.

Je continuai mon chemin dans le salon jusqu'à une autre porte qui semblait donner sur la cuisine – je laissai Vic derrière moi. Un portemanteau avait été renversé et plusieurs manteaux de femme étaient encore accrochés aux patères.

J'écoutai Vic ouvrir la porte, et je poursuivis vers le fond de la maison, vers l'endroit où il m'avait semblé voir une lumière allumée. Une ampoule pendait au plafond, mais la pièce était vide.

J'entendis Vic arriver derrière moi et commenter ce qu'elle voyait à la télévision.

– Voilà ce que j'appelle de l'ironie.

J'étais arrivé dans la cuisine et je remarquai le comptoir en formica, les appareils bon marché et les vieux placards.

– Tu sais combien il faut de flics pour changer une ampoule ? (Je lui lançai un regard.) Dix : cinq pour changer l'ampoule et cinq pour rejouer la scène.

– Rien dans les chambres ?

– Elle n'a pas fait son lit et il y avait un chat.

J'avançai vers le fond et regardai une autre porte qui devait conduire à une cave.

– Rien à l'étage ?

– Un autre lit défait et un poster de Jessica Simpson. J'ai vu une salle de bain, en haut, et deux brosses à dents sur le lavabo. La quantité de produits pour les cheveux me laisse à penser qu'il s'agit de deux femmes.

Je lançai un coup d'œil en direction de l'ordinateur du salon.

– Tu vois l'économiseur d'écran ?

– Ouais.

– Combien de temps reste-t-il avant que ça devienne noir ?

Elle secoua la tête, méditant sur mon ignorance totale en matière d'ordinateurs.

– C'est réglable. Tu peux définir le paramètre de manière que ça ne s'éteigne jamais.

– Oh.

Elle continua à me regarder tandis que je tentais de voir, à travers la porte de service, ce que recélait la nuit partielle. Il y avait de grandes congères et, comme dans l'allée des Dobbs, on aurait dit une mer gelée. Je ne vis dans les reflets des lumières aucune empreinte. Je reportai mon attention sur la porte de la cave.

– J'essaie d'apprendre des choses sur ces fichus appareils.

– Oui, et nous sommes tous tellement fiers de toi.

Je tournai la poignée et ouvris la porte d'un seul coup ; c'est à ce moment précis que quelqu'un me balança une dose monumentale de gaz lacrymogène dans la figure.

– Ouais, il a tourné la poignée de la porte de la cave, et ensuite, il est allé s'écraser dans les placards de la cuisine et les a fait dégringoler par terre. Après, il est passé à travers la porte de service, jusque dans le jardin, et il a emporté la porte coupe-froid avec lui.

J'avais la tête posée dans un haricot et de l'eau me coulait dans les deux yeux, alors j'étais limité à ce que je parvenais à entendre de la conversation. David Nickerson était de garde au Durant Memorial lorsque Vic m'avait amené.

– Alors, vous n'avez pas appliqué de la neige ?

– Ben non, ce connard fait un mètre quatre-vingt-quinze et il pèse cent kilos, alors je me suis poussée et c'est tout. Vous auriez dû entendre les bruits qu'il faisait ; vous voyez ces vieux films avec Frankenstein où les villageois poursuivent la créature avec des torches et y mettent le feu ? C'était pareil.

Le docteur rectifia la position du bavoir sur ma poitrine et rit, sans se départir d'un certain professionnalisme.

– Il a de la chance d'avoir gardé les yeux fermés... Il était assez puissant, le gaz avec lequel elle l'a aspergé.

– C'était pas du gaz lacrymo ?

Il rit un peu plus fort.

– Si, mais un dosage destiné aux ours.

– Putain.

– Enfin, ça ne va pas arranger la déchirure qu'il a dans l'œil. (Je vis une vague forme lorsqu'il se pencha pour vérifier le débit de l'eau.) C'était astucieux, de sortir pour se jeter dans la neige. Est-ce qu'il a frotté ?

– Non. Après les rebonds façon Flipper dans la cuisine, il est tombé par terre dans le jardin et il s'est jeté de la neige sur le visage. Il avait un peu de mal à respirer et une inflammation locale, mais en gros, c'était assez classique comme tableau.

– Combien de temps vous a-t-il fallu pour arriver ici ?

– Quinze minutes, peut-être vingt. (Je l'entendis bouger et sa voix me parvint d'une autre partie de la pièce.) Comment va la fille ?

Le jeune médecin ferma les robinets, éloigna l'installation, et régla le lit sur lequel j'étais allongé pour qu'il soit à plat.

– Je crois que ça va. Elle s'est cogné la tête et s'est fait des contusions dans le dos en tombant. On va la garder en observation ce soir pour être sûr qu'elle va bien. (Je fermai les yeux et ne les rouvris pas.) Est-elle tombée dans l'escalier de la cave immédiatement après avoir gazé le shérif ?

– Ouais, on essayait toutes les deux de nous éloigner de lui. Vous savez, cet instinct de survie qui se manifeste instantanément chez nous, les petits animaux, quand les gros animaux sont pris d'une agitation frénétique.

Il gloussa.

– Vous paraissez indemne.

– Hé, je vous emmerde. C'était comme le lâcher de taureaux à Pampelune. (Elle parlait d'un ton léger et je sentais bien qu'ils passaient un bon moment, et, qui plus est, à mes dépens.) Et qu'est-ce que j'étais censée faire ? Le descendre pour mettre un terme à ses souffrances ?

Je commençai à en avoir assez ; je levai une main et tentai de me redresser. Le médecin me saisit par l'épaule pour m'aider.

– Comment vous sentez-vous, shérif ?

J'ouvris les yeux un tout petit peu, et je ne vis pas beaucoup mieux que lorsqu'ils étaient fermés.

– Vous auriez quelque chose contre le mal de tête ?

– J'ai plein de choses. (Sa voix changea de direction.) Pouvez-vous le garder ici jusqu'à ce que je revienne ? J'en ai pour une minute.

Les mains de Vic se refermèrent sur mon épaule et me maintinrent droit tandis que le rideau s'ouvrait dans un froissement et que les pas du docteur s'éloignaient sur le carrelage de la salle des urgences.

– Comment ça va, mon grand ?

Je m'éclaircis la voix et toussai.

– Mais qu'est-ce que… (Je toussai à nouveau.) Bon sang… (Je toussai encore.)… qu'elle a fichu ?

Vic se mit à rire et je luttai contre l'envie de me frotter les yeux.

– Est-ce que je n'ai pas assez répété le nom de sa sœur ? Est-ce que je n'ai pas assez répété "Walt Longmire, département du shérif du comté d'Absaroka" ?

J'ouvris mes yeux un peu plus et je ne vis que Vic, qui se tenait tout contre moi.

– Elle dit que c'est exactement ce qu'a dit le type qui est entré chez elle.

Je pris quelques inspirations. J'avais entendu quelques bribes de la conversation dans le camion, mais je n'étais pas franchement en état d'écouter vraiment.

– Un autre type.

– Celui qui a embarqué sa sœur à peu près vingt minutes avant qu'on arrive.

Je pris une autre inspiration.

– Où se trouve Claudia ?

– Dans la pièce voisine.

Je me levai et Vic garda une main sur mon bras.

– Le médecin a dit que tu ne devais pas bouger.

– C'est son hôpital, il doit pouvoir nous retrouver. (J'ouvris complètement les yeux et constatai que j'étais pratiquement aveugle de l'œil gauche.) Au royaume des aveugles…

Avec l'aide de Vic, je réussis à atteindre une autre

pièce fermée par un rideau dans laquelle une toute jeune fille était assise sur un lit.

– Ooooh mon Dieu, je suis tellement désolée. (Sa voix était familière, comme ses paroles. Pour autant que je sache, c'était ce qu'elle avait répété tout au long du trajet en venant ici.) Je suis tellement désolée, ooooh mon Dieu.

Vic m'approcha une chaise qui était calée contre le mur.

– Ça va, je vais bien.

– Votre visage est dans un état affreux.

– Tout va bien, c'est son état normal.

Elle se mit à pleurer et, si tant est que je pusse la voir, elle avait l'air d'avoir à peu près dix-sept ans.

– Je suis tellement désolée.

Je m'éclaircis la voix.

– Claudia, il faut que je vous pose quelques questions concernant votre sœur.

Elle hocha la tête énergiquement.

– OK.

– Elle a été enlevée ?

– Oui, enfin, vous ne pensez pas que c'est une farce, n'est-ce pas ? Vous pensez que c'est sérieux, hein ?

J'attendis mais je ne répondis pas à sa question.

– Pourriez-vous me dire ce qui s'est passé ?

– Ouais… heu… on regardait la télé et on a vu les phares de quelqu'un qui s'était engagé dans l'allée, alors Carla se lève et elle va à la porte. Elle a dû l'ouvrir avant même que la personne soit là, et je l'ai entendue demander si elle pouvait les aider, ensuite ils ont dit quelque chose sur le Bureau du shérif. Bref, je me suis levée quand j'ai entendu ça parce que c'était à moi cette année d'aller payer la vignette de la voiture et je l'avais pas fait. (Elle me regarda.) Est-ce que vous faites du porte-à-porte pour ça ?

– Non.

– Bref, je suis allée vers le perron, là où ils étaient, mais il l'avait déjà attrapée.

Je me penchai un peu.

– Il ?

– Ouais. C'est forcément important, non ? Ouais, il l'avait déjà attrapée et il la tirait dehors.

– Avez-vous pu le voir, pourriez-vous l'identifier ?

Elle secoua la tête.

– Non, il portait une espèce de cagoule comme un terroriste.

– Un passe-montagne.

– Ouais. (Elle réfléchit.) Vous pensez que c'était Al-Qaeda ?

– Probablement pas. (Je m'éclaircis la voix et me concentrai une nouvelle fois pour m'empêcher de me frotter les yeux ou de regarder Vic.) Qu'est-ce que vous avez fait ?

– Je suis rentrée dans la maison en courant et j'ai attrapé le spray anti-ours qu'on garde dans le placard de la cuisine, mais ensuite… je crois que j'ai eu peur et je me suis cachée dans la cave.

– Est-ce que cette personne est revenue dans la maison ?

– Non, je crois pas. J'étais tellement terrorisée que je suis restée là, à côté de la porte, avec le spray dans la main, et j'ai attendu. (Elle se remit à pleurer.) Ooooh mon Dieu, je suis tellement désolée.

– Est-ce que votre sœur avait des ennemis, de nouvelles connaissances, quelque chose de ce genre ?

– Non.

– Vous en êtes sûre ?

272

– Ouais, enfin, on n'a pas de petit ami, ni l'une ni l'autre. Vous voyez ?

Je hochai la tête de concert avec elle.

– Alors, il était grand ?

Elle opina.

– Ouais, presque autant que vous.

– Un peu fort ou tout en muscles ?

Elle prit une grande inspiration et réfléchit.

– Il avait beaucoup d'habits sur lui, alors, je pourrais pas dire.

– Quel genre de vêtements ?

– Sombres, ils étaient sombres, c'est tout. Je sais pas, des habits, quoi. Un manteau.

– Quel genre de manteau ? (Elle haussa les épaules, gênée.) Quel genre de tissu ? (Je continuai à hocher la tête, essayant d'éviter qu'elle ne ressente de la frustration et qu'elle renonce.) Et sa voix, elle ressemblait à quoi ?

– Rauque, je dirais, mais il a pas dit grand-chose une fois qu'il a eu ma sœur, juste plein de grognements.

Elle entortilla ses bras et ses jambes.

L'entretien fut interrompu par l'arrivée du médecin, qui revenait avec quelques cachets dans un petit godet en carton et une root beer. À l'évidence, Isaac Bloomfield avait parlé de mes habitudes au jeune homme.

– Merci.

J'enfournai les cachets et ouvris la canette.

– N'y avait-il rien dans son apparence qui serait caractéristique ? Rien du tout ?

Je bus une gorgée de soda et sentis les énormes pilules descendre dans mon gosier.

Le visage de Claudia Lorme, ou ce que je parvenais à en voir, parut triste.

– Non, je ne crois pas.

Très tôt le matin suivant, le chien me suivit du regard lorsque je me levai en trébuchant du banc installé dans le hall de nos bureaux, me prenant les pieds dans ma couverture, et que je décrochai le téléphone. C'était David Nickerson ; il me disait que pendant sa tournée du matin, lors de sa visite à Claudia, elle lui avait parlé d'une caractéristique dans l'apparence du kidnappeur.

Je m'appuyai sur le bureau de Ruby et écarquillai les yeux pour lutter contre la douleur. Une faible lumière rasante passait par les fenêtres orientées à l'est, et les doigts fins des branches des arbres semblaient s'entrecroiser pour tenter de retenir la moindre chaleur qu'ils pouvaient trouver là, dehors.

– Lequel ?

Il y eut un bref silence, et le jeune médecin agita le téléphone.

– Elle dit qu'il avait un pansement au pouce.

13

Saizarbitoria avait la malchance de prendre le premier quart et il était entré en tenant un de ces gobelets à café sophistiqués qu'il avait pris au kiosque à côté de la nouvelle laverie Wishy-Washy un peu avant 7 heures. Je ne voyais pas grand-chose et mon visage me donnait encore l'impression qu'il allait se décoller et tomber, c'était donc lui qui conduisit mon camion jusque dans la montagne.

– Alors, vous pensez que Felix Polk a kidnappé Carla Lorme parce qu'elle l'a vu répondre au téléphone au bar ?

– Ouaip.

– Ce qui signifie que Felix Polk est celui qui a reçu l'appel d'Ozzie Dobbs juste avant que quelqu'un le descende. Autrement dit, Polk se retrouve en première position sur notre liste des choses à faire aujourd'hui ?

– Ouaip.

– Parce qu'il est le seul type que nous connaissons à qui il manque un pouce.

– Ouaip.

Il ralentit lorsque nous arrivâmes à la montée qui suivait North Ridge et qui menait à Grouse Mountain ; la neige tassée sur les bords de la route atteignait presque les déflecteurs sur les poteaux à quatre mètres de hauteur. Il était tôt, et il n'y avait personne sur la route.

– Alors, depuis combien de temps savez-vous à qui appartient le pouce ?

Je décidai de faire amende honorable.

– Depuis le premier jour. Felix Polk s'est manifesté et a demandé qu'on lui rende son pouce.

– Alors, pourquoi vous m'avez fait courir partout pour tenter de retrouver à qui il appartenait si vous le saviez déjà ?

J'ouvris les yeux pour le regarder.

– J'essayai de te donner quelque chose à faire jusqu'à ce qu'autre chose se présente.

Il ne me rendit pas mon regard mais continua à fixer la route.

Je voyais ses lèvres bouger pendant qu'il réfléchissait, mais il ne dit rien à haute voix. Je regardai à travers ma vitre. J'étais fatigué et j'avais mal aux yeux, mais mon esprit était remonté comme une dynamo, il refusait de se mettre en rond pour dormir. Je pris une autre inspiration et jetai un coup d'œil à Saizarbitoria. On ne pouvait pas voir ce que j'avais vu et ne pas en être changé, tout comme le Basque ne pouvait pas survivre à ce qui lui était arrivé en pensant qu'il resterait le même.

Lorsque je retrouvai un peu de vision, je découvris qu'il me regardait comme si j'avais dit quelque chose.

– Quoi ? (Son visage resta immobile et il retourna à la route enveloppée dans des écharpes de brume.) Vous avez dit quelque chose. Qu'est-ce que vous avez dit ?

– Reste vivant.

Ses yeux s'égarèrent quelque part entre le pare-brise et moi.

– Quoi ?

– J'ai dit "reste vivant". Et je ne veux pas seulement dire physiquement. Ne laisse pas cet événement te voler ce que tu es et tout ce que tu as.

Il se pencha en avant pour transpercer la pénombre du regard, comme si sa concentration pouvait bloquer mes paroles. Nous n'avions pas prononcé un mot, ni l'un ni l'autre, lorsque je désignai du doigt le chemin barré qui conduisait dans le canyon où se trouvait la petite maison de Felix Polk.

– C'est fermé.

L'air était froid, mais la sensation était agréable sur la peau à vif de mon visage.

– On dirait qu'on va y aller à pied.

Je fis signe au chien toujours installé sur la banquette arrière, mais prêt à bondir sur le siège avant si j'ouvrais la portière.

– Couché.

Nous contournâmes à pas lourds les tuyaux du système d'évacuation que le Service des forêts exigeait des propriétaires terriens et commençâmes à descendre l'allée. De part et d'autre, la neige était amoncelée en tas élevés ; il avait dû se servir de la lame à neige sur sa Jeep pour maintenir le chemin praticable. Le Wagoneer de Polk avait tracé deux sillons au milieu, et le Basque et moi en suivîmes chacun un de manière à économiser au mieux notre énergie.

L'humidité dans l'air avait gelé sur toutes les écorces des arbres et cela ressemblait à un kaléidoscope végétal.

– Les traces paraissent relativement fraîches, si la neige est tombée régulièrement.

Sancho hocha la tête.

– Ouais.

Au moins, il essayait.

La route s'élargissait un peu plus loin et on distinguait un endroit où l'on pouvait faire demi-tour si

277

c'était nécessaire, puis apparaissait la voûte sombre qui menait à Caribou Creek.

– C'est encore loin ?

– Environ cent mètres, en haut à droite, tout contre la paroi du canyon.

Il regarda autour de lui.

– Beaucoup d'arbres.

– Ouaip.

– Vous voulez qu'on se sépare, vous passez par-derrière et j'entre par-devant ?

Je m'arrêtai un instant et remontai le col de ma veste – la neige tombait à travers le brouillard bas. Nous nous arrêtâmes tous les deux ; la buée de notre respiration s'enroulait autour de notre tête.

– Non.

– Pourquoi donc ?

– Parce que j'ai mal au pied, que je suis fatigué et que j'ai toujours l'impression d'avoir trempé mon visage dans une friteuse pour attraper les patates avec mes dents.

Il haussa les épaules.

– Vous voulez que j'avance et que je prenne par-derrière ?

– Non. (Je gratifiai le Basque de ce que je croyais être un gentil sourire, mais avec ce qui me restait de sensation dans le visage, Dieu seul savait à quoi ressemblait ma grimace.) C'est juste un type qui est entré par effraction dans un garage il y a quarante ans pour voler son propre camion et qui a eu le malheur de se coincer le pouce dans une fendeuse. Peut-être que c'est le gars qu'on recherche, peut-être que non.

Sancho hocha la tête et tira sur les poils noirs qui lui ornaient le menton.

– C'est vous qui voyez.

Nous écoutâmes tous les deux le vent rugir et racler les parois du canyon.

– On entre directement.

Le chemin montait légèrement avant de tourner un peu, et nous ne pouvions pas voir la maison. Il y avait des bûches le long de la route, là où Polk avait dû couper certains des arbres morts mais sans avoir pris le temps de les tracter jusqu'à la fendeuse.

Saizarbitoria avait de plus jeunes jambes, mais moi j'avais pris la corde, et nous approchâmes le Wagoneer à peu près en même temps. Le véhicule était garé au milieu de la route, l'avant, équipé de la lame, tourné vers la maison.

Le capot était recouvert de vingt centimètres de neige, et je touchai la surface où la chaleur l'avait fait fondre pour ne laisser qu'une pellicule de glace sous un manteau de poudreuse. Je levai les yeux et observai le débit des flocons suspendus dans l'air entre nous – dix, douze heures au moins depuis que le véhicule avait bougé pour la dernière fois. En plein dans la fenêtre chronologique de l'enlèvement.

– À quoi pensez-vous ?

Je regardai le Basque et levai les yeux vers l'ombre de la maison, où l'on pouvait voir l'auvent du porche.

– Peut-être qu'il a déneigé cette route hier soir de manière à pouvoir sortir ce matin.

– Peut-être qu'il était sorti kidnapper des barmaids.

– Peut-être. (J'essuyai la vitre sur un côté, mais je ne pus voir ni passe-montagne ni Carla Lorme.) Peut-être pas.

Le vent griffait la cime des arbres, les faisant onduler comme des vahinés. La neige tombait, tamisée par les nuages bas, et elle restait suspendue en l'air comme une pluie de paillettes.

– Mais qu'est-ce que vous foutez là-dehors ?

Pour l'effet de surprise, c'était raté.

– Monsieur Polk, je suis Walt Longmire.

– Le shérif ?

– Oui monsieur. On peut venir ?

Il rit.

– Ben, vaudrait mieux pour vous, avant que vous ne soyez tellement recouverts de neige que vous ne pourrez plus bouger.

Sans un regard en direction de Sancho, je dépassai le Wagoneer et avançai vers la maison. Il m'emboîta le pas et, bientôt, nous fûmes sous le porche recouvert de tas de neige qui débordaient des gouttières comme des avalanches en suspension.

Felix Polk était vêtu de ce qui semblait être son uniforme quotidien – une combinaison Carhartt, un maillot de corps thermique et une surchemise en lainage. Je remarquai qu'il était en chaussettes.

– Z'avez perdu vos bijoux de famille ?

Je souris en entendant la vieille plaisanterie et lançai la réponse attendue.

– Je n'en ai pas.

– C'est dommage pour vous. Entrez donc.

Nous entrâmes dans le salon et sentîmes l'immédiate chaleur produite par la cheminée sur notre gauche. Trois portes étaient visibles dans cette pièce, deux chambres sur la gauche, et une salle de bain au fond à droite ; toutes les portes étaient ouvertes.

– Monsieur Polk, je vous présente mon adjoint, Santiago Saizarbitoria.

Je remarquai que l'homme ne tendit pas la main à Sancho.

– Dites donc, on en a plein la bouche. Z'êtes mexicain ?

Sancho contempla le drapeau nazi fixé au-dessus de la cheminée, me regarda, puis répondit en regardant Felix Polk droit dans les yeux.

– Basque.

Le machiniste parut hésitant.

– Qu'est-ce que c'est que ça ?

Je répondis.

– Mexicain des montagnes.

Il paraissait encore étonné ; il gesticula en direction de la cuisine.

– Café ?

– Oh, rien ne nous ferait plus plaisir.

Nous le suivîmes et je crus apercevoir quelque chose coincé au creux de ses reins. Polk nous versa trois tasses et s'assit à sa table de cuisine, comme il l'avait fait précédemment lorsque j'avais fait appel à lui pour m'aider dans ma combine.

– Qu'est-ce que vous avez au visage ?

Je repoussai mon chapeau sur ma nuque et défis les boutons de ma veste.

– J'ai eu une petite aventure avec du gaz lacrymo.

Il hocha la tête, mais sans paraître particulièrement intéressé.

– Alors, qu'est-ce qui vous amène dans mes montagnes, les gars ?

– Monsieur Polk, j'ai un…

Santiago m'interrompit.

– Je peux utiliser vos toilettes, monsieur Polk ?

Il but une gorgée de son café et je remarquai que le pansement sur son pouce était plus petit mais encore très visible.

– Felix. Je l'ai déjà dit à votre patron. Felix, tout simplement. (Il désigna la porte.) Les commodités, c'est par là.

Sancho disparut, et je pensai qu'il devait inspecter les autres pièces pour voir si Carla Lorme était planquée sous notre nez. Je m'étirai les muscles du visage et, dans le silence de la cuisine, observai Polk.

– Y a eu beaucoup de neige cette nuit.

– C'est sûr. (Il paraissait très peu intéressé par la conversation et souriait en coin, le nez dans sa tasse.) J'allais me bricoler un petit déjeuner. Vous voulez quelque chose, les gars ?

– Non, merci. Je crois que ça va aller.

Il leva les yeux et sourit tout à fait aimablement.

– Z'êtes sûr ? J'ai des œufs que je vais chercher chez une dame à Tensleep, pondus du jour.

– Ça va, merci. (Le Basque réapparut et je me tournai à nouveau vers Polk.) Felix, nous avons été appelés hier soir pour l'enlèvement d'une femme.

Une fois de plus, il ne parut pas véritablement concerné.

– Vraiment ?

Sancho se leva, s'appuya sur le réfrigérateur et ignora la tasse de café qui lui avait été servie.

– Oui monsieur, et le seul trait distinctif que nous avons, c'est que l'homme qui a participé à l'enlèvement avait un pansement sur le pouce.

Le regard de Polk vint croiser le mien avant de retourner se poser sur Saizarbitoria.

– Ah…

Le Basque descendit la fermeture éclair de sa veste et passa ses pouces dans son ceinturon.

– Eh bien, vous avez un pansement sur le pouce, monsieur Polk.

Notre hôte fit une grimace comique, mais sans quitter mon adjoint des yeux.

– Vous plaisantez là.

Saizarbitoria était lancé, alors je le laissai continuer.

– Étiez-vous ici hier soir ?

Ses yeux se posèrent sur moi, mais ils s'étaient suffisamment attardés sur Santiago pour transmettre sa contrariété en entendant le genre de questions que posait Sancho.

– Où ailleurs pourrais-je bien me trouver, avec un blizzard pareil ?

– Y a-t-il quelqu'un qui puisse confirmer cette affirmation ?

La voix du Basque paraissait un peu stridente, et je jugeai que c'était dû en partie à sa propre contrariété et en partie à Polk.

– Cette affirmation ? (Il posa son café.) Quoi ? Vous êtes venus m'arrêter ?

J'observai le visage de l'homme et on aurait dit que quelque chose de délirant était prêt à sourdre à travers sa peau.

Je reculai ma chaise et m'éclaircis la voix pour attirer son attention.

– Felix, nous ne vous accusons pas. Nous essayons juste de nous faire une idée précise de votre emploi du temps d'hier soir, aux environs de 9 heures.

Il me regarda droit dans les yeux.

– Allez au diable.

Nous restâmes tous immobiles, figés par l'écho de ses paroles. Il y a très peu de choses que je fais vraiment très bien, mais l'une d'elles, c'est attendre dans une conversation que l'autre reprenne la parole. Polk regarda en biais vers son bras et dit :

– J'ai déneigé mon chemin hier soir juste avant la nuit, et c'est le seul moment où je suis sorti de cette maison. (Il se tourna vers Sancho.) Et non, il n'y a pas de putain de témoin.

Santiago s'adossa contre le réfrigérateur, et je crus l'espace d'un instant qu'il était prêt à passer les menottes au bonhomme.

– Vous avez l'air agité, monsieur Polk.

– Bien sûr que je suis agité, bon sang. Je perds mon pouce, et soudain je deviens l'ennemi public numéro un.

Il se leva, emportant sa tasse qu'il posa sur le plan de travail, la remplit, disparaissant temporairement du champ de vision du Basque – et c'est là qu'il fit un clin d'œil.

Je restai pétrifié pendant quelques secondes, pourtant sûr que j'avais vu ce que je pensais avoir vu.

Il revint vers la table, mais resta debout, sa tasse à la main, regardant Saizarbitoria d'un air de défi.

– Felix, est-ce que vous venez de me faire un clin d'œil ?

Il parut surpris et inquiet en même temps.

– Quoi ?

Le silence retomba sur la cuisine.

– Est-ce que vous venez de me faire un clin d'œil ?

– Non.

C'était un mensonge grossier, et je voyais à l'expression de son visage qu'il savait que je savais.

– Felix, vous venez de le faire. Tout de suite, pendant que vous vous versiez votre café.

– Quoi ? Non, certainement pas. (Il nous lançait des regards rapides, à l'un, à l'autre.) Quoi ?

Tout à coup, ses épaules s'affaissèrent, et je me rendis compte de la tension qui les raidissait depuis la minute où nous étions entrés.

– Putain de merde

Il baissa la tête et garda les yeux rivés sur le plancher.

– Monsieur Polk ?

Sa voix rebondit sur le sol en lino.

– À quel point voulez-vous que je sois hors la loi ?

C'était mon tour d'être un peu ahuri.

– Je vous demande pardon ?

Il leva les mains, les paumes tournées vers le ciel, et je vis Sancho attraper son arme.

– Pour le petit, là ? Je suis censé la jouer grand criminel, non ?

Il m'apparut tout à coup que Felix Polk avait tout ce temps joué un rôle que je lui avais en partie assigné lors de ma dernière visite. Je ne pus m'empêcher d'éclater de rire. Saizarbitoria et lui me regardèrent comme si j'avais perdu la boule.

– Felix… (Je toussotai et essuyai mes yeux douloureux avec précaution.) Heu… mon adjoint sait que le pouce que nous avons trouvé est le vôtre.

Il regarda le Basque.

– Ah bon ?

– Ouaip.

Polk secoua la tête, l'air dédaigneux, et alla chercher quelque chose dans son dos, sous son épaisse chemise.

– Putain de merde.

Un petit .38 à canon court atterrit à grand bruit sur la table de la cuisine.

Saizarbitoria avait dégainé son semi-automatique plus vite que son ombre et il avait instantanément plaqué le grand bonhomme contre le plan de travail avec une méchante clé de poignet dans le dos.

– Ne bougez plus !

Je fus debout aussi rapidement que le permettait ma vieille carcasse à gros kilométrage et posai une main sur l'épaule de Sancho.

– Tout va bien, il…

Polk s'écarta du plan de travail, mais Saizarbitoria le

tenait fermement ; il lui écarta les jambes et lui colla le Beretta sur la tête.

– J'ai dit, on ne bouge plus !

– Mais il est même pas chargé, ce truc !

Je gardai la main sur l'épaule de mon adjoint.

– Laisse-le.

Il ne me regarda pas, mais relâcha la pression. Polk se retourna, et l'expression de son visage disait clairement qu'il voyait bien peu d'humour dans la situation. Le Basque le lâcha complètement, puis recula, tenant toujours son arme plaquée contre sa cuisse.

– Quelqu'un voudrait-il m'expliquer ce qui se passe ici ?

Je tendis une main pour ordonner à Felix Polk de ne pas bouger de l'endroit où il se trouvait, toujours appuyé contre l'évier de la cuisine.

– C'est ma faute. Je crois qu'il y a eu un malentendu et Felix a cru que je voulais qu'il en fasse plus que ce que je lui demandais, en réalité.

Sancho tenait toujours son Beretta prêt.

– De quoi parlez-vous ?

– Je t'ai dit que nous avons découvert assez vite à qui appartenait le pouce, mais j'avais demandé à M. Polk de rester discret pour que nous ayons quelque chose à te donner à faire. (Je soupirai et jetai un coup d'œil à Felix, dont le visage était presque aussi rouge que le mien.) À juste titre, il a décidé que le plan était toujours d'actualité et qu'il devait jouer le jeu. (Je me tournai vers Polk.) Mais je n'avais aucune intention de vous voir sortir des armes.

Polk croisa les bras et regarda Saizarbitoria.

– J'ai bien cru que vous alliez me faire sauter le caisson.

Le regard du Basque remonta lentement jusqu'à lui tout en rangeant son arme.

– Je suis désolé, monsieur Polk. Je ne savais pas.

Les pupilles noires me fusillèrent brièvement lorsqu'il tendit la main devant moi, ramassa le Smith & Wesson et ouvrit le barillet. Il vérifia qu'il était bien vide, puis le referma avec un claquement sec et le reposa sur la table de la cuisine.

– Est-ce que je peux vous parler une minute ?

– Bien sûr.

Je le suivis jusque dans la pièce principale, et il se mit à tripoter la poignée de la porte.

– Je vais retourner au camion.

– Écoute Sancho…

– Je ne veux pas savoir.

Il tourna la poignée, sortit dans le froid et referma la porte derrière lui.

Pendant un instant, je restai là, me sentant complètement idiot, puis je pivotai et retournai dans la cuisine. Polk était devant l'évier et il regardait Saizarbitoria tourner au coin de la maison et disparaître dans le brouillard et la neige.

– Coriace, le garçon.

– Ouaip.

Une de ses mains quitta l'évier pour venir lui cacher en partie le visage tandis qu'il se tournait vers moi. Ses épaules se mirent à trembler et il me fallut quelques secondes pour comprendre qu'il était en train de rire.

– Vous savez, ça fait longtemps qu'on ne m'a pas malmené comme ça, et faut qu'j'vous dise, j'ai bien failli me pisser dessus.

Il continua à rire, et je ne pus réprimer un sourire.

– Je suis tout à fait désolé pour ce qui s'est passé.

– Ah, ne soyez pas bête. C'est rien du tout. (Il

laissa échapper un profond soupir qui libéra son corps de toute la tension encore présente.) On dirait qu'il l'a pris un peu plus mal que moi.

Je regardai à travers la fenêtre de la cuisine, mais je ne pus voir grand-chose.

– Ouaip. Il a eu des moments difficiles, ces derniers temps.

Polk hocha la tête.

– Je peux sortir et aller m'excuser si vous pensez que ça peut lui faire du bien. Je veux pas qu'il croie que vous aviez tout manigancé. C'est juste que j'ai cru que c'était ce que vous attendiez de moi.

– Ce n'est pas votre faute. J'aurais dû dire quelque chose lorsque nous sommes arrivés. Je vous présente à nouveau mes excuses.

– C'est plutôt ma faute. Putain, c'est moi qui ai tout fait. J'ai pensé que j'en faisais peut-être un peu trop avec la main au revolver, mais je savais pas jusqu'où vous vouliez que j'aille.

Je soupirai.

– Pas si loin.

– Ouais.

Nous en restâmes là et le silence n'était rompu que par le ronronnement du réfrigérateur.

– Ils me cherchent toujours dans le comté de Travis ?

– Non. (Je m'assis à la table.) Le shérif là-bas a dit qu'il y avait prescription.

– C'est plutôt raisonnable de leur part.

– C'est ce que je me suis dit aussi. (Je pris une grande inspiration et levai les yeux vers lui.) Alors, vous étiez ici, hier soir ?

Il lui fallut une seconde pour répondre.

– Oh, cette partie-là était vraie ?

– Je le crains.

— Ben, ouais, j'étais là. (Il renifla.) J'en suis pas encore arrivé au moment de l'hiver où je dois descendre et kidnapper des femmes.

— Pas encore… ?

Il sourit et pencha la tête.

— L'hiver est long à cette altitude.

— Cet hiver est long partout. (Je lui rendis son sourire, mais la tristesse au fond de ma poitrine pesait très lourd.) Je ferais bien de m'en aller pour voir ce que je peux faire pour réparer les dégâts que j'ai causés.

Il traversa la pièce et vint donner un coup de pied dans la chaise que j'avais occupée.

— Asseyez-vous et finissez votre tasse de café. Ça ne nous fera pas de mal de prendre un peu de temps pour calmer les esprits.

Nous nous assîmes tous les deux et il remplit nos tasses.

Polk hocha la tête en contemplant le fond de la sienne.

— C'est étonnant, ce que l'esprit peut nous faire, non ? Lorsqu'on m'a diagnostiqué mon cancer, je vivais dans un mobile home à environ soixante kilomètres de la ville et j'arrêtais pas de me dire que tous mes potes allaient venir me voir. Vous savez, sans raison particulière, juste se pointer avec un pack de bières et glander avec moi. (Il but une gorgée de café.) Je suis resté là, dans mon fauteuil de jardin, à fumer des cigarettes et à regarder mon allée déserte pendant deux ou trois mois. J'allais en ville faire ma chimio et je me disais que je devrais appeler untel ou untel, voir s'ils seraient prêts à faire quelques parties de bowling, mais je l'ai jamais fait. (Il donna un petit coup au revolver qui était posé sur la table.) Je suis allé un jour acheter ce truc et je suis arrivé au point où je me suis persuadé que si l'un de ces fils de pute se pointait, je le

descendrais moi-même. (Il contempla le petit Smith &
Wesson.) Quelques jours plus tard, je me suis dit qu'y
avait finalement qu'une seule personne à descendre.

Il posa sa tasse et me regarda.

– J'ai vendu la maison la semaine suivante, j'ai pris
mes cliques et mes claques, et je me suis tiré.

– On dirait que vous avez pris la bonne décision.

Il tapa sur la table avec la main à laquelle il manquait un pouce.

– Faut que j'aille pisser un coup, et plutôt que de
le faire dans mon froc, je vais là où il faut. (Il me
tapota l'épaule.) Je vais repartir avec vous et aller
m'excuser auprès du jeune gars. Ça ressemblait à une
sale plaisanterie et je veux m'assurer qu'il sait que
c'était pas votre faute.

Je le regardai me dépasser et prendre à droite après
la bibliothèque ; au bout d'un moment, je l'entendis se
soulager – il n'avait pas fermé la porte.

Il avait raison – c'était étonnant, les choses auxquelles
on s'habituait lorsqu'on vivait seul.

J'examinai la minuscule cuisine et me demandai
si c'était comme ça que je finirais, en vieux solitaire
repoussé par le reste du troupeau, portant les mêmes
vêtements pendant des semaines, mangeant directement
dans des boîtes de conserve et oubliant de fermer la
porte lorsque j'allais aux toilettes.

La perspective n'était pas très réjouissante.

J'écoutai l'eau du lavabo se mettre à couler. La
situation n'était peut-être pas aussi grave qu'il y paraissait ; au moins Felix Polk se lavait encore les mains.

Il était plus que probable que j'allais perdre le Basque
et cela m'attristait. Je repensai aux propos de Vic sur
mes plans foireux, reconnaissant que celui-ci m'avait
pété à la figure et qu'il allait probablement me coûter

un sacrément bon adjoint. Tout ce que je pouvais faire, c'était lui écrire une bonne recommandation, et s'il restait dans ma sphère d'influence, garder un œil vigilant sur sa carrière.

Je crus entendre un bruit sur le porche, mais avant que je puisse lever la tête résonna l'impact fracassant d'un coup de feu tiré à bout portant.

Je me jetai sur ma gauche et rebondis sur le réfrigérateur. Je restai à regarder la vitre pulvérisée de la fenêtre et sortis péniblement le .45 de mon holster. Lorsque je sortis mon arme, je vis quelque chose bouger à ma droite et visai avec mon Colt dans cette direction-là.

J'avançai la tête. Les pieds en chaussettes de Felix Polk tressautèrent, s'immobilisèrent, sursautèrent une dernière fois.

Lorsque je levai les yeux, je découvris Sancho debout devant la porte ouverte avec son semi-automatique pointé sur l'homme immense qui était maintenant étendu sur le sol. Santiago tremblait, et il était blanc comme je ne l'avais jamais vu.

— Il était armé.

Je regardai fixement mon adjoint, puis me relevai en titubant et me penchai sur Polk pour lui appliquer deux doigts sur la gorge. Pas de pouls, mais ses lèvres tremblaient et du sang coulait du coin de sa bouche. Ses yeux étaient rivés sur le plafond. Dans le mille. L'homme était mort avant de toucher le sol.

Je regardai ses mains, le sol autour de lui mais je ne vis rien. Je me retournai vers Saizarbitoria.

— Sancho, il n'y a pas…

Il était au bord de l'hystérie.

— Il y avait une arme !

Je me levai et me tournai pour m'assurer que le

.38 était toujours posé sur la table de la cuisine. Le Basque me regardait.

– Pas celui-là, un autre. (Sa voix venait de derrière moi.) Il était posé sur le dessus du ballon d'eau chaude dans un placard de la salle de bain. Voilà pourquoi je suis revenu à couvert.

Je fouillai le sol ; le sang de Polk s'infiltrait dans les rainures du parquet flottant et y dessinait de fines rayures. Un dernier râle sortit de sa gorge en gargouillant tandis que la pression de l'air dans ses poumons tentait de s'aligner sur celle de la pièce.

Je détournai les yeux et vis que, juste sous le coin du réfrigérateur, pointait l'extrémité d'une crosse en bois – un Luger 9 mm.

14

Je l'observai depuis l'accueil de l'hôpital.

Le mauvais temps nous avait suivis depuis la montagne et avait recouvert toute la ville. L'heure était encore matinale, mais la neige avait étouffé Durant, et même l'hôpital paraissait vide. S'il n'y avait pas eu les tout derniers événements malheureux, Sancho aurait eu une charmante fin de semaine – de retour chez lui pour s'asseoir au coin du feu avec Marie et jouer avec Antonio.

Il était assis dans la salle d'attente ; vus de profil, les traits de son visage ressortaient sur la neige qui maintenant venait se coller à l'extérieur de la vitre avec une violence telle qu'elle faisait grincer les encadrements. Je ne pus m'empêcher de constater une certaine ressemblance – minces, transparents et si prêts à se briser.

– Ouaip. (Je parlai à voix basse dans le téléphone.) Finalement, nous avons besoin de ce dossier. La situation a changé.

Je perçus un bruit dans le fond, et j'eus l'impression que le shérif Montgomery fouillait dans son cerveau.

– Il a été vilain ?

– Ouaip.

– Et vous pensez qu'il y a un risque qu'il s'enfuie ?

Je levai les yeux vers le Basque.

293

– Il n'y en a plus.

Il n'avait pas saisi le ton de ma voix.

– Parce que nous pouvons ressortir un mandat et le faire ramener au Texas, si vous n'avez pas envie de vous occuper du bonhomme.

– Faudrait qu'on vous l'envoie par fret.

Le silence tomba sur l'État de l'étoile solitaire.

– Oh… (Il toussota puis soupira.) Je vais aller au bâtiment des archives aujourd'hui même et superviser personnellement les recherches pour qu'on me sorte ce dossier, mais c'est sans garantie.

– Je vous en saurais infiniment gré.

Je tendis le combiné à Janine, et elle me regarda fixement, de ce regard que les gens nous adressent parfois, même les proches, qui vous rappelle à quel point est grande la distance qui nous sépare. Notre société, notre culture et notre humanité sont préservées tant qu'on ne dépasse jamais certaines lignes, et on ne cesse de les franchir dans un sens, puis dans l'autre, comme si elles n'existaient pas.

Elle reposa maladroitement l'écouteur et je lui adressai un petit sourire avant de retraverser la partie recouverte de moquette pour rejoindre Sancho. Il était affalé sur sa chaise, amorphe, les jambes tendues devant lui, croisées au niveau des chevilles, et ses yeux noirs observaient la main qui avait abattu Polk.

Je réfléchis au lien entre Ozzie Dobbs et Felix Polk, et à ce qui avait pu leur coûter la vie, à l'un et à l'autre. C'était en relation avec la marijuana. Si Ozzie assurait le financement, alors Polk apportait peut-être le savoir-faire. Il faudrait que nous vérifiions les données balistiques sur la balle qui avait tué Ozzie, mais j'étais relativement certain que nous tenions notre homme.

Il me fallait parler à Duane-la-main-verte.

Lorsque je relevai la tête, je vis le Basque qui me regardait.

— Comment ça va, patron ?

— Heureux d'être en vie. (Il ne répondit pas et retourna à l'examen de sa main.) Et toi ?

Il prit une grande inspiration et expira lentement, soulageant, en partie seulement, la tension qui habitait son corps.

— Fatigué.

Il en avait l'air.

— Hé ? (Ses yeux revinrent se poser sur moi.) Tu as tué un meurtrier, et tu m'as sauvé la vie. C'est une bonne chose.

— Ouais.

— Bien sûr, je ne suis pas complètement objectif.

Cette remarque lui tira un sourire.

— Je devrais rentrer.

— Ouaip, tu devrais.

Nous restâmes un instant figés dans le silence oppressant de la neige et de nos pensées.

— Je ne suis pas sûr d'en avoir l'énergie.

— Eh bien, prends un peu de temps, tu n'es pas pressé. (Je tendis la main pour saisir la sienne.) Tu veux que j'appelle Marie et que je lui dise que tout va bien ?

— Elle ne se doute pas que quelque chose a pu mal se passer.

Je hochai la tête et repensai à l'intensité tragique qui avait dominé ces derniers jours.

— Est-ce que je peux aller te chercher quelque chose ?

Il me répondit d'une voix atone.

— Un verre d'eau, ça me ferait du bien.

Je lui tapotai la main puis, immédiatement, je me trouvai complètement idiot de l'avoir fait.

— Je vais te le chercher.

Je remplis le gobelet en carton que me donna Janine, et lorsque je sortis de la salle de bain, je tombai sur Isaac Bloomfield qui m'attendait.

– Relève de la garde ?

– Apparemment, tu as été gazé la nuit dernière ?

– Du gaz lacrymo.

Il se mit sur la pointe des pieds pour examiner mon visage.

– Ton œil paraît irrité.

– Il n'y a pas que mon œil qui est irrité, ces derniers temps.

Doc tourna la tête dans la direction du couloir.

– J'imagine que tu veux avoir des nouvelles de la dame Lorme ?

– Oui.

– Elle a reçu de nombreux coups et elle a souffert du froid. Où avez-vous dit que vous l'avez trouvée ?

– Dans l'abri de la pompe, plus loin dans le canyon, au bord de la rivière.

Doc secoua la tête.

– Elle va aller bien, mais j'envisage de lui administrer des sédatifs. Je sais que tu veux lui parler, et peut-être que ce serait le bon moment. (Il frotta son long nez.) Ensuite, il y a le mort.

– Et… ?

– Je suis en train d'effectuer la phase préliminaire de l'examen post-mortem pour faire gagner un peu de temps au jeune homme de Billings, et je pense que tu devrais jeter un œil sur le défunt M. Polk.

– Ouh-là, quelque chose me dit que je ne vais pas aimer ça.

Combien de fois l'avais-je dit ces derniers temps ?

– Quand tu en auras fini avec Mlle Lorme, tu me trouveras dans la chambre 31.

– Celle qui fait tant jaser.

Lorsque je retournai à la salle d'attente, je trouvai Saizarbitoria qui dormait apparemment paisiblement sur le canapé. Je posai le verre d'eau sur une table voisine et allai chercher un oreiller et une couverture dans le placard à linge à côté ; j'essayai de ne pas m'attarder sur le fait que j'avais acquis une familiarité avec les usages du service des urgences du Durant Memorial Hospital.

Je ne voulais pas déranger le Basque, alors je posai l'oreiller à côté de lui et le bordai avec la couverture. Je me redressai et regardai par la fenêtre ; la visibilité était tombée à un point tel que je commençais à me demander si l'état de mon œil empirait ou si je n'avais simplement plus envie de voir quoi que ce soit.

– Alors, vous ne l'aviez jamais vu avant hier soir ?
– Non.
– Jamais au bar ?

Elle secoua la tête avant même que j'aie terminé de formuler ma question.

– Non.
– A-t-il dit quelque chose pendant le temps que vous avez passé avec lui ? Quelque chose qui pourrait nous aider à comprendre ? Quelques mots ?

Carla partageait une ressemblance flagrante avec sa jeune sœur, et la parenté se trouvait encore accentuée par la présence de Claudia, assise sur la chaise placée à son chevet.

– Il a passé un coup de fil alors que j'étais ligotée derrière.
– Avec un portable ?
– Non, c'était à un téléphone public.

Je m'avançai encore un peu et m'assis au pied de

son lit. Un grand hématome s'étendait de sa mâchoire à sa tempe, sa lèvre inférieure était atrocement fendue et les meurtrissures sur ses poignets trahissaient le fait qu'il s'était servi de fils électriques.

— Où ?

Elle secoua la tête, mais cessa instantanément. Le mouvement devait être douloureux.

— J'en ai pas la moindre idée. J'étais ligotée, avec une taie d'oreiller sur la tête, et j'étais par terre. Je ne voyais rien.

— Combien de temps a-t-il roulé après vous avoir mise dans la voiture ?

Elle réfléchit.

— Je ne sais pas.

— Dix minutes ?

— Non, plus.

— Vingt ?

— Ouais, plutôt vingt. Ça me paraît bien.

— Et il n'est allé nulle part ailleurs, il est allé directement dans la montagne ?

Elle concentra son regard sur moi, attristée de ne pas pouvoir m'aider.

— Je ne sais pas.

— C'était une V6 Jeep. Est-ce que le moteur peinait pour monter cette montagne ? (Elle hocha la tête.) Alors peut-être était-ce le téléphone à pièces au South Fork Lodge. Avez-vous entendu d'autres voix pendant qu'il était arrêté ?

— Non.

— Vous êtes sûre ?

— Ouais.

C'était à peine mieux que rien du tout.

Lorsque je repassai à côté de l'accueil en route pour la chambre 31, je constatai que Saizarbitoria était toujours endormi, mais Vic m'attendait. Elle avait glissé l'oreiller sous la tête du Basque et elle tenait son ceinturon et son Beretta.

Je chuchotai.

– Il s'est réveillé ?

Elle me répondit sur le même ton.

– Ouais, puis il s'est rendormi aussi sec.

– Il a fait des difficultés pour rendre son arme ?

– Non.

C'était la loi de l'État qui l'imposait – après avoir tiré, l'agent devait rendre son arme jusqu'à ce que soit terminé l'examen formel de l'événement. Je m'assis à côté d'elle, et nous le contemplâmes tous les deux.

– Exactement ce qu'il lui fallait, une suspension temporaire, justement maintenant.

Elle haussa les épaules.

– J'ai pensé t'épargner au moins une tâche merdique.

– Merci.

Elle défit la lanière de sécurité sur le semi-automatique de Sancho.

– Au risque de te réjouir. (Je la regardai.) Il s'en est sorti.

– Ouaip. (Je souris en le regardant dormir.) Il a réussi.

– C'était limite ?

– Très limite. (Je croassai d'un rire nerveux.) Comment se porte le royaume ?

– Il est étonnamment calme. (Elle jeta un coup d'œil par la fenêtre, dehors les éléments se déchaînaient ; on aurait dit que l'édredon du paradis s'était déchiré.) On est samedi et il neige, on dirait, à la folie, alors les citoyens font preuve d'un remarquable bon sens en restant chez eux.

– J'adore les blizzards du samedi.

– Moi aussi. (Elle soupira.) Nous avons quand même de la visite au bureau.

– Qui ?

– Gina Stewart. Elle dit qu'elle veut parler à Duane et elle veut que tu sois présent.

– Super. C'est à moi qu'il revient de lui tenir la main pendant qu'elle annonce à son mari qu'elle va avoir le bébé de quelqu'un d'autre. (Je bâillai.) Je vais avoir besoin que tu appelles South Fork Lodge et que tu voies si Wayne ou Holli Jones a parlé à Felix Polk ou surpris la conversation qu'il a peut-être eue hier soir.

– Autre chose ? (Elle se pencha vers moi, cognant son épaule contre la mienne.) Le médecin légiste est probablement garé sur l'aire de repos près de Pryor Mountain, mais son bureau dit qu'il s'est mis en route il y a environ une heure et tu sais quoi ? On va pouvoir réunir Félix Polk et son pouce.

– Ce sont des petites choses comme celles-là qui font que notre boulot en vaut la peine, n'est-ce pas ?

Elle leva la tête vers moi pour me sourire en découvrant sa dent de louve.

– Tu sais, je crois que je commence à déteindre sur toi.

Une bonne quarantaine de commentaires me vinrent à l'esprit, mais je les laissai tous filer.

– Pourrais-tu appeler Ruby et lui demander de s'assurer que Gina reste bien dans le hall ? Après ça, si tu veux m'accompagner, Isaac est en train de faire l'examen préliminaire sur Polk.

– Oh joie.

Je me levai.

– Il faut que je parle à Duane avant Gina.

Le sourire narquois qu'elle réservait aux grandes occasions s'épanouit encore et elle se leva aussi.

– Eh bien, il se trouve qu'il est disponible.

L'une des procédures post-mortem consistait à examiner le corps extérieurement et, si possible, à découper les vêtements avant que s'installe la rigidité cadavérique ; Felix Polk était donc allongé sur la table métallique sans pouce et sans vêtements.

– Que faites-vous de ça ?

Doc croisa les bras et resta à côté de la table de dissection.

– Putain, il est monté avec une saucisse taille cocktail.

Doc et moi la regardâmes tandis qu'elle poussait le ceinturon de Sancho plus loin sur son épaule.

– Ben quoi, c'est vrai.

L'objet de la question posée par Isaac Bloomfield était la quantité de tatouages compliqués qui couvraient la majorité du corps de l'homme.

– Tatouages de taulard ?

Doc se gratta le menton.

– Je ne suis pas expert en la matière, mais je dirais que oui.

Je me tournai vers Vic.

– Va chercher le Basque. (Elle tourna les talons sans autre commentaire, et je revins à Isaac.) Vous ne voyez rien d'autre qui soit anormal ?

Il secoua la tête.

– En plein dans le cœur. À mon avis, sa mort a été relativement instantanée. Pourquoi ?

J'examinai les tatouages sur Felix Polk.

– Nous n'avons pas pris de photos, et nous avons transporté le corps. Je ne veux pas qu'il y ait la moindre

301

bizarrerie qui puisse inciter quelqu'un à poser des questions sur le geste de Sancho.

Il hocha la tête.

– Je vous donnerai mon blanc-seing. Vous avez l'arme que tenait Polk lorsque Saizarbitoria l'a descendu ?

– Oui. Un antique Luger, armé et prêt à tirer, et s'il n'avait pas fait ce qu'il a fait, ce serait moi qui serais allongé là sur la table, dévêtu et débotté.

La porte s'ouvrit et Saizarbitoria entra sur les talons de Vic. Il bâillait, mais il s'interrompit à l'instant où il vit le corps de l'homme qu'il avait abattu.

– Je ne tenais pas à t'amener ici, mais avec ton expérience de Rawlins, il n'y a que toi qui aies de l'expertise sur ce sujet.

Il resta quelques instants immobile. Il est très probable que se trouver face au corps de celui qu'on a tué soit la chose la plus difficile à faire au monde. Je l'observai, figé dans son mutisme, le pied sur la pédale mais sans bouger. On se convainc qu'on a fait ce qu'il fallait, mais il reste toujours cette réalité froide et impitoyable : parmi toutes les actions qu'un humain peut accomplir, celle-ci est irréversible.

Il avança d'un pas, déglutit et se pencha sur le corps.

– Sûrement pénitencier d'État, peut-être fédéral. (Il examina les nombreux dessins et contours.) Certains sont faits à la main, d'autres à la machine.

Isaac le regarda.

– Je ne savais pas qu'il y avait des salons de tatouage dans les prisons.

Le Basque secoua la tête.

– Il n'y en a pas. Les prisonniers les fabriquent avec un petit moteur de voiture de circuit, un tube de stylo-bille, une corde de guitare et une pile de 9V. Ça donne lieu à un 115.

Il nous regarda, conscient que nous ne comprenions pas un mot de ce qu'il racontait.

Vic, évidemment, posa la question.

– Et qu'est-ce que ça veut dire, ton truc ?

– C'est une infraction caractérisée, de faire ou de se faire faire des tatouages à l'intérieur. (Son regard retourna vers le corps.) Ces choses-là peuvent dire tout de cet homme si on sait les lire correctement.

– Par exemple ?

– Qui il est, d'où il vient, ce qu'il a fait... Tout. J'ai vu des gars assez idiots pour se faire tatouer leur numéro de prisonnier.

Il y avait un cœur particulièrement extravagant avec des flammes et des trèfles à trois feuilles, malheureusement à côté du trou laissé par la balle dans le cœur de l'homme.

– Est-ce que AB veut dire ce que je crois ?

Il hocha la tête.

– Aryan Brotherhood, la Fraternité aryenne, le gang de la suprématie de la race blanche.

– Et les toiles d'araignées avec FP ?

– Ce sont ses initiales, et les toiles d'araignées représentent la peine. Les pierres tombales sur sa poitrine, ce sont les années qu'il a passées à l'intérieur.

J'en pointai un autre, avec une étoile et d'autres pierres tombales.

– Et celui-là ?

– Huntsville, au Texas. Les nombres veulent dire de 78 à 83.

– SWP ?

– Supreme white power.

– SB ?

Le Basque secoua la tête.

– Je ne sais pas, mais on peut aller voir dans des banques de données en ligne. (Il désigna un autre paquet de symboles.) Le mur en pierre avec les voies de chemin de fer ici veut dire San Quentin. À nouveau, les nombres disent qu'il y a été de 85 à 97.

Vic se joignit à nous.

– Merci, Johnny Cash.

Je contemplai le corps.

– Ça fait un bout de temps.

Le Basque poursuivit.

– C'est là que l'Aryan Brotherhood est née, et à cette époque, alors, j'imagine que nous sommes en présence d'un membre fondateur. (Il haussa les épaules.) Ils ne sont pas tendres avec les amateurs. Si on foire les tatouages, ils les enlèvent avec une lame de rasoir et une pince.

Vic ne parut que modérément impressionnée.

– Ouah, le George Washington des enculés de nazis. (Elle tripota le bras de l'homme, sur lequel était dessiné un pistolet.) Ça veut dire qu'il sait tirer ?

– Ouais. C'est étrange que ses tatouages s'arrêtent à ses poignets et au ras de son cou. Il lui suffisait de porter des chemises à manches longues et personne n'y voyait rien.

J'apprenais des choses.

– Ce n'est pas la norme ?

– Non. Généralement, ils ont des trucs qui leur recouvrent les mains, et parfois, ils en ont même sur le visage. (Il prit une grande inspiration et toucha Felix Polk pour la première fois avant de demander à Isaac.) Je peux ?

– Bien entendu.

Isaac fit un pas en avant pour l'aider à tourner le corps.

Les tatouages se prolongeaient sur les deux épaules de l'homme et se terminaient avec le visage d'une femme. Elle pleurait, trois larmes.

– Quelqu'un l'attendait dehors, et je dirais que les gouttes sont le nombre de victimes de ses meurtres.

– Trois.

– Oui, une pour la période à Quentin et une autre à Huntsville.

– Et la troisième ?

Il secoua la tête.

– Qui sait ? Un meurtre pour lequel il ne s'est pas fait prendre, peut-être.

Sancho et Doc remirent le corps sur le dos et je contournai la table pour me trouver face à Saizarbitoria.

– C'est le genre de type qui tuerait quelqu'un si une opération de marijuana avec plusieurs millions de dollars en jeu tournait mal ?

La voix du Basque rebondit en écho sur les surfaces en inox.

– Sans hésiter, et je suis prêt à parier que non seulement Polk fournissait les connaissances nécessaires à l'opération, mais qu'il était également responsable des acheteurs. Tu tues pour y être, tu meurs si tu sors. Ces gars-là sont à fond dans le trafic de drogues, l'extorsion et le racket. Je parie qu'il approvisionnait toute la Fraternité aryenne. Généralement, il faut abattre quelqu'un juste pour y entrer, et ensuite on attend des membres qu'ils continuent à marquer des points pour ceux qui sont en détention.

Je soupirai.

– Il n'est pas un peu vieux, pour des trucs pareils ?

Santiago le regarda.

– Pas vraiment…

Je fourrai mes mains dans les poches de mon manteau.

– Je n'ai donc qu'une question

Le Basque haussa les épaules.

– L'empreinte partielle du pouce ne nous a rien donné dans les fichiers nationaux ; la requête de Vic avec le nom a dû apparaître sur les écrans du comté de Travis, mais nulle part ailleurs.

– Ce n'était pas ma question. (Ils me regardaient tous, alors que je continuai à observer une des rares zones de Felix Polk qui ne révélait aucune information, son visage.) Comment Ozzie Dobbs a-t-il rencontré quelqu'un comme lui ? Et plus important, comment a-t-il pensé qu'il pourrait survivre en étant en affaires avec lui ?

Personne ne répondit.

Et certainement pas Polk.

Dans la prison, les chauffages auxiliaires installés dans les plinthes s'étaient mis en route pour combattre les températures extra-froides ; nous nous trouvions dans le couloir, Gina et moi.

Elle disait qu'elle était allée voir Mme Dobbs.

– Vous avez été occupée, dites-moi.

Elle rangea dans son paquet la cigarette que je lui avais interdit de fumer et fourra le tout dans la poche de sa parka rose.

– Ouais… je voulais juste me soulager de ce poids.

– Comme ça, tout d'un coup ?

Elle haussa les épaules.

– Ozzie est mort, et moi, j'ai la trouille.

– De quoi ?

Ses yeux bruns s'élargirent sous l'effet de l'ironie.

– De mourir, moi aussi.

— Pourquoi voudrait-on vous tuer ?

— Parce que je porte l'enfant d'Ozzie.

Je soupirai.

— Je ne crois pas qu'il y ait la moindre chance que quelqu'un vous en veuille pour ça.

— Pourquoi ?

— Nous sommes presque sûrs que l'individu qui a tué Ozzie l'a fait parce qu'il était impliqué dans l'affaire de marijuana de Duane. (La phrase suivante n'était que légèrement fausse.) Et nous avons un homme en garde à vue.

— Qui est-ce ?

— Un type appelé Felix Polk. Jamais entendu parler de lui ?

La réponse fut prévisible.

— Non.

— Vous n'avez jamais entendu Duane ou Ozzie citer ce nom ?

— Non.

— Si je vous montre une photo de lui, pourrez-vous me dire si vous l'avez déjà vu ?

Elle poussa un soupir exaspéré, un peu comme Cady, mais sans la même intelligence.

— Pourquoi vous me le présentez pas, tout simplement ?

Je marquai une pause, me demandant si je tenais vraiment à ajouter dans la tête de Gina une unité au compteur des décès.

— Il est indisposé.

— Ça veut dire quoi, qu'il est aux toilettes ?

Je me dis et merde et je répondis.

— Il est mort.

— Oh.

Vu sa réaction, il aurait aussi bien pu se trouver aux

toilettes. Le décès d'autres gens ne semblait pas faire grande impression sur Gina.

Il fallait que je parle à Duane, mais elle aussi. Le problème était qu'elle voulait que je sois partie prenante dans leur conversation, et je n'étais pas trop enthousiasmé par cette idée. D'un autre côté, je voulais qu'elle soit présente dans ma conversation avec Duane, et elle ne semblait pas intéressée par la chose. Nous étions dans une impasse et la seule issue était un relais terriblement agité sur le plan émotionnel.

– Je vais parler à Duane avant que vous n'y alliez.

– Pourquoi c'est vous qui allez en premier ?

– Parce que ce que vous allez lui dire va lui faire l'effet d'une bombe atomique et j'aimerais autant obtenir des réponses avant qu'elle n'explose.

Elle croisa les bras.

– Vous croyez que c'est si important que ça ?

Je la regardai fixement ; je ne pus me retenir.

– Que vous portiez le bébé d'un autre ? Ouaip, je crois que ça va reléguer mes questions au second plan.

Elle haussa les épaules à nouveau ; décidément, le haussement d'épaules était l'expression artistique préférée de Gina.

– Duane, nous savons que tu avais un associé dans ta petite exploitation agricole et, puisque la situation est devenue plus grave, j'ai besoin que tu me dises de qui il s'agit.

Il lança un coup d'œil à sa jeune épouse assise sur une chaise pliante à ma droite, avant de revenir à moi.

– J'avais pas d'associé.

Je soupirai.

– Vous vous souvenez de cet échange que nous avons eu concernant cette conversation ?

– Mmm ?

Je hochai la tête, tentant de raviver ses souvenirs.

– Je t'ai dit que j'allais revenir te voir et que nous aurions une autre conversation dans laquelle tu ne serais plus aussi coupable ? (Il hocha la tête de concert avec moi.) C'est précisément de cette conversation qu'il s'agit.

Il cessa de hocher la tête.

– Oh. (Il marqua une pause et regarda à nouveau en direction de sa femme, et il sembla faire un effort pour se rappeler.) Ozzie, M. Dobbs, avait l'argent.

Je repoussai mon chapeau et me grattai la tête.

– J'avais trouvé, mais j'ai aussi besoin de savoir qui apportait le savoir-faire.

– C'était Ozzie. Il avait des bouquins sur l'équipement, et tous ces autres trucs qui disaient comment faire.

– Quel genre de trucs ?

– Des cahiers.

Je calai mes coudes sur mes genoux et me penchai en avant.

– Je suppose que vous ne savez pas où se trouvent ces cahiers ?

– Nan-nan.

Je lançai un coup d'œil en direction de Gina ; la réaction fut parfaitement prévisible. Elle haussa les épaules.

Je serrai les mains et essayai de ne pas penser à la remarque de Sancho – les deux gugusses que j'avais en face de moi n'étaient probablement pas assez malins pour, à eux deux, inventer l'eau chaude.

– Est-ce qu'Ozzie a jamais parlé d'un gars appelé Felix Polk ?

– Nan-nan.

Il paraissait vraiment incapable de mentir.

– Alors tu n'as jamais entendu prononcer ce nom auparavant ?

– Nan-nan

Malheureusement, je le croyais.

Je toussotai.

– Duane, je crois que Gina a quelque chose à te dire.

15

– Comment ça, ce n'est pas l'arme qui l'a tué ?

– Ça ne correspond pas. Je l'envoie à la division des Enquêtes criminelles mais j'ai fait les tests préliminaires sur la balle après que McDermott l'a extraite, et les rayures ne sont pas du tout les mêmes que celles de la balle que j'ai testée. De plus, l'arme de Polk était un 9 mm et celle qui a tué Ozzie était un .32.

Je soulevai mon chapeau et me redressai, repoussant d'un geste la couverture que Ruby avait étendue sur moi. Ma migraine familière et récurrente me foudroya le cerveau.

– Dans quoi l'as-tu testée ?

– Un gallon de Jell-O et une boîte pleine de sable.

Je m'assis, m'étalai sur mon bureau et tendis une main pour caresser le chien.

– C'est qu'on est entreprenante…

– Hé, viens pas me les casser parce que j'ai fait mon boulot.

Je me frottai les tempes un instant.

– Je croyais que c'était celui de la DEC.

– Je m'ennuyais. J'ai pas de maison et personne m'a fait de cadeau pour la Saint-Valentin.

Nous regardâmes un instant le ceinturon de Santiago Saizarbitoria, son semi-automatique et son insigne posés

311

sur mon bureau. Je ne les avais pas remarqués lorsque j'étais entré.

– Qu'est-ce que l'insigne de Saizarbitoria fait ici ?

– J'imagine qu'il l'a déposé lorsqu'il a ramené ma voiture de patrouille. Ruby dit qu'il l'a laissé sur son bureau, et elle ne savait pas ce que tu voulais qu'elle en fasse.

Je contemplai l'étoile à six pointes entourée d'un cercle, les montagnes et la minuscule étoile au-dessus, le livre ouvert et les mots difficilement lisibles, *Veritas est Justitia.*

La vérité est la justice. En effet.

Je me levai et pliai ma couverture, la posai sur la chaise avec l'oreiller. Je ramassai mon chapeau et contournai mon bureau d'un pas rapide, comme si l'équipement du Basque était hanté. Je jetai un coup d'œil à l'insigne.

– Il y a quelque chose d'irrévocable, là, non ?

Vic leva les yeux vers moi.

– Je suis désolée. (Elle se leva et me prit la main pour m'attirer dans le couloir.) Allez, viens, je t'invite à déjeuner.

Lorsque nous arrivâmes dans le hall, Ruby me regarda par-dessus son écran d'ordinateur.

– Est-ce que ça veut dire que Felix Polk n'a pas tué Ozzie Dobbs ?

Je bâillai puis fis la grimace, tentant d'éradiquer la douleur qui me vrillait la tête.

– Non, cela veut dire que Felix Polk n'a pas tué Ozzie Dobbs avec la même arme que celle avec laquelle il a tenté de me tuer. Nous n'avons pas fait une fouille complète de la maison du néonazi, mais je suis certain que nous y trouverons d'autres armes à feu.

Vic était à côté de moi et caressait le chien, qui nous avait suivis.

– Et si on ne trouve pas le .32 qui a tué Ozzie ?

– Alors, c'est que Polk s'en est débarrassé.

Ma voix exprimait une légère crispation.

Elle me regarda avec insistance.

– Ou alors ?

– Ou alors, le coupable, c'est quelqu'un d'autre.

Elle ne sourit pas, mais son regard s'adoucit.

– Tu es grognon. Tu es tombé de ton fauteuil, ce matin ?

Tous les trois me regardaient maintenant.

– Ce que ça veut dire, c'est qu'un de mes adjoints en situation de stress posttraumatique vient d'abattre un kidnappeur qui me menaçait d'une arme et qu'il se pourrait qu'il y ait un autre assassin en liberté, là-dehors.

– Alors qu'aurait-il à gagner, quelle que soit son identité, en tuant Geo, puis Dobbs ?

Je laissai échapper un profond soupir, et même moi, je trouvai que j'émettais un bruit de chambre à air qui se dégonfle.

– Quelqu'un essaie de se protéger.

Vic me poussa en direction de l'escalier.

– J'ai faim, alors j'imagine que t'es complètement affamé.

– Effectivement, alors, on va attraper quelque chose au Dash Inn en route.

Je décrochai mon manteau de la patère accrochée au mur à côté du bureau de Ruby et lui lançai un coup d'œil par-dessus mon épaule.

– Où est l'Ours ?

Elle leva les yeux vers nous, tandis que le chien se joignait à la petite troupe.

– Il a kidnappé un plombier ici, en ville, et la dernière fois qu'on l'a vu, il l'emmenait à la Réserve.

Je me voûtai tout à coup.

– S'il appelle, dis-lui que j'ai besoin de lui.

– On va quelque part ?

– On va chez les Stewart chercher ces cahiers dont Duane a parlé, ou tout autre chose qui pourrait nous permettre d'établir un lien entre Ozzie Dobbs et Felix Polk.

Ruby regarda derrière nous à travers les vitres dépolies des portes.

– Si Henry n'est pas disponible, qui voulez-vous que j'appelle pendant que vous êtes tous les deux en train d'arpenter la décharge ?

– Fais revenir le Basque ici. Dis-lui que c'est une urgence.

– Tu sais que c'est contre la loi.

– Celle de qui ?

Ruby baissa les yeux et énonça les mots que Vic et moi nous refusions à dire.

– Il a démissionné, Walt. Il est parti.

Nous avions quitté le bureau et nous n'avions croisé que trois autres voitures – enfin, des pick-up, en fait. Durant était comme une ville fantôme prise dans la glace. La couche de neige avait pris une vingtaine de centimètres d'épaisseur supplémentaire depuis que j'étais descendu de la montagne ce matin, et les pneus de mon camion étaient totalement silencieux tandis que nous roulions sur Main Street avant de prendre à droite la Route 16.

Vic s'écroula sur le siège passager.

– Apparemment, on récupère toute la neige de l'hiver en une fois.

– Hmm.

Elle observa mon profil puis parla d'une voix plus grave.

– Comment se passe ta recherche de maison, Vic ? (La voix suivante était la sienne.) Au point mort. (Elle reprit la voix qui devait indubitablement être la mienne.) Nous avons été un peu occupés ces temps-ci, c'est vrai. (Elle conclut cette conversation avec elle-même de sa voix normale, mais c'était forcément dirigé contre moi.) Ah ouais ? T'es vraiment un connard.

Elle regarda à travers la vitre et maintenant, je conduisais dans un silence absolu, regrettant presque que les pneus ne fassent pas de bruit.

Nous commandâmes trois super-dashburgers – un pour Vic, un pour moi et un pour le chien – avec des frites et deux cafés. Nous étions à l'arrêt, attendant au guichet du drive-in qu'on nous donne notre repas, et j'observai un autre semi-remorque sortir lentement de la I-25 pour se garer au bord de la route. Les autorités nous avaient informés qu'ils fermaient la route, et le nombre de camions immobilisés grandissait.

– Alors, comment le Basque a-t-il pris la chose quand il a découvert la vérité sur l'affaire du pouce inconnu ?

Je la regardai.

– Dis-moi, est-ce une vraie conversation ou une autre interprétation théâtrale ?

Elle me regarda fixement pendant un long moment et je cédai, incapable de soutenir le genre de silence qu'elle pouvait imposer.

– Il a fait ce qu'il fallait.

Elle tourna la tête, et je regardai la buée de sa respiration se déposer sur la vitre.

– On va vous poser pas mal de questions.

– Ouaip.

— Surtout que l'arme de Polk n'était pas celle qui a troué le cœur d'Ozzie. (Je la regardai.) Désolée.

Mon regard se reporta sur la route.

— On va trouver cette arme.

— Ça fait pas bonne impression, sa démission juste après. (Sa voix était plus douce.) J'essaie juste de voir les choses du point de vue du procureur Joe Meyer.

— Je sais.

Elle prit son temps avant de recommencer à parler.

— Tu devrais vraiment te demander si, par hasard, tu n'aurais pas entrevu, sur la vitre, le reflet de Felix Polk tenant ce revolver derrière ta tête.

Je ne dis rien.

Notre commande arriva avec quelques biscuits pour le chien.

— Merci, Larry. Ne tardez pas à rentrer dans vos pénates. Ils ont fermé la route.

Il sourit, et tandis que je tendais à Vic le sachet contenant nos repas et que je fourrais les biscuits dans ma poche pour les donner plus tard au chien, il cria :

— Ouais, on va filer tant qu'on peut encore le faire !

Je lui rendis son sourire ; il me tendit les boissons et referma rapidement sa fenêtre. J'appuyai sur le bouton pour refermer la mienne – une giclée de flocons entra en tourbillonnant par l'espace ouvert. Vic rangea son gobelet de café dans le porte-verre de son côté, et le mien dans le logement central.

— Un pichet de vin, une miche de pain, et toi.

Mon couplet fut interrompu par Ruby. Parasites.

— Unité un ici la base, répondez.

Vic regarda la radio et défit l'emballage de son dashburger.

— Ton pick-up – ta radio.

Je soupirai et décrochai le micro. Ruby essayait de

nous faire adopter un comportement professionnelle-
ment correct en ce qui concernait les communications
radio, et tout le monde s'y était, à peu de choses près,
soumis sauf moi.

– Quoi ?

Parasites.

– Je viens d'avoir un bulletin météo.

J'appuyai sur le bouton du micro.

– On en attend combien ?

Je perçus un peu d'agitation avant la communication
suivante, et l'origine des renforts que Ruby avait trouvés
apparut de manière évidente. Parasites.

– Jusqu'au cul d'un Indien de deux mètres de haut.

Je connectai le micro à nouveau.

– Salut Lucian.

Parasites.

– Mais qu'est-ce que tu fiches là-bas ?

– Je viens voir comment s'en sort ce qui reste du
clan Stewart. (Parasites.) Ils disent qu'on va se prendre
quarante-cinq centimètres d'ici demain matin.

– Je ne traînerai pas.

Parasites.

– Y a intérêt ; j'ai apporté mon échiquier avec moi.

Le temps de la route jusqu'à la décharge/casse auto,
Vic avait donné au chien son propre burger et la moitié
du sien à elle. J'avais englouti le mien en quatre bou-
chées et je finissais mes frites lorsque nous arrivâmes
à la propriété des Stewart.

Mike Thomas était juste en train de partir ; nous
ralentîmes. Il gara sa Ford orange de 78 le long de
mon pick-up arrêté et descendit sa vitre.

– Qu'est-ce que tu fais dehors par ce temps, Mike ?
Surveillance du voisinage ?

Il haussa les épaules sous son anorak et fronça les sourcils, jetant un pouce vers l'arrière en direction de la pile recouverte d'une bâche qui se trouvait dans la benne de son camion.

— J'allais déposer un chargement à la décharge, mais Gina a dit qu'ils étaient fermés aujourd'hui, et elle m'a renvoyé chez moi.

Je levai les yeux pour donner un peu d'emphase à mon propos.

— Ce n'est pas très charitable de sa part.

— Je pars pour les Caraïbes demain, si par hasard il y a une accalmie dans la météo, et je voulais débarrasser mon atelier. (Il posa son regard sur moi.) En seize ans, je n'ai jamais vu un jour de semaine où Geo Stewart ait fermé boutique. J'imagine que tout est différent, maintenant qu'il est parti.

— Vous avez appris ?

— Ouaip, et lorsque je me suis garé devant la maison pour voir ce qui se passait, j'ai trouvé Gina en train d'entasser à nouveau toutes sortes de trucs dans sa merde de Toronado, comme si elle avait bien l'intention d'aller ailleurs.

Je lançai un coup d'œil à Vic, avant de revenir au sculpteur.

— Vous êtes sûr qu'elle n'était pas en train de décharger ? Nous l'avons coincée sur la 16 la dernière fois que vous avez appelé et nous l'avons renvoyée chez elle.

Il réfléchit.

— Ça alors, c'est possible qu'elle ait été en train de décharger, j'en sais trop rien.

— Bon, on va y aller et en avoir le cœur net.

Il hocha la tête et commença à faire monter sa vitre.

— Bonne chance.

La Toronado était garée dans l'allée près de la

maison, mais la neige qui l'avait recouverte avait été enlevée récemment.

Je m'arrêtai juste derrière et mis le camion en position PARK.

– Allons-y.

Le chien s'apprêta à bondir pour franchir la console centrale et venir nous rejoindre devant.

– Non, pas toi. Si leurs deux monstres sont là, je ne veux pas que tu déclenches quoi que ce soit.

Il parut déçu, mais je laissai les vitres entrouvertes et refermai la portière derrière moi. Vic était devant le capot lorsque j'y arrivai. Elle leva les yeux vers moi.

– J'imagine que tu ne parlais pas de moi ?

Nous avançâmes péniblement dans la neige jusqu'à la portière côté conducteur de la Toronado.

– On dirait bien qu'il y a encore plus de trucs et de machins que la dernière fois, non ?

Mon adjointe se colla contre la vitre couverte de givre.

– Arf.

J'examinai les empreintes qui remontaient vers la maison et le porche. Apparemment, Gina avait toujours l'intention de partir, même avec le temps qu'il faisait et l'avertissement qui lui avait été donné.

La conversation avec Duane ne s'était pas passée aussi mal que je l'avais pensé, étant donné le sujet des débats. Lorsqu'elle lui avait dit qu'elle était enceinte et que le père de l'enfant n'était pas lui, il avait paru étonné mais pas particulièrement fâché.

Le temps que je médite un peu sur l'ordre social qui régnait chez les Stewart, un bon centimètre de neige s'était accumulé sur nos têtes. Sans un mot, nous contournâmes les empreintes récentes jusqu'à la maison ; nous tombâmes sur Gina qui sortait avec un panier plein de vêtements.

— Salut.

Elle sursauta, poussa un petit cri et faillit laisser tomber le panier.

— Bon sang !

— Désolés. (Vic et moi entrâmes sous le porche, histoire de ne pas laisser la neige s'accumuler sur nos épaules.) Que faites-vous donc, Gina ?

À la suite de la question, elle lâcha le panier en plastique bleu clair et, d'un geste rageur, prit la cigarette qui pendait au coin de sa bouche.

— Je pars.

— Nous vous avions dit de rester dans le coin.

— Ouais… bon… (Elle lança un coup d'œil vers la porte ouverte de la maison.) Grampus est mort, Duane est en prison et moi je me casse d'ici, pigé ? Et j'en ai rien à foutre, de ce que vous m'avez dit de faire.

Butch et Sundance apparurent sur le seuil, protecteurs de Gina et apparemment inquiets à l'idée que nous puissions maltraiter leur maîtresse. Butch, celui qui m'avait planté ses crocs dans la fesse, était le plus proche et il grognait.

— Au cas où vous n'auriez pas remarqué, la météo est assez peu clémente et la police de l'autoroute a fermé toutes les grandes voies de circulation.

Elle prit une grande bouffée de sa cigarette, et au diable la grossesse.

— Chié merde. Je pars quand même et vous pouvez pas m'arrêter.

Je laissai passer.

— Il y a eu quelque chose ?

— Morris a rappliqué, je lui ai dit pour le bébé et il a complètement perdu les pédales.

— Morris, le frère de Geo ?

— Ouais, il est en haut, il trie des trucs de Grampus.

– Je ne sais pas si je l'ai jamais entendu dire trois mots… (Je sentais ma migraine en train de revenir et je me demandai si elle avait quelque chose à voir avec mon œil.) Voulez-vous que j'aille lui parler ?

– Non. Chié merde, je me casse.

– Vous n'iriez bien loin.

– Je m'en fous. (Elle se pencha pour ramasser le panier.) J'me tire.

– Je suis désolé, mais non.

Les chiens perçurent le ton de ma voix, même si leur maîtresse ne l'avait pas compris, et ils se mirent à gronder tous les deux.

Vic défit la lanière de sécurité sur son Glock.

– Rappelez-les ou j'envoie un tir de sommation qui leur traversera la tête à tous les deux.

Lorsque vous allez à un combat de chiens, c'est toujours une bonne chose d'amener avec soi la chienne la plus féroce.

Gina lança un regard désinvolte par-dessus son épaule, puis leur cria :

– Vos gueules !

Les chiens se turent immédiatement.

– Gina, si vous partez d'ici maintenant, vous n'irez nulle part, sauf dans un fossé, et ensuite nous allons devoir vous en sortir. Restez bien sagement ici et laissez-moi parler à Morris, et ensuite, s'il le faut, nous vous escorterons jusqu'à un motel. OK ?

Elle parut encore plus boudeuse que d'habitude, pivota tout en tenant son chargement et rentra dans la maison Usher, les deux chiens des Baskerville sur ses talons.

Des choses étaient encore entassées à côté de la porte, plus que ce que j'aurais cru possible de loger dans la Classic, mais qui étais-je pour juger.

321

– Où est Morris ?

– En haut, dans la chambre de Grampus. Il a dit qu'il allait prendre le fusil de Grampus et me descendre.

Vic et moi échangeâmes un regard.

– Vraiment ?

Elle me regarda comme si j'appartenais à une variété de crétins qu'elle n'avait encore jamais vus auparavant.

– Ouais, vraiment.

– Vous restez ici avec Vic, et moi, je monte.

– Ça me va. Je vais me chercher un soda dans la cuisine.

– Vous m'attendez là-bas, toutes les deux. (Vic hocha la tête, et je fis un pas en direction de l'escalier.) Morris ! C'est Walt Longmire, vous êtes là ?

Rien.

C'était bizarre, et il me paraissait invraisemblable que Morris Stewart ait réagi de la manière qu'elle avait décrite.

– Morris ! Ici le Bureau du shérif ! Je monte !

Rien.

C'était la première fois que je pénétrais dans le cœur de la maison, et d'après ce que je voyais sur le palier, l'étage n'avait rien à envier au rez-de-chaussée. L'escalier était encombré de tout un bric-à-brac qui se poursuivait dans le couloir. Il restait un accès au milieu, mais des pièces détachées de voitures, des piles de papiers, de magazines et des pots de peinture étaient entassés de part et d'autre. Cet endroit était un endroit de rêve pour un pyromane. Je pensai à leur manière de nettoyer la cheminée avec un chiffon imbibé de kérosène, et j'en frémis.

– Morris, vous êtes là ?

Six portes donnaient sur le couloir ; cinq d'entre elles étaient fermées et la sixième, celle du fond, était légèrement entrouverte. Je me frayai un chemin entre les débris et posai une main sur mon arme.

– Morris !

J'ouvris la porte la plus proche – c'était apparemment la chambre de Duane et de Gina. Des affiches de voitures sur les murs et un immense lit à baldaquin dont on aurait pu penser qu'il avait été acheté à une solderie de meubles, le genre qu'on voit sous des chapiteaux au bord de la route. La seule lumière dans la pièce provenait d'un réveil digital qui retardait d'une heure. Pendant un moment, je le regardai fixement, me disant qu'il y avait quelque chose, à propos de ce réveil, qui était important.

Quelque chose concernant l'heure, et ce réveil.

Je décidai de commencer par l'autre bout du couloir, d'aller vers la porte qui était un peu entrouverte et de revenir ensuite sur mes pas. Le plancher craqua sous mes semelles et je commençai à ressentir ce que Gina avait décrit, à avoir l'impression d'être enfermé dans la maison de la famille Addams.

– Morris ?

Je poussai doucement la porte – le rideau aussi léger qu'un voile fin de l'autre côté de la pièce flottait comme la manche gigantesque d'un fantôme, histoire de compléter l'analogie, et la neige s'entassait sur le plancher sous la fenêtre. Je m'avançai pour la fermer et passer à la chambre suivante, lorsque je vis une chose allongée sur un lit une place à ma gauche.

C'était, en vérité, un minuscule lit de camp déplié, mais il était recouvert d'un tas de draps, de couvertures, et même d'une peau de bison moisie. Lorsque je l'examinai de plus près, je vis des touffes de crin de cheval accrochées aux bords et des broderies en perles d'une rare finesse qui dataient l'objet de la fin du XVIIIᵉ siècle – il aurait probablement valu une fortune s'il n'avait pas eu autant de trous et s'il ne perdait pas autant ses poils.

Quelque chose bougea sous les couvertures, et je fis les deux pas pour être tout à côté du lit.

– Morris ?

Je ne savais pas ce que c'était, mais ça ne bougeait plus ; je tendis la main et tirai les couvertures. C'était Morris ; une grande quantité de sang avait coulé dans les draps sales. Elle provenait d'une blessure par balle dans sa poitrine, presque identique à celle qui avait tué Ozzie Dobbs.

C'est alors que ses yeux s'ouvrirent d'un seul coup.

– Bon Dieu !

Sa bouche se mit à bouger, mais pas un mot n'en sortit.

– Morris, ne bougez pas. Je vais chercher de l'aide. (Je décrochai la radio de mon ceinturon.) Vic ? Tu es là ?

Rien.

– Vic ? (Je lâchai le bouton et hurlai dans le couloir, d'une voix dont j'étais certain qu'elle portait jusqu'à la cuisine.) Vic ! (Je posai une main sur l'épaule de l'homme.) Je pars chercher de l'aide. Je reviens tout de suite. Tenez bon, Morris.

J'appuyai sur le bouton et hurlai dans ma radio.

– Allô la base, ici unité Un, répondez !

En courant dans le couloir en direction de l'escalier, j'entendis la voix de Ruby sortir du haut-parleur.

– Unité Un, ici la base. Terminé.

En passant devant la chambre de Gina et Duane, je compris tout à coup pourquoi il était important que le réveil soit retardé d'une heure. Duane avait dit que Gina était partie travailler quand il s'était réveillé de sa sieste, mais en réalité, elle avait modifié l'heure du réveil et elle était sortie pour aller tuer Geo. Je collai l'appareil contre ma bouche.

— Ruby, envoie-moi des renforts chez les Stewart ! Parasites.

— Qui ?

— N'importe qui. Tout le monde. Les secours aussi. Morris Stewart a reçu une balle et il est en train de se vider de son sang. Vite.

J'atteignis le palier et me retournai pour trouver la porte d'entrée à nouveau grande ouverte, mais je virai à gauche vers la cuisine. Je m'arrêtai aux portes battantes où j'avais vu Betty Dobbs, la première fois, et j'aperçus Vic allongée sur le sol, du sang sur la tête.

Je courus jusqu'à elle. Je sentais la pression dans mon propre corps en train d'exploser. Je passai doucement mon bras sous son épaule et l'attirai contre moi. Je me figeai en voyant sa tête tomber d'un côté et je laissai échapper un souffle puissant.

— Pas question, pas comme ça. Pas ici.

Elle haleta brièvement, et c'est alors que je vis qu'elle respirait encore.

Les mots qu'elle prononça alors furent mémorables.

— Putain de merde.

Je lui tins la tête et repérai une poêle à frire assez grosse et assez vieille pour avoir nourri le 7e de cavalerie au grand complet. Elle gisait sur le sol à côté du réfrigérateur avec une grande quantité de pommes de terre cuites. À un endroit, il y avait une tache de sang et une petite touffe de cheveux bruns. Je tins son visage près du mien.

Elle bougea à nouveau et sa main monta, tenta de me saisir le bras, puis retomba.

— Bordel de merde…

Son autre main vint s'accrocher à ma manche.

– Ça va ?

– Ma tête… Putain de salope. (Ses yeux s'ouvrirent et je vis qu'un vaisseau sanguin avait éclaté dans son œil gauche.) Avec quoi elle m'a frappé, cette pute ?

– On dirait une poêle à frire. J'imagine que tu devrais te réjouir qu'elle n'ait pas eu son arme sur elle. (Je la redressai un peu.) Ça va ?

– Non, ma tête… Ouais, ça va bien. (Elle essaya de se mettre sur son séant, mais elle ne retrouvait pas l'équilibre, et elle vacilla entre mes bras.) Merde.

Je la tirai vers les placards de la cuisine et l'appuyai contre les portes.

– J'ai des renforts qui arrivent, avec les secours. Morris Stewart est là-haut, elle lui a tiré dessus, dans la poitrine. Comme Ozzie Dobbs. Une chance, il est encore vivant.

Elle fit bouger sa mâchoire et j'entendis ses os craquer.

– Quand on sera tous morts, il ne restera en vie que les cafards et un Stewart.

Elle allait bien.

– Aucune idée de l'endroit où Gina et les chiens sont allés ?

Elle essaya de secouer la tête.

– Aucune idée. T'es allé voir à la voiture ?

– Non, mais on la bloque avec la nôtre et j'ai ses clés.

Elle soupira, et je vis que ça faisait mal.

– Je vais aller voir…

Sa main glissa et elle retomba sur ses fesses.

– Reste là. Quand ils arriveront, dis-leur que Morris est en haut, dans la dernière chambre, côté gauche.

Je me levai.

Elle me regarda.

– Tu vas où ?

Je sortis mon .45 de son holster.

– À la chasse.

Je vis, aux empreintes qu'elle avait laissées dans la neige fraîche, qu'elle avait essayé la voiture, mais elle avait ensuite fait demi-tour et était rentrée dans la maison, les chiens sur ses talons. Il y avait de la neige fondue laissée par ses chaussures et les pattes des chiens sur l'escalier qui descendait au sous-sol.

Je tournai la poignée, mais elle était à nouveau verrouillée. Je reculai d'un pas et flanquai un coup de pied taille 45 dans le bois à côté de la poignée ; je me rattrapai au chambranle lorsque le bois explosa et dévala l'escalier. Je tendis l'oreille, mais il ne me parvenait aucun bruit d'en bas, juste l'air froid provenant de ce que je savais être le tunnel souterrain.

J'appuyai sur l'interrupteur et descendis les marches. Elle avait peut-être récupéré son arme, mais elle n'aurait pas pris le risque d'aller achever Vic puisqu'elle savait que je prendrais l'escalier assez rapidement. Elle avait l'habitude de surprendre ses victimes et de les abattre à bout portant ; elle aurait peut-être de la chance avec son .32 si j'allais à sa recherche. Ou pas.

Et puis, il y avait les chiens.

Au moment où je tournais le coin de l'escalier, ma radio crépita.

– Walt, ici Ruby.

Je décrochai la radio en balayant du canon de mon Colt l'obscurité du souterrain.

– … suis un peu occupé.

Parasites.

– Walt, Santiago est ici et il dit qu'il a des informations sur Felix Polk.

– Passe-le-moi.

Parasites.

– Patron, le nom de Polk n'a rien donné dans la base des prisonniers de Huntsville alors j'ai fait une recherche sur Felix P et j'ai trouvé un Felix Poulson qui a purgé une peine pour le meurtre d'un garagiste à San Antonio. (Il y eut un moment de silence.) C'est forcément le même type, patron. Ensuite, il réapparaît à San Quentin, après avoir kidnappé une femme en Utah et l'avoir tuée, même nom, Felix Poulson.

Où avais-je déjà entendu ce nom ? J'appuyai sur le bouton du micro.

– Est-ce qu'il est fait mention d'un membre de la famille à contacter ?

Parasites.

– Kayla.

J'allumai les lumières et regardai autour de moi, la radio toujours collée sur la bouche

– Est-ce qu'il y a du monde en route ?

Parasites.

– Oui, tout le monde.

– Morris est dans la chambre à l'étage et Vic est sur le sol de la cuisine.

Parasites.

– Qu'est-il arrivé à Vic ?

– Elle a été agressée avec une poêle à frire, heureusement.

Parasites.

– Heureusement ?

J'appuyai sur le micro.

– C'était bien mieux que le .32 dont Gina s'est servi pour son grand-oncle par alliance.

Je raccrochai ma radio à mon ceinturon et continuai à examiner le sous-sol. Il n'y avait personne, ni homme, ni femme, ni bête. Je regardai la bâche en plastique bleu qui recouvrait l'ouverture dans les fondations de la vieille maison ; elle voletait dans ma direction et je sentis le courant d'air froid qui venait de l'autre extrémité.

La poutrelle attachée au bas de la bâche avait été jetée sur le côté, et j'étais presque certain que c'était par là que les chiens et elle étaient passés. C'était l'unique accès vers l'extérieur, vers les dépanneuses qui étaient les seuls véhicules en état de marche.

J'avançai jusqu'à l'ouverture et déplaçai sur le côté le morceau de bois qui gisait au sol. Il faisait noir dans le tunnel ; je tendis la main vers la droite, et je sentis la boîte de dérivation et l'interrupteur.

J'appuyai dessus, mais il ne se passa absolument rien.

– Bon sang.

Je sortis la Maglite de mon ceinturon et dirigeai le faisceau dans le tunnel ; les batteries commençaient à faiblir, je les avais trop utilisées ces derniers temps.

Poulson. Où avais-je entendu ce nom ?

La lumière faible produite par ma lampe torche n'éclairait pas très loin à l'intérieur du tunnel, et les seules choses que je parvenais à distinguer étaient quelques cartons, un tas de paillis, et un autre d'engrais. Saizarbitoria avait réussi à bien nettoyer les lieux ; cela s'était révélé être son chant du cygne, et c'était tellement dommage.

J'entrai par l'ouverture aménagée à coups de masse, et j'avais fait une douzaine de pas lorsque je constatai que la pression de l'air dans l'espace confiné se modifiait. Le froid était comme un mur, et je le sentais augmenter de seconde en seconde. Je tendis l'oreille, mais je n'entendis qu'un bruit de cavalcade.

C'est à peu près à ce moment-là que je perçus le

souffle de quelque chose au bout du tunnel, quelque chose qui courait. Je brandis la lampe à nouveau et je vis distinctement une paire d'yeux dorés qui avançait rapidement droit sur moi.

16

Au moins, il n'y en avait qu'une paire.

Quelque chose en moi hésita tandis que je brandissais le gros Colt ; je me rappelais que Butch m'avait léché la main. Peut-être était-ce le garçon de ferme qui sommeillait en moi, peut-être était-ce de la simple stupidité, mais je n'avais pas envie de tuer le moins féroce des deux chiens.

S'il m'atteignait et s'il n'y avait pas le choix, eh bien, il n'y aurait pas le choix.

Mais si ce n'était pas Butch ?

Toutes ces choses défilèrent dans ma tête pendant les quelques secondes qu'il fallut au chien pour remonter le tunnel en courant. J'avais appris comment gérer un chien dans un combat à mort chez les Marines. Un jour, au camp d'entraînement, ils nous avaient donné une chance contre quelques bergers allemands extrêmement bien entraînés ; nous étions un escadron de huit hommes et nous avions tous perdu lamentablement.

En théorie, le truc consistait à tendre au chien votre avant-bras passif, ensuite à passer votre autre bras autour de son cou et à pousser, ce qui avait pour résultat de briser le cou du chien avec une efficacité certaine. L'instructeur disait que, généralement, cela fonctionnait, à moins que le chien ne soit grand et puissant, auquel cas ses mâchoires pouvaient briser le bras tendu, ce qui rendait la concentration lors de la seconde étape d'autant plus difficile. Si le chien était entraîné correctement, il bondirait pour vous attraper le bras, ajoutait-il, mais ensuite au dernier instant, il passerait en dessous pour planter ses crocs dans votre gorge.

Une jeune recrue avait demandé ce qu'on faisait à ce moment-là, et l'instructeur avait répondu que si on enfonçait un doigt dans l'anus du chien, l'animal renoncerait à son attaque, du moins c'était ce qu'il avait entendu dire. L'escadron fut d'accord pour décider qu'on avait autant de chances de réussir si on s'enfonçait le doigt dans son propre cul.

Je calai mes pieds et tins la crosse du .45 prête pour taper sur la tête du chien.

Maintenant je le voyais nettement, mais il m'était impossible de l'identifier. Il ne semblait pas vouloir plaisanter. Je contractai les jambes, prêt à l'impact, puis je me rappelai soudain l'autre arme que j'avais à disposition – ma voix.

Juste au moment où il raccourcissait ses foulées pour bondir, je criai.

– Butch, vilain chien ! Couché !

On aurait dit que quelqu'un avait coupé les gaz ; il atterrit à mes pieds un peu maladroitement. Il cala sa tête entre ses pattes et me regarda, le reflet de la lampe torche dans les yeux. Il remua la queue pour me supplier, juste un peu, puis il s'immobilisa.

– Gentil chien. (Sa tête se releva.) Viens là. (Il se leva et se tourna, posa son arrière-train sur mes pieds.) Gentil, gentil chien.

Je lui ébouriffai les oreilles, caressant les poils duveteux derrière sa tête, et je me souvins des biscuits que Larry m'avait donnés au drive-in. J'en sortis un et le lui donnai. Il me restait donc un biscuit pour Sundance, un objet qui risquait d'être aussi utile qu'un accordéon dans une chasse au cerf.

Avec l'expérience des derniers mois, il fallait que je me souvienne de trimbaler tout un assortiment de biscuits pour animaux.

– Gentil chien, gentil.

Je repris ma route dans le tunnel, cette fois avec un compagnon à quatre pattes. Je ne croyais pas que j'arriverais à le faire rester en place, alors je le laissai me suivre, imaginant que je pourrais fermer la porte au bout du tunnel pour l'empêcher de rejoindre Sundance si Gina lançait ce dernier contre moi.

Lorsque j'arrivai au bout, je vis que la porte avait laissé passer de la neige, ce qui la maintenait ouverte de quelques centimètres. Je baissai les yeux vers mon compagnon, qui remuait toujours la queue.

– Tu ne vas pas plus loin, mon pote.

Je boutonnai ma veste en peau de mouton, remontai le col et rabattis mon chapeau. Je poussai la porte assez loin pour y passer ma jambe et j'espérai juste que Gina ne m'attendait pas de l'autre côté avec son .32. Il faisait noir et les flocons de neige tombaient si dru qu'ils me picotaient.

Je cachai mon visage dans mon col et essayai de ne pas penser que ma peau me démangeait déjà, que mon pied me faisait déjà souffrir, et que ma fesse droite avait déjà été mordue. Butch avait essayé de me suivre, mais je l'avais repoussé avec mon pied et j'avais promptement refermé la porte du sous-sol. Une nouvelle fois, je pensai qu'il rejoindrait forcément la meute s'il se retrouvait avec Sundance et Gina.

Je me retournai dans la nuit et me demandai où se trouvait ma meute à moi.

La visibilité ne dépassait pas six ou sept mètres. Je regardai partout autour de moi à la recherche d'empreintes, mais le moindre creux avait été rapidement comblé par la neige qui tombait en rafales. Le vent venait tout droit du pôle Nord, et il n'y avait ni étoiles ni lune.

Je me tournai vers la corniche dans l'espoir de voir quelque signe qui indiquerait qu'elle était allée par là, mais il n'y avait rien que des congères se déroulant comme les petites vagues d'une mer houleuse, vers le sud-est. Je me tournai vers le chemin grillagé qui menait à la carrière, mais par là il n'y avait rien non plus.

Forcément, elle cherchait les dépanneuses. Elles étaient solides, elles avaient quatre roues motrices et elles n'étaient pas bloquées par mon trois quarts de tonne. Forcément.

M'enfonçant jusqu'aux genoux, je progressai péniblement vers la casse en contrebas, conscient que je risquais une chute de vingt-cinq mètres tête la première, si j'allais dans la mauvaise direction. Le vent avait raboté le bord de la falaise, et le sentier devenait plus visible à mesure que j'approchais du portail, qui se balançait librement dans le vent. Maintenant, je voyais des empreintes de bottes ; il valait mieux que j'accélère, parce qu'il était impossible que, par ce temps, Gina reste dehors plus longtemps que nécessaire. Si elle cherchait à atteindre les dépanneuses, elle s'y rendrait rapidement.

Il était plus facile de progresser en descente, et le vent n'était pas aussi fort dans la carrière. De grandes quantités de neige s'étaient accumulées et dans la casse la couche faisait plus d'un demi-mètre de profondeur. Mais au moins, la visibilité s'était améliorée au point que je voyais maintenant à environ dix mètres, ce qui était la longueur d'un de ces monstres fabriqués dans les années 1940 et 1950.

Il était facile de se sentir petit, et très seul, dans l'atmosphère ouatée de la neige, au milieu de tous ces défunts mastodontes.

J'avais du mal, avec mes grandes jambes, à me déplacer rapidement dans les profondes congères, et je m'interrogeai sur le désespoir qui avait dû pousser Gina à essayer. Je crus voir quelque chose devant moi, et je m'arrêtai à côté d'une Plymouth Belvedere de 66 avec une Buick sur son toit et une berline Ford placée au-dessus. C'est seulement lorsqu'une balle de .32 fit ricochet sur l'aile de la Plymouth que j'en eus la certitude.

Je bondis vers l'arrière du coupé avec l'agilité d'un ours de cirque, et me penchant contre l'aile, je glissai un œil.

– Gina, ici le shérif. Vous êtes cernée. J'ai du monde qui arrive et ils vont bloquer la sortie, alors, vous feriez mieux de vous rendre tout de suite !

J'espérai que la phrase concernant mes renforts était bien vraie.

Pour toute réponse, j'eus une autre balle de .32 qui disparut quelque part derrière moi, et un aboiement de chien.

Je me dis que j'allais la prendre à revers en empruntant l'allée suivante et lui couper la route avant qu'elle arrive aux dépanneuses. Je partis sur la droite et, pendant que je progressais de l'autre côté de la pile de voitures, j'espérai que le chien et elle n'avaient pas eu la même idée. J'essayai de me rappeler le nombre de travées avant l'allée principale sur laquelle se trouvaient le bureau et l'accès direct à la grille, et je conclus à trois, avant d'atteindre le tournant du siècle en matière de manufacture de véhicules à moteur, et de traverser la route.

Je parcourus les années 1970 et 1980 le plus vite possible et j'arrivais juste aux années 1990 lorsque je crus voir à nouveau quelque chose devant moi.

Cette chose était plus petite que moi, mais, plus grave, elle n'était visiblement pas en position verticale.

Je m'immobilisai, le souffle court, l'essentiel de mon énergie ayant été consommé par ma randonnée dans la neige, et j'attendis. La tige primale qui se situait à l'arrière de mon cerveau m'envoya une décharge électrique, celle-là même qu'elle envoyait à mes ancêtres depuis quelques centaines de milliers d'années, celle qui nous avertissait que quelque chose nous arrivait dessus et qu'on était trop éloigné des arbres qui pourraient nous offrir un refuge.

Il savait où je me trouvais, mais il attendait de voir si je savais où il se trouvait.

Son dos se hérissa en une crête et le bruit qui retentit n'avait rien à voir avec le monde civilisé. Il se mit à avancer avec une démarche qui révélait toute sa sauvagerie, l'air suspicieux, hostile, prêt à tuer, et des yeux jaunes aussi fixes que ceux d'un serpent.

– Doucement.

Il n'hésita pas un instant, et le fait de lui avoir parlé semblait avoir affaibli ma position dans la chaîne alimentaire. Ma voix s'évanouit dans le lointain comme une allumette qu'on laisse tomber dans la neige.

Maintenant je voyais nettement ses immenses mâchoires béantes et la salive qui coulait de ses babines. Ses premiers pas dans la neige furent patauds, mais il passa presque instantanément au galop. Il s'élança comme une torpille et j'eus l'impression désespérante qu'il n'y aurait aucun moyen de me dérober. La gueule du chien était comme un tunnel hérissé de dents, et la bête était rapide. J'avais réussi à dissuader Butch, mais je savais que, cette fois, les résultats allaient être différents.

Sundance n'eut pas la moindre hésitation, ne prit pas le moindre détour, il se jeta droit sur ma gorge. La bête me força à reculer dans la neige et nous roulâmes tous deux cul par-dessus tête. Sa gueule se referma avec un claquement, mais ses crocs se plantèrent surtout dans mon épais manteau en peau de mouton. Je le repoussai et il bascula par-dessus ma tête, l'élan lui faisant ouvrir les mâchoires tandis qu'il continuait à les claquer avec une force à broyer les os.

Je battis des bras avec le .45, mais une de ses morsures m'atteignit au poignet. Je roulai sur le côté et me jetai à plat ventre, fouillant désespérément le sol pour trouver mon Colt. Il était complètement enveloppé de neige et je réussis à l'attraper, mais ma main refusa de fonctionner. La morsure avait brisé l'os, ou atteint les points de pression et ma main était totalement inutilisable.

Le monstre s'était retourné et il se relevait dans la neige, ses babines noires retroussées et les oreilles plaquées vers l'arrière. Je voyais les muscles frémir sous l'épais pelage et la détermination exprimée par ses yeux jaunes qu'il me serait difficile de tromper une nouvelle fois.

Je tâtonnais de la main gauche autour de moi, mais je n'avais aucune chance d'y arriver.

Il bondit et je dois admettre qu'à ce moment-là je fus ébahi devant la grâce de l'animal, son large poitrail, sa magnifique tête, dans ce moment ultime de l'attaque. Peut-être brandirais-je mon Colt contre lui avant que tout soit terminé, mais il était probable que je ne m'y résolve pas.

C'est alors que je fus percuté au milieu du dos par quelque chose qui m'aplatit dans la neige face contre terre en me coupant le souffle. La seule idée qui me vint était que Butch avait dû se libérer du tunnel et décider d'entrer dans la danse.

Ma main finit par se refermer sur le Colt, mais le chien qui m'avait écrasé était parti, comme s'il m'avait utilisé comme tremplin.

Ce n'était pas Butch.

Je levai la tête et essayai de comprendre. Les deux bêtes roulèrent comme une roue géante couverte de fourrure jusqu'à l'avant béant de la carcasse d'un pick-up GMC couvert de neige. La collision fit tomber la neige du véhicule, déclenchant une sorte d'avalanche miniature, mais aucun des deux ne faisait de quartier. Sundance se jeta sur la nuque puissante du chien, mais le mien bondit en avant, l'envoyant valser contre le pare-chocs du camion. Sundance redoubla d'efforts, mais la grosse tête du chien l'enfonça comme un bélier, le projetant sur le côté et en arrière. Sundance était plus rapide, mais la masse musculeuse du chien lui donnait l'avantage dans le corps à corps.

Mon chien resta planté au milieu du chemin entre nous, tous les poils hérissés sur son dos roux, brun et blond, sous lequel ondoyaient ses muscles bandés. Sa gueule était plus large que celle du loup, on aurait dit celle d'un mastiff, avec des dents semblables à celles d'une pelleteuse.

Sundance commença à bouger sur la gauche, ayant toujours en tête le projet de se saisir de moi, mais le chien se décala et je regardai la bave couler entre ses pattes écartées. Elle était mêlée de sang, mais il ne montrait aucun signe d'affaiblissement.

Il fallait que je reconnaisse au loup sa capacité de concentration ; même face au chien, il n'avait pas oublié que sa victime devait être moi. Je tentai de pointer le .45 avec ma main gauche, accumulant les maladresses pour parvenir à viser ; mon mouvement eut pour effet de distraire le chien. Il n'en fallut pas plus au loup. Il se jeta en avant mais fut frappé sur le côté lorsqu'il passa à côté du chien qui referma ses crocs sur une des pattes avant de Sundance. J'entendis le bruit écœurant de l'os broyé alors que je me trouvais à plus d'une longueur de voiture de l'endroit.

Les dégâts étaient faits, il tomba avec un gémissement aigu. Le chien resta campé sur sa position, aux aguets tandis que l'autre se mettait péniblement debout sur trois pattes pour reprendre ses manœuvres d'intimidation. Le chien pivota, prêt à le suivre.

Sundance cessa de marcher et gronda, mais le chien répondit en enfonçant ses griffes dans le verglas et la neige, simulant la charge. Le loup battit en retraite, et en un clin d'œil tout esprit combatif l'abandonna.

Le .45 tremblait dans ma main. Je descendis mon bras, puis me remis debout en m'appuyant sur mes genoux et mes mains.

Je demeurai immobile quelques minutes, essayant de ramener mon adrénaline à un niveau proche de l'humain. Je toussotai et, posant une main sur l'épave la plus proche, je repris mon équilibre.

Je m'approchai du chien.

– Eh ben…

Je sentis la bile remonter dans ma gorge et je refoulai la nausée. Mon équilibre était encore un peu instable ; je mis la main sur la portière d'un autre mastodonte rouillé, pris quelques inspirations supplémentaires et retrouvai ce qui restait de ma voix – un couinement.

– Mais qu'est-ce que tu faisais tout ce temps ?

Il ne se tourna pas pour me regarder, mais sa tête s'inclina sur le côté comme si je l'appelais d'un autre monde – j'imagine que d'une certaine façon, c'était un peu vrai. Il leva son museau ensanglanté mais ne quitta pas Sundance des yeux.

– Bon chien. (Je laissai échapper un profond soupir.) Bon chien.

Il saignait de la mâchoire, et son oreille avait l'air déchirée, mais il refusait de tourner la tête. Je pris le temps de respirer profondément plusieurs fois encore et chuchotai le seul mot auquel je réussis à penser.

– Garde.

Je vous jure qu'il leva la tête vers moi, avec une expression du genre : "Mais qu'est-ce que tu crois que je vais faire d'autre ?" Je souris et m'en allai à la poursuite de la dernière proie qui restait, certain que le chien couvrait mes arrières.

Ma main droite était toujours inopérante ; elle ne me faisait pas souffrir, mais elle ne fonctionnait plus à partir du poignet et se balançait, inerte, au bout de mon bras lorsque je le bougeais. J'examinai mon Colt pour vérifier que le chien était toujours tiré et le cran de sécurité défait, ce qui était le cas.

Au loin, j'entendis un moteur tourner dans le vide, le starter, poussif dans le froid, vidant la batterie. Je poursuivis mon chemin dans la neige et je vis enfin la rangée de dépanneuses, mais je n'arrivais pas à savoir d'où venait ce bruit.

Je sortis de la travée au moment où l'un des moteurs démarra et expulsa un nuage de gaz noirs sur la neige.

C'était celui qui était le plus proche de moi, et je brandis mon .45 de la main gauche.

– Bureau du shérif, on ne bouge plus !

Ma voix portait peut-être jusqu'au bout de mon bras. Je m'éclaircis la voix et essayai une nouvelle fois.

– Shérif, on ne bouge plus !

Peut-être deux longueurs de bras.

Je hurlai de toutes les forces qui me restaient en avançant d'un pas trébuchant, le Colt en première ligne.

– Shérif !

Je vis Gina qui essayait frénétiquement de passer une vitesse sur la dépanneuse avec ses deux mains, puis j'entendis l'affreux bruit lorsque la boîte de vitesse s'enclencha et le gros véhicule bondit en avant, vitesse mémère – pas plus de deux kilomètres à l'heure.

Les Ford de cette période, dans mon souvenir, avaient un levier de vitesse au plancher, comme l'épée d'Arthur dans son enclume, et une fois qu'on avait passé une des premières vitesses, il était impossible de les en faire sortir. Les moyeux étaient bloqués et les pneus neige crantés mordaient le sol comme les roues en acier d'une locomotive.

Nous étions partis pour la plus lente chasse à l'homme de l'histoire des Hautes Plaines.

Brandissant mon arme de poing dans un geste hautement dramatique, je boitillai vers l'avant, je n'étais que légèrement plus rapide que le camion.

– Gina, coupez ce moteur ! Tout de suite !

Le camion continua à avancer vers moi, les câbles bringuebalant à sa suite dans la neige qui tombait. Le pare-buffle à l'avant était artisanal et consistait en un assemblage de tuyaux de dix et de caillebotis d'acier, qui formait un treillis en losanges, avec une grande ouverture de manière qu'on puisse ouvrir le capot.

J'avais des capacités limitées avec ma main gauche, mais je pensai pouvoir toucher le radiateur, alors je levai le canon du Colt et tirai. La cible cracha un nuage de vapeur et un liquide vert dégoûtant se mit à dégouliner sur le sol de verglas et de neige, mais elle continua sa route vers moi.

Je voyais mieux Gina, maintenant, et il était évident qu'elle avait l'intention d'augmenter les enjeux. Sa main apparut et elle avança le pistolet contre la vitre.

– Gina, non ! Ce .32 ne va pas…

La double détonation de la balle tirée par le pistolet et son impact dans l'épaisse vitre résonna comme une seule, puis j'entendis la balle, qui ne parvint pas à briser le pare-brise, partir en ricochet dans la cabine du camion. Imperturbable, elle tira une seconde fois, agrandissant l'étoile que la première avait déjà dessinée dans le verre. Cette fois, le ricochet dut atteindre Gina. Elle s'affaissa contre le volant, et la dépanneuse fit un bond dans ma direction.

– Bon sang !

Je partis à reculons, me mis à glisser, repris mon équilibre en essayant d'atteindre l'abri tout relatif que m'offraient les voitures empilées. Le Ford progressait tel un char d'assaut et je me rendis compte qu'il avait beau être lent, j'étais encore plus lent.

Je pris une décision calculée, et je changeai de direction – ce n'était pas la vitesse de cet engin qui allait me tuer. J'essayai de le prendre à revers, mais je glissai à nouveau et n'eus pas d'autre choix que de grimper sur le pare-buffle.

Je calai un pied et me hissai sur le capot au moment précis où le camion s'écrasait dans la pile de voitures la plus proche, les poussant sur plus d'un mètre. Je regardai dans l'habitacle ; Gina était toujours affalée sur le volant.

J'entendis un grondement métallique tandis que le véhicule déplaçait lentement le tas de voitures dans le sens des aiguilles d'une montre, ses roues tournant à toute allure sur la neige comme des feux d'artifice mexicains. Quelque chose attira mon regard et je levai les yeux. Une berline Subaru était en train d'osciller au sommet de la pile.

– C'est pas possible.

Je me jetai sur la gauche lorsque la voiture glissa lentement vers moi puis tomba d'une hauteur de quatre mètres, le nez en avant.

Je me faufilai entre le capot et le pare-buffle au moment où la Subaru s'écrasa sur la dépanneuse, comme un samouraï géant essayant de me piétiner jusqu'à ce que mort s'ensuive. L'essentiel de la carcasse toucha l'habitacle du Ford, mais ensuite, elle pivota sur le toit et glissa vers moi tandis que je tentai de me faire aussi svelte que possible dans le petit espace entre la calandre et le pare-buffle.

La Subaru glissa sur le côté et tomba sur le sol ; la dépanneuse poursuivit sa joyeuse marche sur le chemin de la destruction, nous faisant remonter le temps le long des travées, des années 1990 aux années 1980 puis 1970. Des tas de voitures ne cessaient de tomber, mais la vitesse mémère était imposée et néanmoins déterminée.

Nous devions approcher des années 1960, l'endroit où le chien tenait Sundance en respect, et j'espérais qu'ils auraient le bon sens de s'enfuir en courant. Tout ce que je pouvais faire, c'était rester coincé là, derrière le pare-buffle, et espérer qu'il résisterait aux objets que nous pourrions rencontrer, ce qui, pour le moment, semblait être une pile particulièrement compacte de véhicules ; parmi eux, un défunt camion de glaces, un break Buick et une International Harvester Scout bleu clair.

J'eus tout le temps imaginable de voir arriver l'inévitable collision ; la dépanneuse poursuivait son avancée, mais le véhicule qui m'interpella fut la Scout au sommet. Ce modèle de voiture avait quelque chose de spécial.

Et il y avait autre chose, autre chose d'importance. Voilà comment fonctionnait mon esprit ces derniers temps : je pensais à quelque chose d'important, mais je négligeais de le noter, puis, la seule chose dont je parvenais à me souvenir le jour suivant, c'était que c'était effectivement important.

Je levai les yeux vers les cieux noirs et regardai tournoyer et danser les flocons de neige, mais mes yeux s'égarèrent pour se poser sur la couleur ternie, délavée de la Scout. La couleur me rappela le ciel d'été, et je pensai à la chaleur des rayons du soleil qui tombaient en cascade, aux vagues formées par l'herbe montée en graine et aux femmes en robes légères.

La dépanneuse s'écrasa dans la pile de voitures comme une boule de démolition, ruant et bottant tant et si bien que la Scout glissa sur le côté depuis le dessus du break écrasé. Elle tomba sur le capot de la dépanneuse et le bord supérieur de l'énorme pare-buffle – bleu clair, comme si le ciel d'été tant espéré me tombait sur la tête.

Épilogue

Cela faisait trois jours que j'essayais de garder profil bas ; non pas que je n'aie jamais eu à le faire auparavant – j'avais été marié une fois et j'avais une fille avocat ; mais là, c'était pour des raisons médicales.

Pour poser mon visage, j'avais un oreiller rond en forme de donut ; c'était un objet dont Ruby avait fait l'acquisition à une période où elle avait eu maille à partir avec des hémorroïdes. Ce qui ne cessait d'alimenter les quolibets de tout le personnel du Bureau du shérif du comté d'Absaroka.

– Elle est tout à fait appropriée, cette couronne, vous ne trouvez pas ?

L'ophtalmologiste chez qui Andy Hall m'avait envoyé à Billings avait opté pour la rétinopexie pneumatique, qui consistait à m'injecter dans l'œil une bulle d'air qui se chargerait de repousser vers l'arrière la déchirure de ma rétine de manière qu'un rayon laser puisse la colmater. En conséquence, je devais rester dans une ou deux positions pendant les prochaines semaines, pour que la bulle d'air ne cesse de pousser la rétine et ne cause ni cataracte ni hausses de pression dans mon œil.

– Déjà, il nous pompait l'air.

Ils disaient aussi que je n'avais pas le droit de prendre l'avion, ce qui était la seule chose qui m'obnubilait, ne serait-ce que pour échapper au chagrin qui me minait. J'avais à peu près six semaines de congé maladie en retard, mais j'avais commencé à m'ennuyer à la maison au bout de deux jours, et j'avais décidé de venir au bureau, de poser ma tête sur mon bureau et d'essayer d'aider Henry à fignoler l'organisation du mariage de ma fille.

– Je ne crois pas que la plupart des gens aient remarqué la moindre différence dans tes performances.

Je levai la tête, même si je n'étais pas censé le faire, et regardai Vic.

– Tu es de bonne humeur.

– J'ai acheté une maison aujourd'hui.

L'Ours m'observait, mais je l'ignorai.

– Où ?

– Celle que j'avais visitée, sur Kisling.

Je baissai la tête et l'enfonçai dans le coussin pour éviter complètement le regard de Henry, mais je n'étais pas pour autant privé d'entendre sa voix.

– Je croyais qu'elle avait été vendue.

– L'autre acheteur n'a pas pu avoir le prêt, alors l'agent immobilier m'a appelée et je l'ai eue pour le prix affiché. Ensuite, John Muecke à la banque m'a proposé un financement, alors je n'ai même pas eu à emprunter l'argent.

– Ouah, bravo.

Je savais qu'en fait il me parlait à moi, et s'il n'arrêtait pas tout de suite, j'allais devoir lui jeter mon coussin circulaire à la figure. Je toussotai et parlai à la surface de mon bureau en tendant la main pour caresser le chien, qui dormait sur mes pieds. Je changeai de sujet et sans grande élégance.

– Alors, est-ce que la balistique de l'arme de Gina correspondait à la balle trouvée sur Ozzie ?

Silence.

– Tu m'as entendue ? Je viens de dire que j'ai acheté une maison.

– J'ai entendu. Félicitations.

Il y eut un silence encore plus long, et sa voix changea.

– Ouais, le .32 a donné une correspondance parfaite, ainsi que l'aiguille vétérinaire qu'elle a utilisée pour tuer Geo et que nous avons trouvée dans ses affaires. Pour autant qu'on puisse en juger, elle a modifié l'heure du réveil dans la chambre de Duane pour le tromper et elle a même mis ses chaussures pour aller dans la casse lorsqu'elle a tué Geo. Elle devait porter les mêmes lorsqu'elle est allée tuer Ozzie.

J'allais avoir des ennuis pour avoir changé de sujet, mais ces ennuis valaient mieux que de la voir découvrir la vérité.

– Qui transporte Gina ?

Elle continua à parler d'une voix tendue.

– Moi.

– Il ne faudrait pas que tu partes ?

– Si, je crois. (Silence à nouveau.) David Nickerson l'a rafistolée. Elle en profite un max, mais dans vingt minutes, elle part pour les quartiers féminins plus luxueux de Casper, où elle attendra son procès. (Il y eut un bruit de papiers froissés.) J'ai les fax de San Quentin. Le directeur dit que pendant son séjour, Polk…

Henry l'interrompit.

– On l'appelle Polk ou Poulson ?

– On l'appelle juste Polk. (Vic soupira.) Le seul contact que Polk a eu après sa sortie de San Quentin, c'était avec ses anciens potes de la Fraternité aryenne, qui lui ont dit qu'ils avaient retrouvé la trace de sa petite-fille. Bien sûr, ils savaient qu'elle était morte et ils ont fait passer Gina pour elle. Elle a un passif avec The Order, un gang de motards associés à la Fraternité aryenne. Si je devais faire un pari, je dirais que cette opération était le rite d'initiation de Felix, et que Gina était censée surveiller de l'intérieur le déroulement de l'opération pour eux. Polk aurait l'autorisation de prendre une semi-retraite tant qu'il continuerait à fournir de la came à la Fraternité.

L'Ours croisa les bras et recouvrit le bas de son visage avec sa main.

– Alors, ils n'étaient pas vraiment parents.

– Non. (Vic bougea sur sa chaise à côté de mon bureau.) Polk avait une fille, mais elle est décédée, un suicide apparemment, deux ans avant sa sortie, et la vraie petite-fille est morte dans un accident de voiture peu de temps après. Polk n'a jamais su, pour sa petite-fille, et pour autant qu'on sache, Gina a commencé à lui écrire pour établir une espèce de fausse relation bidon. Polk était sur le point de se rebeller et tout le plan monté avec la fausse petite-fille était une manière de garder l'œil sur lui. (Elle agita des papiers et je pensai qu'elle devait lire un rapport.) Le contrôleur judiciaire dit qu'il a disparu à peu près dix mois après sa libération, ce qui le situe ici il y a environ sept mois, et cela coïncide avec la prise de contact de Gina avec les Stewart.

J'ignorai la tentation de lever la tête.

– Est-ce qu'elle a vraiment rencontré Duane au Mexique ?

Elle prit une grande inspiration et soupira.

– Elle l'a peut-être rencontré dans un restaurant mexicain, mais c'est le point le plus méridional que l'on puisse envisager. Elle est le type même de la gosse paumée, enchaînant les familles d'accueil, pour finir par vivre dans la rue et se prostituer. Ensuite, elle s'est acoquinée avec ce gang de motards. La seule façon pour une nana d'obtenir quelque chose dans ce gang, c'est de monnayer son corps, des informations, de la drogue ou les trois à la fois.

– Comment va Duane ?

Le bureau trembla et j'étais pratiquement sûr qu'elle avait posé ses bottes sur le rebord.

– On n'en a pas la moindre idée. Il est retourné à la grande maison.

– Il sait qu'il est convoqué demain ?

– Ouais. Vern dit qu'il va devoir aller en prison et peut-être faire des travaux d'intérêt général. Le juge doit penser que le décès de son grand-père est un fardeau assez lourd.

Henry voulait le fin mot sur la question de la paternité.

– Alors, Duane est le père, pour finir ?

– Non.

J'écoutai grincer la chaise de Henry.

– Non ?

– Elle n'est pas enceinte.

Je levai la tête pour me joindre à la conversation.

– Ah bon ?

– Betty Dobbs était un peu déçue ; je crois que la vieille chouette avait plus ou moins pensé adopter le morpion. (Elle soupira.) Ozzie a conduit son affaire à la faillite, mais Betty a son propre argent et tout ira bien pour elle. J'ai entendu dire que la totalité du programme s'est vendue à des investisseurs.

– Comment va Morris ?

– Il est guéri et, d'après ce qu'on a entendu dire, il a pris la place de son frère : ce matin, il était monté sur le toit.

J'y réfléchis un peu et baissai à nouveau la tête ;

j'avais l'impression de contempler la surface de mon bureau depuis des mois et non depuis quelques jours.

– Et la marijuana ?

– Gina et Polk faisaient partie du projet à long terme, mais Gina avait vu une arnaque à court terme avec Ozzie. Elle avait beaucoup à perdre, mais elle avait beaucoup à gagner en montant les deux l'un contre l'autre. Quant à Geo, je crois qu'il commençait à être trop soupçonneux pour qu'elle soit tranquille, et elle s'est dit qu'il fallait qu'il dégage. Elle a dû le voir repartir avec Betty et trouver que ce serait l'occasion lorsqu'il l'aurait quittée. Quand elle a surpris la dispute entre Geo et Ozzie et qu'elle a vu les échanges de coups, ça a dû lui sembler carrément parfait.

Henry l'interrompit.

– Alors, c'est Ozzie qui a appelé Polk au routier et ensuite, Polk a appelé Gina pour lui dire d'aller se débarrasser d'Ozzie ?

– Ouais, si Gina n'était pas devenue si gourmande, ils auraient pu s'en tirer.

L'interphone sur mon téléphone se mit à bourdonner, et j'appuyai sur le bouton.

– Ouaip ?

La voix de Ruby me parut minuscule dans le haut-parleur strié de plastique.

– Mike Thomas vient d'appeler les pompiers en disant qu'il y avait un départ de feu de cheminée sur TK Road. Ils veulent savoir si nous aussi on envoie quelqu'un.

Vic fut la première à répondre.

– Pourquoi on voudrait envoyer quelqu'un ?

– C'est chez les Stewart.

Ma tête se redressa et nous nous regardâmes tous les trois ; Vic sourit.

– Ça doit être le kérosène. Et merde, y a qu'à le laisser brûler. (Elle marqua une pause et elle se leva.) Faut que j'emmène une prisonnière à Casper. (Elle ne bougea pas et continua à me fusiller du regard.) Au fait, j'ai laissé le chien sortir de la voiture, à la casse… je me suis dit qu'il te trouverait plus vite que moi. Oh, et quand je ferai ma pendaison de crémaillère, il sera invité, mais pas toi.

Sur cette ultime salve, elle tourna les talons et sortit. Je gardai la tête en l'air pour pouvoir admirer d'un œil son joli postérieur tandis qu'elle quittait mon bureau. J'eus aussi le plaisir de la moitié d'une vision bien agréable dans l'embrasure de la porte.

Je n'avais pas eu de ses nouvelles depuis presque une semaine, mais Ruby avait dit qu'il était passé deux ou trois fois pour demander comment j'allais. Pendant un moment, nous ne dîmes rien ni l'un ni l'autre, et j'étais presque sûr qu'il regardait mon œil abîmé.

– Comment ça va, Troupier ?

Le Basque paraissait plus reposé et j'étais content de voir à nouveau un peu de cette étincelle au coin de ses yeux. Elle n'était pas très brillante, mais elle était assez présente pour me donner de l'espoir.

– Désolé, mais il faut que je garde la tête baissée. (Je parlai à nouveau à mon bureau.) C'était vraiment du bon boulot d'investigation, quand tu as trouvé que Polk était Poulson.

J'écoutai la chaise grincer lorsqu'il s'assit à la place que Vic venait de quitter.

– Vous paraissez un peu à court d'effectifs.

– Nous le sommes.

– Heu… Je me demandais si vous vouliez bien me rendre mon insigne ?

Je me permis un sourire ; ce n'était pas comme si tout le monde pouvait le voir...

– Ouaip, et tu pourras aussi récupérer ton arme dès que Joe Meyer aura fini l'enquête à Cheyenne.

En tout état de cause, le procureur général m'avait déjà dit que pour lui, l'affaire Saizarbitoria était claire et limpide, et que je pouvais le réintégrer quand je voulais.

– Comment va la famille ?

– Bien. (Je l'écoutai prendre une grande inspiration.) On va bien. Antonio dort plus, alors, on arrive à se reposer.

Il avait prononcé le nom de son fils, cette fois, et je continuai à sourire à la surface de mon bureau. Je fouillai dans un de mes tiroirs, ce qui fit bouger le chien un tout petit peu, et posai le Beretta, toujours dans son holster avec l'étoile du Basque, sur mon bureau à côté de ma tête.

– Voilà. (Je levai ladite tête et lui lançai un regard.) S'il te plaît, va t'assurer que la maison des Stewart ne part pas en fumée.

Il rit, ramassa ses affaires et sortit.

Je m'apprêtai à baisser à nouveau la tête sur le coussin, mais la petite lumière rouge sur mon téléphone se mit à clignoter et bourdonner à nouveau. J'appuyai sur le bouton, ma main compensant ma cécité par l'expérience.

– Ouaip ?

La voix de Ruby résonna dans le minuscule haut-parleur.

– J'ai Colmox, Vancouver Island, sur la une.

– Je prends.

Je m'apprêtais à appuyer sur le bouton, mais elle continua à parler.

– J'ai pensé aussi que je devrais te faire remarquer

que le pouce de Felix Polk est toujours dans le réfrigérateur commun.

– Rends-moi service, envoie-le à Billings avec les autres morceaux de sa personne.

– Et John Muecke veut savoir pourquoi tu lui as demandé de transférer des fonds pour acheter une maison sur Kisling juste pour pouvoir la revendre par l'intermédiaire de la banque.

Je repensai à mon cadeau de Saint-Valentin qui n'avait pas été livré avec une carte.

– Dis-lui de s'occuper de ses affaires. (Je levai un peu la tête et regardai Henry.) Quoi ?

Il sourit.

– Rien.

J'appuyai sur le bouton de la une et sur celui du haut-parleur.

– Monsieur Cook ?

La liaison n'était pas très bonne.

– Kingfisher Lodge.

– Êtes-vous Pat Cook ?

– Lui-même.

Il paraissait vieux.

– Monsieur Cook, ici le shérif Walt Longmire. J'essaie de vous retrouver depuis quelques jours.

Un silence s'installa et il reprit.

– À quel sujet ?

– Je suis le shérif du comté d'Absaroka, dans le Wyoming. (Le silence retomba ; je contemplai le téléphone et tirai la console plus près de moi.) Monsieur Cook, étiez-vous adjoint dans notre département en 1970 lorsque Lucian Connally était shérif ? (Il ne répondit pas, mais j'entendais sa respiration à l'autre bout.) Je sais que ce n'était pas une expérience particulièrement agréable pour vous.

– De quoi est-il question ?

– Pat, vous rappelez-vous un homme du nom de Fred Poulson ?

Une autre pause, mais sa voix reprit plus fermement.

– Ce serait difficile pour moi d'oublier ce nom.

– J'imagine bien.

Je posai mon front sur la paume de ma main et ignorai la douleur dans mon orbite. Mon autre main descendit lentement et caressa le chien – je pris soin d'éviter l'oreille pansée.

– Je me suis dit que je pourrais peut-être vous apprendre quelque chose qui vous aidera à dormir un peu mieux la nuit...

Je regardai furtivement la Nation Cheyenne. Il fallait garder bon pied, bon œil.

Remerciements

Il y a environ vingt ans, lorsque je suis venu dans le Wyoming pour la deuxième fois, les seuls établissements commerciaux qui existaient à Ucross étaient le Ewe Turn Inn, une station Sinclair délabrée transformée en bar, et la casse de Sonny George. L'entreprise de récupération de son père avait été transférée au croisement de Clear Creek et Piney Creek, à l'époque où les pères fondateurs du comté avaient décrété qu'il ne convenait pas que la première chose sur laquelle on tombait en quittant la nouvelle grande route à la sortie de Buffalo soit une décharge.

Sonny était une légende, une mine inépuisable pour qui était à la recherche de pièces détachées ou de philosophie maison. Le minuscule endroit où les routes 14 et 16 du Wyoming se séparent était peuplé non seulement d'épaves d'automobiles, mais aussi de chèvres et de chiens en nombre ; et c'était Sonny qui était responsable de l'inscription au pochoir qui était venue s'ajouter sur le panneau à l'entrée de la ville : UCROSS, POPULATION 25, et en dessous : POPULATION CANINE 23.

Il était revêche, et périodiquement, les gens m'appelaient et me demandaient si je voulais bien y aller pour négocier avec lui. Et j'y allais, parce que je l'aimais bien. Il se montrait têtu avec ceux qu'il considérait comme des étrangers, mais il n'élevait jamais la voix avec moi, et nos transactions étaient toujours honnêtes. Il y avait un contentieux entre Sonny et la Ucross Foundation, qui voulait à toute force se débarrasser de cette proximité embarrassante avec la casse, mais il résista, jusqu'à ce qu'il soit terrassé par une crise cardiaque et emporté sur le Dernier Vol vers Billings et plus loin encore.

Je m'arrête parfois au coin, je range mon pick-up sur le bas-côté et j'admire le résultat remarquable des travaux de nettoyage effectués par Ucross Land & Cattle, les peupliers et les fleurs sauvages des Hautes Plaines – mais je repense à la casse de Sonny avec une certaine nostalgie. Je ne me suis jamais vu comme ces gars qu'on voit au Ewe Turn Inn, une canette de Rainier à la main, qui commencent toutes leurs phrases par "Vous savez, autrefois, quand…" Hé, les choses changent, et le bar, comme la casse, n'est plus là ; mais je me souviens.

Les gens me demandent souvent d'où me viennent les histoires de mes romans et ils ne se doutent pas un instant que c'est dans ma mémoire que je vais les chercher.

Il y a quelques modèles éternels que je voudrais remercier pour avoir rendu possibles ce livre et aussi tous les autres. Gail Hochman, la Type E Série 1 "plancher plat" de 1961, la Jaguar des agents ; Kathryn Court, la Silver Cloud de 1959, la Rolls des éditeurs ; et Alexis Washam, la GTB/4 de 1966, la Ferrari des relecteurs – tous vérifient régulièrement mon niveau d'huile et me maintiennent bien en ligne. Un nettoyage de pare-brise et un plein gratuits pour mes chers amis, Maureen Donnelly, l'Eldorado Biarritz de 1959, la Cadillac des reines de la publicité ; Ben Petrone, le Dodge Charger R/T de 1968, le monstre des grands de la pub ; et Meghan Fallon, la Corvette des publicitaires de 1963 avec son injection et sa lunette en deux parties.

Mais surtout, mon épouse, Judy, la Shelby Cobra MKIII 427 de ma vie – une vraie classique, rouge cerise.

À bientôt, sur les routes,

C.

RÉALISATION : NORD COMPO À VILLENEUVE-D'ASCQ
IMPRESSION : CPI FRANCE
DÉPÔT LÉGAL : MAI 2016. N° 127960 (3016110)
IMPRIMÉ EN FRANCE